Sabine Gruber

Die Dauer der Liebe

Sabine Gruber

Die Dauer der Liebe

Roman

C.H.Beck

1.–2. Auflage. 2023
3. Auflage. 2023

© Verlag C.H.Beck oHG, München 2023
www.chbeck.de
Umschlaggestaltung: Rothfos & Gabler, Hamburg
Umschlagabbildung: © Markus Rössle
Satz: Janß GmbH, Pfungstadt
Druck und Bindung: CPI – Ebner & Spiegel, Ulm
Gedruckt auf säurefreiem, alterungsbeständigem Papier
(hergestellt aus chlorfrei gebleichtem Zellstoff)
Printed in Germany
ISBN 978 3 406 80696 4

klimaneutral produziert
www.chbeck.de/nachhaltig

Für Wolfgang Fetz
(1958–2022)

Penso che forse a forza di pensarti
potrò dimenticarti, amore mio.

Patrizia Cavalli

Es klopft, Renata sitzt am offenen Fenster, die Platanenblätter versperren den Blick zum Kanal. Um diese Zeit erwartet sie niemanden, sie steht nicht auf, geht nicht zur Tür. In einem großen Haus mit vielen Wohnungen wird ständig renoviert und umgebaut.

Sie hört das Rauschen des Verkehrs. Wenn die Ampel auf Grün schaltet, sind manche Motoren lauter als andere; Renata hat sich an das Aufheulen gewöhnt, wenn die Fahrer aufs Gas treten, kurz beschleunigen, um dann – keine hundert Meter später – wieder abzubremsen, weil der nächste Fußgängerübergang wartet.

Stimmen von Passanten dringen an ihr Ohr, sie hört ein Kind weinen, die Schreie der beiden Krähen, die wieder zwei Junge durch den Frühling und Frühsommer gebracht haben, hört die Hunde der Pensionisten bellen, deren Herrchen sich jeden Morgen vor dem Haus treffen.

Obwohl der Tag erst angebrochen ist, hat der Himmel schon eine blaue Farbe. Es ist ein Spätsommerblau, das in der Stadt selten so kräftig und so klar ist wie auf dem Land.

Renata liebt es, während der Arbeit mit ihrem Blick in die Himmelsöffnung zwischen den Häusern am Platz zu tauchen. Jeden Tag, selbst bei gleichbleibendem Wetter, zeigt sie eine andere Farbnuance. *Himmelschwimmen* nennt sie dieses Abschweifen, das gleichzeitig Sammlung bedeutet.

Doch jetzt steht sie auf, schließt das Fenster, zieht die Rollos herunter, um die Sonne auszusperren, obwohl sie weiß, daß sich die Nachtkühle nicht lange halten wird.

Im Bett nebenan schläft ihre Nichte Pauline. Wie jedes Jahr verbringt sie einen Teil ihrer Ferien in der Großstadt, sie liebt die Wiener Bäder und die italienischen Eissalons.

Renata hat schon die Wäsche sortiert, die Handtücher ausgetauscht, das Waschbecken gereinigt und die Rasierschaumdose, die seit zwei Tagen am Beckenrand steht, im Allibert verstaut.

Sie setzt sich an den Schreibtisch, nur mit einem dünnen, ärmellosen T-Shirt bekleidet. Direkt vor ihr hängt ein Bild, das sie vor vielen Jahren von Konrad geschenkt bekommen hat. Ein Blick in *Das Innere von Genua*, eine Photozeichnung, beherrscht von realen und mit Stiften eingefügten Straßen, Zufahrtsrampen, Wendeltreppen, die aus dem ausgehöhlten Stadtberg ins Nirgendwo oder nach oben in die Altstadt zu führen scheinen. Die Serie hat Konrad, kurz nachdem sie sich kennengelernt hatten, bei der Expo 1992, den *Celebrazioni Colombiane*, ausgestellt.

Es klopft wieder. Noch immer bleibt Renata sitzen, starrt auf das Bild, ohne es zu sehen. Sie könnte es auswendig nachzeichnen, so oft hat sie es angeschaut. Der Berg schafft in seinem Inneren den Platz, den das Land nicht hergeben kann: übereinander angelegte Garagen, Tunnelöffnungen, Schächte für Lichteinfälle und den Personentransport.

Das Sternparkett ist alt und knarrt unter den Füßen. Renata will Paulines Schlaf nicht stören.

Sie beantwortet Mails, liest die Nachrichten, öffnet ihre Arbeitsdatei. Noch zwei Kapitel, dann ist sie mit der Rohfassung durch und kann sich nach den Schriften von Teodoro Pontoni über Architektur wieder der Übersetzung von Gedichten widmen, bis der nächste Auftrag hereinkommt.

Wenn Konrad aus Innsbruck zurückkehrt, wird sie ihm die neu übersetzten Passagen vorlesen. Obwohl er wenig schreibt und liest, hat er ein feines Gehör für Wörter und ihre Bedeutung. Manchmal ist ihm das Deutsche geläufiger als Renata, deren Muttersprache zwar Deutsch, deren Vatersprache aber Italienisch ist. Zu Hause hatten sie, war der Vater da, Italienisch gesprochen. Seine Familie stammt mehrheitlich aus Rom und dem Latium, ihm und seinen in Bozen lebenden Verwandten fällt es schwerer, deutsch zu reden als dem deutschen Teil der Familie italienisch.

Auf der Straße vor dem Haus ist das Piepen eines zurücksetzenden Lastwagens zu hören.

Dann schlägt jemand, dieses Mal mit Kraft, gegen die Wohnungstür.

Renata streift sich das blickdichte, kurzärmelige Kleid über, das im Badezimmer auf der Waschmaschine liegt, und öffnet.

Sind Sie Frau Spaziani?

Konrads Moto Guzzi, denkt Renata, jemand hat sie umgeworfen oder ist dagegengefahren. Das war schon einmal passiert.

Kennen Sie mich nicht? fragt der Polizist. Hier im Bezirk kennt man mich. Und ohne Renatas Antwort abzuwarten, fragt der Uniformierte: Sagt Ihnen der Name *Konrad Grasmann* etwas?

Das ist mein Lebensgefährte.

Darf ich hereinkommen? Es ist etwas Schlimmes passiert.

Warum sollte ich diesen Polizisten kennen, denkt Renata. Und gleichzeitig fragt sie sich: Was hat Konrad angestellt? Und warum Konrad? Undenkbar, daß er jemandem Schaden zugefügt hat. Plötzlich fällt ihr ein, daß man Konrad umgebracht haben könnte. Aber warum sollte ihn jemand umgebracht haben, aus welchem Grund. Er ist bestimmt nur verletzt.

Herr Grasmann ist gestern gestorben, hört Renata den Mann

sagen. Es tut mir leid, Ihnen das mitteilen zu müssen. Seltsam, daß Sie mich nicht kennen, sagt der Polizist nach einer kurzen Pause. Sie wohnen doch schon lange da. Alle kennen mich.

Der Mann steht mit beiden Füßen in der Wohnung und ist doch nicht hier, denn die Tür ist noch offen, und er ist nur einen Schritt vom Stiegenhaus entfernt.

Renata löscht das Gehörte in ihrem Kopf, aber während sie es löscht, hört sie es wieder. Sie sieht den Mann an. Er steht noch immer da.

Was hat der Mann gesagt, denkt Renata.

Sie vergißt, gleichmäßig zu atmen. *Herr Grasmann ist gestern gestorben.*

Warum sollte Renata diesen Mann kennen.

Ich war schon gestern Abend hier, hört sie den Polizisten sagen, Sie haben aber nicht geöffnet.

Gestern Abend, wiederholt Renata. Sie weicht ein paar Schritte zurück, läßt den Mann nicht aus den Augen, hält sich am Schuhkasten fest.

Was ist mit Konrad, fragt sie leise. Zwei Zimmer weiter schläft Pauline, Renata will nicht, daß sie aufwacht.

Ich war mit meiner Nichte Eis essen.

Herr Konrad Grasmann ist auf einem Parkplatz zusammengebrochen.

Renata bleibt an der Tür stehen, nachdem der Polizist gegangen ist. Sie blickt auf ihre Hand. Die Hand hat die Wohnungstür geschlossen. Die Hand liegt auf der Klinke. Die Hand klammert sich fest, dann löst sie sich, bedeckt zusammen mit der anderen Hand ihr Gesicht.

Hinter den Fingern ist es hautdunkel, aber nicht dunkel genug. Renata möchte einen Schrei ausstoßen, aber sie ist still, um

Pauline nicht zu erschrecken. Sie schiebt die Laute in den Kehlkopf zurück, preßt die Lippen aufeinander.

In Renatas Gedanken ist der Autobahn-Parkplatz schlecht beleuchtet, es riecht nach Pisse. Die Müllbehälter sind voll mit Plastikflaschen. Im Gras liegen zusammengeknüllte Zigarettenschachteln. Eine Frau zieht einem kleinen Mädchen die Unterhose runter, hält sein Kleid in die Höhe.

Geh in die Hocke. Nicht auf meine Füße!

Auf Renatas Parkplatz stehen Autos, Wohnmobile, Kleinlastwägen. Der Löwenzahn blüht auf der Wiese. Ein Mädchen schlägt ein Rad und kippt nach vorne ins Gras.

Auf Renatas Parkplatz ist niemand. Ein Wagen hält an. Ein Mann öffnet die Tür, um Luft zu schnappen. Der Mann schafft es nicht mehr, aus dem Auto zu steigen.

Auf dem Parkplatz steht nur ein roter Mini. Ein zweites, silbergraues Auto fährt vor, stellt sich dazu. Der Fahrer öffnet die Tür, steigt aus. Es ist Konrad, er lehnt sich mit dem Bauch gegen den Saab, hebt die Arme in die Höhe, als stünde ein Bewaffneter hinter ihm und befähle ihm, die Hände hochzuhalten; er legt die Unterarme aufs Autodach, drückt den Kopf gegen das Blech.

Der Besitzer des Minis kommt von der Toilette zurück, sieht, wie Konrad langsam in die Knie geht, entlang der Fahrertür des silbergrauen Saab auf den Boden sackt.

Auf Renatas Parkplatz steht Konrad und raucht eine Zigarette. Er ruft Renata an. Guten Morgen, tesoro mio. Hast du gut geschlafen? Was macht die Kleine?

Das Mobiltelephon ist schwarz. Es liegt auf dem Schuhkasten. Es sieht aus wie eine glänzende Miniaturmarmorplatte.

Warum war Konrad auf diesem Parkplatz? Wo ist er jetzt?

Ruf mich an. Konrad!

Du bist stärker als ich, hatte Konrad einmal zu Renata gesagt. Deshalb muß ich vor dir sterben. Ich könnte es nicht aushalten, dich zu verlieren. Ich bin nicht stärker, denkt Renata.

Warum erfahre ich erst heute, daß Konrad gestern gestorben ist? Sie haben nicht geöffnet, hat der Polizist gesagt. Ich bin zweimal da gewesen.

Aber jemand hätte mich doch anrufen können.

Renata wählt Gundas Nummer. Das Mobiltelephon von Konrads Schwester ist ausgeschaltet. Auch Konrads Mutter hebt nicht ab. Marcel, der jüngere Bruder, besitzt zwar ein Mobiltelephon, hat es aber selten an.

Auf dem handgeschriebenen Zettel, den der Polizist auf dem Schuhkasten abgelegt hat, steht die Telephonnummer der Bezirkshauptmannschaft Schwaz, Land Tirol. Für Details, hat der Mann gesagt. Ob er sie jetzt allein lassen könne?

Renata ist nicht allein.

Zwei Stunden später fährt sie mit Pauline nach Innsbruck, wo das Kind von Renatas Schwester am Bahnsteig abgeholt wird, damit Renata unverzüglich nach Schwaz weiterreisen kann, um Konrad zu sehen, bevor man ihn zur Bestattung nach Wien überstellen würde.

Um Konrads Geschwister Gunda und Marcel in Innsbruck zu treffen.

Um seine Mutter zu sprechen.

Um den Besitzer des roten Minis ausfindig zu machen – Konrads letzten Lebenszeugen.

Pauline schaut die Fahrt über mit unbeweglichem Gesicht aus dem Zugfenster. Sie weint nicht, spricht nicht.

Mein tapferes Mädchen, denkt Renata und streicht ihr übers Haar. Vielleicht schiebt auch Pauline die Wörter in den Kehlkopf zurück, beißt ihnen die Köpfe ab.

*

Wie habt ihr euch eigentlich kennengelernt, fragt Marianne beim Essen.

Bruno, sagt Konrad, hat mich zum Abendessen eingeladen und von einer Freundin erzählt, die auch kommen würde. Ich bin viel zu spät gewesen, habe Brunos Wohnung betreten, Renata gesehen und sofort gewußt: Ich will, daß sie meine Frau wird.

Das kann man doch nicht wissen, sagt Marianne, man kann es sich höchstens einreden.

Meine Gefühle wissen das, sagt Konrad.

Wir lieben, was wir zu lieben denken, sagt Marianne. Alles ist schon in den Büchern ausgedacht, vorformuliert. Sie lacht. Erst ist es Ars, dann Farce amandi. Oder etwa nicht? Bruno, was sagst du dazu?

Mich fragst du das? Er steht auf und sammelt die schmutzigen Teller ein. Hilfst du mir mal, sagt er zu Marianne und macht eine Kopfbewegung Richtung Küche.

Konrad faßt nach Renatas Hand, führt sie zu seinem Mund. Er zupft mit den Schneidezähnen an ihrer Handrückenhaut, nähert sich Renatas Ohr: Ich hätte jetzt Lust, dich zu vögeln, sagt er so leise, daß Marianne und Bruno es nicht hören können.

*

Renata und Konrad sind zu Besuch bei Henriette, Konrads Mutter. Sie dürfen das Haus nicht verlassen.

Konrads Elternhaus steht am Stadtrand, es ist ein Ein-Fami-lien-Häuschen, das aussieht, als sei es erst vor kurzem gebaut worden, dabei ist es fast fünfundsechzig Jahre alt. Der Putz ist makellos, die Jalousien glänzen. In Sichtweite stehen die letzten Bauernhäuser, die noch nicht dem städtischen Wohnbau weichen mußten. Manfred, Konrads Vater, hatte das Haus innen und außen selbst verputzt, auch alle Malerarbeiten nach und nach allein erledigt. Die ersten zwei Jahre lebten die Grasmanns im Parterre, für die Fassade und den Ausbau des oberen Stockwerks fehlte das Geld.

Seit den frühen Morgenstunden bereitet Henriette in der Küche das Mittagessen zu.

Wenn Konrad nach Hause fährt, werden ihm unsichtbare Fußfesseln angelegt. Der ansonsten so freie Mann steht dann in ständigem Kontakt mit der Basisstation Mama. Geht er doch einmal aus dem Haus, weiß Henriette alles: wen er trifft, was er tut, wann er wiederkommt. Wenn er sich längere Zeit außerhalb ihrer Reichweite befindet, ruft sie ihn an und bittet ihn, einen Liter Milch oder irgendein anderes Lebensmittel zu besorgen, das gerade fehlt. Fehlt nichts, erfindet Henriette etwas.

Kommt Konrad fünf Minuten zu spät zum Mittagessen, recht-fertigt er sich. Seine Mutter füllt schweigend die Teller. Seit Konrads Vater nicht mehr ist, immer Konrads zuerst. Konrad kriegt das größte Stück Fleisch. Sind alle Geschwister da, bekommt das zweitgrößte Stück Marcel. Gunda muß schauen, was übrigbleibt.

Henriette hat als Kind erst den Löffel in die Muspfanne stecken dürfen, nachdem der Vater von dem Mus gegessen hatte. Sie hatte vier Geschwister, die inzwischen alle gestorben sind, keines traute sich auch nur, nach dem Löffel zu greifen, bevor der Vater zu essen angefangen hatte.

Er aß einen Löffel Mus, dann wartete er, bis die auf dem Mus zerlassene Butter in die Kuhle geronnen war. Manchmal half er nach, indem er die Pfanne schräg hielt.

War eines der Kinder dennoch einmal vorschnell, schlug der Vater ihm mit seinem Löffel auf den Handrücken oder den Kopf.

Jedesmal, wenn Henriette im Haus Geräusche hört, hofft sie, Konrad würde nun endlich beim Frühstück erscheinen. Jedesmal erhitzt sie die Milch von neuem.

Sie versucht, die Milchhaut mit dem Schneebesen aufzulösen, aber in der Tasse treiben kleine Fetzen.

Renata trinkt den Kaffee schwarz. Schon um neun Uhr morgens riecht es in der Küche nach angerösteten Zwiebeln.

Um keinen Streit mit Konrad zu provozieren, hat Renata gelernt zu schweigen. Wenn sie spricht, gerät Konrad zwischen die Fronten. Renata macht den Mund auch dann nicht auf, wenn Konrads Mutter zu beten beginnt.

Segne, Vater, dieses Morgenmahl, segne, Vater, unser Brot.

Konrads Mutter vergißt, daß sie betet, sie hat nur Renata im Blick. Sie leiert die Sätze herunter: Laß uns jene nicht vergessen, die da hungernd sind in Not. Amen.

Du glaubst einen Scheißdreck, sagt sie nach dem Frühstück zu Renata, während sie den Abwasch macht. Sie legt die Kaffeetassen in heißes Wasser und reibt die kleinen Teller ab, bevor sie alles in die Spülmaschine räumt.

Konrad schiebt Renata aus der Küche.

In den Augen von Konrads Mutter ist Renatas T-Shirt zu weit ausgeschnitten, ein anderes Mal regt sie sich über ihr kurzes Kleid auf. Sie bemerkt den Nagellack auf Renatas Zehen, ihre rasierten Beine und das Make-up; sie sieht sofort, wenn Renata keinen BH trägt. Dieses Mal fordert sie Renata auf, ihr langes Haar hochzustecken oder zusammenzubinden.

Wie Maria Magdalena, flüstert Konrads Mutter zu Blanka, der Zugehfrau, gewandt, aber so, daß Renata es hört.

Das Unsittliche lauert überall, es findet sich vor allem an Renata, aber stärker noch haftet es Konrads Verflossenen an, die Henriette vor Konrad und Renata allesamt als *Schlampen* bezeichnet. Hannah, Konrads Freundin in der Studienzeit, hatte sie sogar einmal als *Drecksschlampe* bezeichnet.

Die Freundinnen haben mit ihrem unehelichen Geschlechtstrieb ihren Konrad verdorben, und diese Verderbnis setzt Renata nun fort.

Wann immer sie kann, verläßt Renata das Grasmann-Haus, spaziert Richtung Zentrum. Sie geht an der Haltestelle Großer Gott vorbei, biegt in die Schneeburggasse ein, dann in den Speckweg. Nach der Kehre, auf der Sonnenstraße endlich, hat sie freien Blick auf die Stadt, auf den Patscherkofel und die Serles. Die Sonnenstraße ist Renatas Erleichterungsstraße, an dieser Stelle läßt das Gefühl der Beklemmung nach, sind Henriettes Worte nur noch tonlose Bewegungen ihrer Lippen. An dieser Stelle verstummt deren aufgesetzte sorgenvolle Stimme, erreichen sie Henriettes Blicke nicht einmal mehr in der Erinnerung.

Manchmal macht Renata einen Abstecher in den Botanischen Garten, in dem neben den Pflanzen die Schilder aus dem Boden wachsen. Auch in der Altstadt gibt es keinen Brunnen und kein Gebäude mehr, die nicht mit einer Tafel versehen sind.

*

Riech einmal, sagt Renata zu Konrad. Sie hält ihm ein Stück Seife unter die Nase. Woran erinnert dich dieser Duft?

Keine Ahnung, sagt Konrad, ich rieche nichts. Er nimmt Renata die Seife aus der Hand, schnuppert daran.

Doch – sehr dezent; ich weiß nicht, was es ist, sagt Konrad. Woher hast du die?

Von Marianne, es ist eine Schafmilchseife, ihr Dermatologe hat sie selbst entwickelt. Sie erinnert mich an dich.

An mich?

Moschus-, sagt Renata, und etwas Kastanienblütenduft. Wie dein Sperma.

Darauf wäre ich nicht gekommen, sagt Konrad. Wenn wir einmal knapp bei Kasse sind, könnte ich also meine Samenflüssigkeit an die Kosmetikindustrie verkaufen?

*

Renata ist bei Konrads Innsbrucker Freunden angekommen. Leonhard arbeitet als Chirurg an der Universitätsklinik. In der Saggener Gründerzeitvilla, die Konrad 2012 behutsam renoviert und umgebaut hat, hängen mehrere frühe Photographien und Zeichnungen von ihm, auch Photozeichnungen aus der Genueser und Pontinischen Serie.

Leonhards Frau Elsbeth ist Scheidungsanwältin. Sie nimmt

Renata in die Arme. Ich sitze morgen leider in einer Verhandlung. Ich kann mich nicht um dich kümmern.

Das brauchst du nicht, sagt Renata.

Ihr wart nicht verheiratet? Keine eingetragene Partnerschaft? fragt Elsbeth.

Das weißt du doch.

Testament?

Ja. Hat Konrad schon vor Jahren aufgesetzt. Du weißt doch, wie sehr er an seinen Photozeichnungen hing.

Hast du es dabei?

Nein, ich habe noch nicht nachgesehen. Er hat es sicher abgespeichert.

Elsbeth schiebt ihre Lesebrille in das Etui, schüttelt den Kopf.

Nicht dein Ernst, sagt sie. Ihr lebt nicht auf dieser Welt, oder?

Elsbeth legt das Lederetui neben die Teetasse. Sie tritt ans Fenster.

Siehst du die Frau da draußen auf dem Zufahrtsweg?

Renata stellt sich neben Elsbeth. Woher soll ich die kennen. Was ist mit der?

Elsbeth sieht Renata an. Genauso viele Rechte hast du.

Aber wir waren doch fünfundzwanzig Jahre zusammen. Und es gibt einen unterschriebenen Ausdruck des Testaments. Zählt der etwa nicht?

Elsbeth kehrt Renata jetzt den Rücken zu, geht zum Glastisch und nimmt eine welk gewordene Rose aus der Vase.

Es wäre besser gewesen, ihr hättet geheiratet, sagt Elsbeth.

Er wollte mich immer heiraten, aber die Ehe ist doch unmöglich für eine Frau, die selbständig ist. Renata schiebt eine Haarsträhne hinters Ohr. Hätten wir ein Kind bekommen, ich wäre einverstanden gewesen. Um des Kindes willen.

Schade, daß es nicht geklappt hat, sagt Elsbeth. Ich erinnere mich, wie traurig Konrad über sein katastrophales Spermio-gramm gewesen war. – Er hätte das Testament bei einem Notar hinterlegen oder es zumindest mit der Hand schreiben müssen.

Es ist, wie es ist. Es läßt sich nicht mehr ändern, sagt Renata und starrt die Rosen an. *Es ist was es ist / sagt die Liebe.*

Es war leichtsinnig, sagt Elsbeth.

Renata lacht auf. *Es ist Unglück / sagt die Berechnung.*

Wie meinst du das? Elsbeth wischt mit dem Geschirrtuch die Wasserflecken weg, die der tropfende Rosenstengel hinterlassen hat.

Es ist nichts als Schmerz / sagt die Angst / Es ist aussichtslos / sagt die Einsicht / Es ist was es ist / sagt die Liebe.

Ach so. Du meinst dieses Gedicht, sagt Elsbeth.

Renata schließt die Augen, ihre Lider flattern, und Elsbeth drückt sie an sich.

Pauline ist wach im Bett gelegen, erzählt Renata. Sie muß etwas gehört haben, sie rührte sich nicht. Normalerweise springt sie gleich aus den Federn. Ich habe mich sofort um sie gekümmert, habe sie festgehalten.

Wie sagt man es einem Kind, fragt Elsbeth.

Ich weiß nicht, wie man es einem Kind sagt, ich weiß nicht einmal, wie ich es mir selbst sagen soll. – Ob ich stark genug sei, hat mich der Polizist gefragt. Er hat mir seine Visitenkarte in die Hand gedrückt und ist dann gegangen.

Du hast es von einem Polizisten erfahren?

Erst heut in der Früh, sagt Renata.

Elsbeth geht in die Küche und wirft die Rose weg. Warum hat dich seine Schwester nicht angerufen? Gunda hat uns noch gestern Abend mitgeteilt, daß Konrad –

Daß er gestorben ist, sagt Renata. Mir hat sie es nicht gesagt.

Wir haben dich auch nicht angerufen, aber es war schon so spät, als wir es erfuhren, sagt Elsbeth.

Eine Stunde später bringt Leonhard Renata zu Konrads Mutter nach Sadrach. Blanka umarmt sie, Konrads Mutter dreht sich weg.

Du hast dich nicht genug um ihn gekümmert, sagt Henriette.

Renata steht in der Küchentür. Es riecht nach scharfem Putzmittel.

Hör nicht hin, sie ist eine alte Frau, sagt Gunda im Vorbeigehen.

Leonhard fährt zurück in sein Saggener Haus, er ist müde von der langen Schicht am OP-Tisch, muß sich hinlegen.

Gunda bittet Renata, Kerzen für die Aufbahrung zu besorgen. Sie kann den Saab benützen, er steht vor dem Haus.

Doch nachdem Renata die Fahrertür aufgesperrt hat, wird ihr schwindelig. Sie weiß, sie kann ihren Sinnen nicht mehr trauen. Die Bäume im Garten sehen nicht mehr wie gewöhnliche Bäume aus, die Lampen am Hauseingang und über dem verschlossenen Scheunentor nicht mehr wie Beleuchtungskörper. Daß sie noch immer da sind, wohingegen Konrad nicht mehr existiert, macht aus ihnen etwas Lebendiges, nahezu Feindliches. Renata empfindet Wut über deren Fortbestand.

Dieses Wachsen, die Windbewegungen in den Ästen, das Lichtversprechen – als wäre nichts geschehen.

Als sich Renata endlich auf dem Fahrersitz niederläßt, zuckt sie zusammen.

Sie klappt die Armlehne hoch, tastet das Innere des Türfachs ab. Dann erst versteht sie: Hier ist nichts mehr. Keine einzige CD. Renata greift ins Handschuhfach, alles weg: Konrads Sonnenbrille, das Klappmesser, mit dem sie auf Reisen die Brote auseinandergeschnitten haben; sogar der Pyrit, Konrads Glücksbringer, den er in einer aufgelassenen Eisenmine auf Elba gefunden hatte, ist verschwunden. Nur der Werbekugelschreiber, mit dem sie beide die letzten Monate die Parkzettel ausgefüllt haben, liegt noch in der Kuhle vor dem Schalthebel.

Renata findet keine Spuren, die auf einen Einbruch deuten. Sie schaltet die Musikanlage ein. Auch der CD-Schlitz ist leer. Jetzt weiß sie nicht, welche Musik Konrad bei seiner letzten Fahrt gehört hat.

Al Green. Aretha Franklin. Ray Charles. Johnny Cash.

Renata fallen Reisen ein, die sie mit Konrad unternommen hat.

Tricky. Portishead. Prodigy. Brahem. Beethoven. Zuletzt wieder öfter Schostakowitsch, nachdem sie beide Julian Barnes' *Der Lärm der Zeit* gelesen hatten.

Sie muß an den regimetreuen Komponisten Tichon Chrennikow denken, der bis zum Schluß behauptet hatte, Schostakowitsch habe von den Stalin-Kommunisten nichts zu befürchten gehabt.

Der Wolf kann nicht von der Angst der Schafe reden, hatte ein anderer russischer Komponist Chrennikows Aussage kommentiert.

Vor Renatas Augen ziehen Landschaften vorüber.

Mit offenen Fenstern und laut aufgedrehter Musik fährt sie mit Konrad noch einmal die Küstenstraße auf der Westseite Elbas entlang, vorbei an Seccheto, Fetovaia, Pomonte. Sie sitzt am Steuer und Konrad filmt sie. Er hat das gleißende Licht auf dem Wasser im Fokus seiner Kamera, dann schwenkt er auf ihre Oberschenkel. Sie hört ihn lachen. Isola bella. Isola d'Elba. Mia donna.

Als Renata den Saab starten will, verfehlt sie mit dem Autoschlüssel das Zündschloß. Sie hält kurz inne, trommelt mit der Faust auf das Cockpit, steigt wieder aus.

In Konrads Elternhaus ist es still. Niemand antwortet auf Renatas Rufen. Sie entdeckt Konrads jüngeren Bruder in der Stube, er sieht sich eine Serie am Laptop an, nimmt die Kopfhörer ab.

Wo sind die CDs, fragt Renata Marcel. Man hört entfernten Amselgesang, das Ticken der Kuckucksuhr.

Wo ist unsere Musik?

Marcel sagt eine Weile nichts, dann blickt er zu seiner Sporttasche.

Die habe ich.

*

Es ist nichts zu hören, nicht einmal Vogelgezwitscher. Renata wirft die Bettdecke zurück, setzt sich auf. Sie muß ständig schlucken.

Vielleicht habe ich mir im Schlaf auf die Zunge gebissen oder von scharfem Essen geträumt. Sie steigt aus dem Bett. Die Speicheldrüsen hören nicht auf, ihren Mund zu überschwemmen, es sammelt sich so viel Flüssigkeit, daß Renata mit dem Schlucken kaum nachkommt. Sie geht zum Fenster, sieht in den Garten hinunter, ohne ihn wahrzunehmen. An den lichten Stellen der Hecken schimmert das Blau des Pools durch.

Wie geht Leben?

Elsbeth hat ihr geraten, einen Psychologen aufzusuchen.

Aber ich halte mich doch gut, hat Renata geantwortet.

Sie schluckt und schluckt.

Erschrickt.

Gleich trinke ich mich selbst aus.

Renata fährt ins Zentrum, um den Mini-Fahrer zu treffen. Der Mann ist jung und weiß noch wenig vom Tod; er kondoliert nicht einmal, streckt Renata nur den Arm hin, schüttelt mit Kraft ihre Hand.

Während sie am Herzog-Siegmund-Ufer stehen, im Rücken die Markthalle, dreht er sich mehrmals nach vorbeigehenden Freunden und Bekannten um, ruft ihnen Halbsätze im Tiroler Dialekt hinterher. Sein Körper ist durchtrainiert, über den Nacken bis zu den Ohren zieht sich ein abstraktes Tattoo. Er duzt Renata, sieht ihr nicht in die Augen, wenn er mit ihr spricht.

Dann bin ich aus der Toilette gekommen und hab gesehen, daß er das Auto umarmt.

Ich habe zuerst gedacht, den haben sie grad angeschossen. Wirklich. Ich habe mich umgedreht, um zu schauen, ob da einer mit der Knarre steht. Mafia. Gibt es schließlich überall.

Der ist auf den Boden geglitten wie in einem Krimi.

Nichts. Gar nichts hat er gesagt. Ich bin gleich zu ihm hin. Er hat geschnarcht, aber gesagt hat er kein Wort.

Soll das ein schlechter Witz sein, habe ich ihn noch gefragt. Wegen des Schnarchens. Aber es war gleich still, und er hat sich nicht mehr bewegt.

*

Renata liegt ausgestreckt auf dem Ledersofa und blickt zum Fenster. Wenn sie ihren Gedanken nachhängt, kommt Konrad manchmal auf die Idee, sie dächte an etwas oder sähe etwas vor sich, dem er nicht gewachsen sei.

Du bist nicht hier, sagt er.

Ich bin hier, liege vor dir.

Das ist nur dein Körper, sagt Konrad.

Was heißt *nur*?

Eine Weile sagt Konrad nichts, dann erzählt er den Traum der vergangenen Nacht.

Überall auf der Schulter und an den Armen habe er Biß-wunden entdeckt.

Von Hunden, fragt Renata.

Konrad schüttelt den Kopf.

Wanzen? Wie damals in Neapel, weißt du noch?

Nicht hinter den Schränken oder den Leisten, nein, mitten durch das erste Hotelzimmer, das man ihnen zugewiesen hatte, war eine Ameisenstraße verlaufen. Konrad war sofort zur Rezeption gegangen, vorbei an Nitsch-Bildern, an alten Neapel-Stichen und Art-déco-Möbeln, und hatte ein anderes, sauberes Zimmer verlangt.

Die nachtaktiven, rotbraunen Mitbewohner des zweiten Zimmers hatten sich während der Besichtigung nicht gezeigt. Erst in Wien, zwei Tage später, in einer gut ausgeleuchteten Umkleide-kabine eines Unterwäschegeschäfts, hatte Renata an den kleinen roten Flecken am Bauch und an den Oberschenkeln die Wanzen-bisse entdeckt.

Mama hat mich gebissen, sagt Konrad.

*

Von draußen sind harte, klappernde Laute zu hören. Renata, die sich mit Konrad das Sofa teilt, hebt den Kopf und blickt Richtung Fenster.

Die Schnatterpecks? fragt Konrad.

Seit Konrad den Flügelaltar von Hans Schnatterpeck in Süd-tirol wiedergesehen hat, nennt er die Gänse der Nachbarin, aber auch die Enten des Wiener Stadtparks, die regelmäßig durch die Wiener Wollzeile spazieren, *Schnatterpecks*.

Eigentlich ein schöner Name für einen Bildschnitzer, sagt Renata, obwohl Schnatterpeck sich doch eigentlich als Maler gesehen hat. Meine Mutter sagte übrigens immer *Halt die Schnatter* statt *Halt den Schnabel!*

Die Schnatter solltest du öfter halten, sagt Konrad und küßt Renata auf den Mund.

Wieviele Monate haben sie noch, die Schnatterpecks?

Vier, sagt Renata.

Gänse sind ein Leben lang monogam. Wußtest du das?

Die da draußen haben nicht viel Gelegenheit dazu, sagt Renata. Noch bevor sie sich aneinander gewöhnen, werden sie geschlachtet.

Sie würde Konrad gerne fragen, ob er in seiner Beziehung zu ihr auch monogam sei. Keiner fragt den anderen, sie gehen beide davon aus, daß jeder weiß, was er tut. Ob Konrad das auch noch weiß?

Ich habe irgendwo gelesen, die Seele sei *nichts weiter als ein Geschnatter von Nervenzellen*. Renata streichelt Konrads Kopf, riecht an seinem Hals. Glaubst du an die Seele?

Ein Mensch, der eine Seele hat, spürt doch nur sein Herz, sagt Konrad.

Renata legt ihren Kopf auf Konrads Brust.

Deine Seele rast.

*

Am späten Nachmittag bringt Renata die Aufbahrungskerzen in Konrads Elternhaus. Gunda hat darauf bestanden. Wahrscheinlich befürchtet sie, Renata könnte die Kerzen bei Leonhard und

Elsbeth vergessen. Daß sie bei den Freunden im Saggen schläft und nicht in Konrads Elternhaus, findet Gunda *eine unnötige Provokation*.

Die Haustür ist nicht abgesperrt, Marcel nicht mehr bei seiner Mutter.

Renata ruft nach Henriette und Konrads Schwester. Als sie die Küche betritt, fällt ihr Blick auf die Messingvase mit den rosa Rosen aus Kunstseide; sie steht auf einem Häkeldeckchen auf dem Fenstersims, dahinter sieht man gut gedüngte Wiesen voller Löwenzahn, die sich bis zum Waldrand erstrecken. Früher grasten dort Kühe.

Echte Blumen machen Dreck, hat Henriette einmal gesagt, und daß kein Vieh mehr in der Nähe des Hauses weide, sei positiv zu werten, weil so die Fliegen ausblieben.

Da Renata auch draußen auf der Terrasse niemanden erblickt, steigt sie die Treppe hinunter in den unteren Stock.

Im Tiefparterre ist noch ein Fitnessraum, außerdem befinden sich dort zwei Gästezimmer, mit deren Vermietung an deutsche und holländische Touristen sich die Grasmanns bis in die achtziger Jahre ein Zubrot verdient haben. Mit dem Geld haben sie nach und nach die Fertigstellung des Hauses und die Ausbildung ihrer Kinder finanziert.

An den Schrankwänden hängt bis heute die gerahmte Hausordnung, die Henriette in den fünfziger Jahren auf der Schreibmaschine ihres Hausarztes abgetippt hat. Im Gegenzug für diese Gefälligkeit und für die unzähligen Hausbesuche, die der Herr Doktor bei Grasmanns hatte absolvieren müssen, ist der Arzt mit feinstem Gebäck beschenkt worden: mit Tiroler Nußkuchen, Strauben und der an Finesse unerreichbaren Kastanientorte, dessen Rezept Henriette trotz mehrfacher Bitten nie preisgegeben hat. Daß sie so gut schmecke, verdanke die Torte allein den süßen Edelkastanien aus Südtirol, hatte sie einmal zu Renata gesagt, nicht ohne hinzuzufügen, daß man die *walschen* Kastanien mit den deutschen nicht vergleichen könne.

Konrad hatte darüber nur gelacht und Renata gefragt, ob er ihr, Signora Spaziani, ein Stück deutsche Kastanientorte über den Tisch reichen dürfe.

Er übernachtete, wenn er mit oder ohne Renata seine Mutter besuchte, meist im Gartenzimmer, das so heißt, weil man von dort auf die Gemüsebeete schaut. Im Gegensatz zum Hofzimmer besitzt das Gartenzimmer eine Tür nach draußen, die Konrad vor allem nachts nützte, um in der Dunkelheit einen Joint zu rauchen. Es war der einzige Augenblick des Tages, an dem er ungestört sein konnte.

Renata findet die beiden Frauen, die ihre Rufe entweder ignoriert oder überhört haben, im Gartenzimmer, sie stehen vor dem geöffneten Kleiderschrank.

Ist doch nur für den Ofen, hört Renata Konrads Mutter sagen.

Henriette hält einen alten Anzug und Konrads Arbeitshemd vor sich in die Höhe. Mit der freien Hand fährt sie in die Taschen. Gunda protestiert und zeigt Henriette den dunkelblauen Boss-Anzug, der aus Konrads Koffer stammen muß, Konrad hat ihn erst vor ein paar Tagen aus der Reinigung geholt.

Nein, den gebe ich nicht her, sagt Henriette mit lauter Stimme.

Konrads Mutter und Schwester nehmen keine Notiz von Renata, die im Türrahmen stehengeblieben ist. Lediglich Gunda nickt Renata nach einer Weile zu, um ihr zu signalisieren, daß sie sie gesehen hat.

Der Nonno hatte Renata als Kind einmal ins Magazin der Obstgenossenschaft mitgenommen, um Renata zu zeigen, wo die Nonna arbeitet. Die Großmutter stand in der ärmellosen Kleiderschürze, über der sie eine dicke, gefütterte Winterjacke trug, am Förderband und sortierte Äpfel aus, nahm die kleinen, unförmigen, leicht beschädigten vom Band, die anderen rollten weiter und wurden am unteren Ende des Fließbands in Kisten verpackt.

Er ist doch erst einen Tag tot, denkt Renata. Das Wort kommt ihr vor wie aus einer anderen Welt. Renata ist ähnlich verwirrt wie nach einem Traum, aus dem man erwacht und nicht mehr weiß, wer man ist und wo man sich befindet.

Aber wirklich nicht, hört Renata Henriette rufen. Sie reißt Gunda Konrads Boss-Anzug aus der Hand und hängt ihn an den Fenstergriff.

Renata spürt ihre linke Schulter, die sie mit ganzer Kraft gegen den Türstock drückt, so als hoffte sie, daß ihr der von Haarrissen überzogene, lackierte Rahmen wenn schon nicht eine hörbare, dann zumindest eine fühlbare Antwort auf ihre Orientierungslosigkeit geben könne.

Über dem Kleiderhaken am Fenstergriff ist plötzlich Konrads Kopf zu sehen. – Konrad, sag etwas.

Was meinst *du*, sagt Gunda. Sie zeigt mit dem Daumen auf den Boss-Anzug und blickt zu Renata.

Renata schaut an ihr und Henriette vorbei zum Fenster: Die Bohnen, denkt sie, sind schon reif, und zwei pralle Paradeiser haben rote Backen. Sie sieht die Farbe zwischen dem Staudengrün und den haltgebenden Stangen hindurchleuchten, dann verschwimmt das Rot plötzlich.

Draußen steht jetzt Konrad und zündet sich eine Zigarette an, er zieht hastig daran, als hänge sein Entkommen davon ab, sein Verschwinden hinter dem blauen Dunst. Wie oft hatte Henriette gebettelt, er möge doch bitte ihr zuliebe mit dem Rauchen aufhören, doch kaum hatte sie ihm den Rücken zugedreht, steckte er sich die nächste Zigarette an. Er paffte und paffte, aber die

Rauchwand wurde dennoch nie so dicht, daß Henriette nicht mehr hätte zu ihm durchdringen können. Sie fand das kleinste Nebelloch.

Renata zuckt mit den Schultern, dreht sich um und geht nach oben, steht kurz in der Küche, weiß nicht, was sie hier sucht. Sie nähert sich den rosa Kunstrosen, bohrt mit dem Zeigefinger ein Loch in ein Blütenblatt, dann verläßt sie das Haus. Im Auto befällt sie die unbändige Lust auf eine Zigarette.

*

Als Renata vor dem Bestattungsinstitut hält, stehen mit Ausnahme von Konrads Mutter, die ihren ältesten Sohn lebend in Erinnerung behalten möchte, alle wartend in der Sonne – auch Rudolph und noch zwei weitere Schulfreunde Konrads aus den sechziger Jahren, die Renata nie kennengelernt, deren Namen Konrad in den letzten fünfundzwanzig Jahren nie erwähnt hat. Gunda hat sie – es macht dir doch nichts aus? – zum Besichtigungs-Termin eingeladen. Sie spricht mit dem Bestattungsunternehmer, erkundigt sich, wieviel eine Urne kostet, und eilt dann als erste in das Gebäude.

Als Renata hinter Rudolph den Aufbahrungsraum betritt, steht Gunda bereits am offenen Sarg und weint. Marcel, der Henriette wie aus dem Gesicht geschnitten ist, aber die Statur wohl von Manfred, seinem Vater, hat, bleibt zwar in Gundas Nähe, betrachtet seine Schwester aber ohne jede Regung. Ihr Auftritt ist ihm sichtlich unangenehm.

Gunda beugt sich über Konrad, immer wieder ruft sie den Namen des toten Bruders, schluchzt laut auf.

Aus den Boxen schallt Instrumentalmusik, um die Außengeräusche zu dämpfen; eine Motorradfahrerin parkt ihre Maschine vor dem Bestattungsunternehmen und läßt – länger als notwendig – den Motor laufen.

Renata würde am liebsten *Ruhe!* rufen, sie stellt sich vor, was Konrad zu der Kaufhausmusik sagen würde. Sie hätte Lust, alle rauszuwerfen, Gunda zuerst, dann Rudolph, der sich erst zwischen sie und Marcel, dann zu Gunda an den Sarg gestellt hat – als sei er Teil des engsten Familienkreises.

Da liegt Konrad, nackter kann man nicht sein, fremd, mit verzerrten Gesichtszügen und einer schlecht vernähten Obduktionsnarbe über der Stirn.

Renata versucht, Konrad anzusehen, und während sie den vor ihr Liegenden betrachtet – immer noch aus einem gewissen Abstand, denn Gunda gibt den Platz am Sarg nicht frei –, stellt sich Renata *ihren* Konrad vor, nicht den Lebenden, sondern *ihren* Toten, der sich mit diesem aus der Kühlzelle geholten Leichnam nicht in Verbindung bringen läßt.

Stünde Renata nicht hier an der Seite von Marcel in dem mit ein paar Nelken geschmückten Raum, sie könnte glauben, es handele sich bei dem Mann im Sarg um einen Fremden.

Renata kann nicht gleich erkennen, was Gunda macht, denn Rudolph schiebt sich dazwischen und legt Marcel seine Hand auf die Schulter.

Jetzt sieht sie, daß Gunda das Mobiltelephon aus der Tasche gezogen hat und Konrad ablichtet, das Objektiv nahe an seinem Kopf.

Sie vergräbt ihn in ihrem iPhone. Sie will ihr eigenes kleines Grab mit sich herumtragen, denkt Renata. Wann immer Gunda das Bedürfnis haben wird, hineinzublicken, wird Konrad – ein Zerrbild seiner selbst – vor ihr liegen, als Beweis seiner Abwesenheit.

Konrad hat Architektur photographiert, selten Menschen. Den Portraitspeicher auf dem Laptop hat er einmal seinen *digitalen Friedhof* genannt.

Niemals hätte er mich so eingefangen, wenn ich vor ihm gestorben wäre, denkt Renata, wie es auch ihr niemals in den Sinn kommen würde, ein Bild von Konrads Leiche zu machen. Sie könnte die gespeicherte Abweichung nicht aushalten, schon der kurze Moment der letzten Begegnung mit seinem Körper, der ihn als bloßen Gegenstand zeigt, der er nie war, ist für Renata kaum zu ertragen.

Raus, möchte Renata schreien, alle raus, aber freundlich und bestimmt bittet sie die Anwesenden, den Aufbahrungsraum kurz zu verlassen, damit sie mit Konrad ein paar Minuten allein sein kann.

Gunda drückt noch einmal ab, dieses Mal steht sie am Fußende des Sarges, geht ein wenig in die Knie, um einen besseren Bildausschnitt zu erwischen.

Renata will nicht, daß es diese Photos gibt, Bilder ihres verstorbenen Konrad, sie wünscht sich inständig, ein Blitz möge in das Gerät von Konrads Schwester fahren und es augenblicklich zerstören, er möge mit diesem kleinen Sarg, der in Gundas Handtasche verschwunden ist, die ganze Meute niederbrennen, welche die Schwester ungefragt in die Halle mitgenommen hat.

Mein liebster Konrad, wo bist du? Etwas stimmt mit deinem Kinn nicht. Es wirkt, als wäre es leicht verrutscht. Wer hat dich so zugerichtet? Der Schrecken steht dir ins Gesicht geschrieben. Oder ist es das Entsetzen darüber, was dir gerade widerfährt?

Komm, sagt Renata zu Konrad, steh auf. Wir hauen ab.

So war das nicht ausgemacht. Du wolltest doch Pauline noch ein Baumhaus bauen.

Konrad, Amore!
Wo ist deine Armbanduhr? Wo ist dein Ring?

Auf dem aus der Kühlzelle geholten Konrad haben sich in der Sommerhitze kleine, feine Kondenströpfchen gebildet.

Konrad sieht aus, als liege er angezogen in der Sauna. Aber die Hand ist eiskalt, und die Stirn, die Renata küßt, ist nur noch ein nasses, kaltes Etwas.

Warum betrachten Menschen die Toten ein letztes Mal? Was glauben sie, noch zu sehen, was sie nicht schon kannten?

Konrads Körper ist längst nicht mehr die Summe all dessen, was er gemacht, gesehen, gehört, gefühlt oder gesprochen hat. Er ist, so wie er vor Renata liegt, auch nicht mehr die Summe seiner Erkenntnisse und seiner Lebensirrtümer.

Seine Zellen haben aufgehört, sich zu erinnern. Es hat ihn auch nicht der Himmel über dem Autobahn-Parkplatz verschlungen; es hat ihn niemand zu sich geholt.

Das Feuer, denkt Renata, wird die Obduktionsnarben genauso fressen wie das Hemd, den Anzug, die Socken, die Gunda und Henriette ausgesucht haben.

Wenn ich vor dir tot sein sollte, werde ich aus Sehnsucht nach dir im Jenseits noch einmal sterben. Konrad hat Renata viele solcher Sätze ins Ohr geflüstert.

Was Konrad nicht ahnen konnte: daß auch die Sehnsucht der Überlebenden lebensgefährlich ist.

Die Freunde lassen Renata nicht aus den Augen. Wenn sie nicht bei ihr sind, kontrollieren sie Renata mit SMS und Anrufen.

Sogar hier, in dem Aufbahrungsraum des Innsbrucker Bestattungsunternehmens, spürt sie durch das Leder ihrer Tasche die Vibrationen der eingehenden Nachrichten.

Renata möchte Konrad hochnehmen, ihn schultern und dorthin tragen, wo er schlafend auf sie warten wollte. Aber er wiegt zu viel. Konrad hingegen hätte Renata problemlos hinaustragen können. Er hat sie oft zum Spaß hochgehoben, und Renata hat gekreischt und wie ein Kind gerufen: Laß mich runter! Und hat ihm mit den Fäusten auf den Kopf getrommelt.

Warum bist du so schwer, denkt Renata.

Henriette und Gunda haben zwar Konrads Leibspeisen gekocht, wenn er zu Besuch kam. Aber den Wunsch, was seine Bestattung anbelangt, was mit seinem Körper geschehen soll, werden sie ihm nicht erfüllen.

Für einen Augenblick glaubt Renata, eine schlecht gestimmte Violine herauszuhören, es ist aber noch immer Konrads Schwester, die nach wenigen Minuten in den Aufbahrungsraum zurückgekehrt ist und nun mit ihrem Geheul in den wabernden Klangteppich der Streichinstrumente einstimmt. Gunda holt immer dann Luft oder putzt sich die Nase, wenn das leise Klavier einsetzt.

Nicht mehr zu sein, so wenig zu sein wie Konrad, das wünscht sich Renata.

Sie haben eine klare Vorstellung von einer Witwe, sagt Renata später zu Bruno am Telephon. Du darfst schluchzen, sogar schreien wie auf einer Bühne – das, sagen sie, lindere den Schmerz. Sie sehen in dem Unartikulierten so etwas wie Sprache. Aber Schweigen nehmen sie dir übel.

Was kümmern sie dich, sagt Bruno. Jetzt doch noch weniger als früher. Konrad ist tot.

Brunos letzter Satz kommt als Staccato herüber. Das Internet ist wieder störanfälliger geworden.

In dem Aufbahrungsraum, sagt Renata, stand ein Kerzenständer in Herzform, auf dem rund ein Dutzend Kerzen brannten, und die Wände waren karfreitagsfarben.

Lila, sagt Bruno.

Violett, sagt Renata nach einer kurzen Pause.

Bruno hustet, dann fährt er fort. Die Verwandlung nach dem Übergang.

Zu Hause rumheulen ist das eine, sagt Renata, aber in der Öffentlichkeit?

Wer wie Gunda keine Haltung hat, sagt Bruno, versucht es mit Pose. Du beschäftigst dich zu sehr mit diesen Leuten.

Ich möchte es Konrad recht machen, sagt Renata.

Du kannst ihm nichts mehr recht machen.

*

Wenn Renata jetzt aufwacht, noch halb behütet von ihrem nächtlichen Traum, bedarf es nur eines Bruchteils einer Sekunde, bis sie der Konrad-Schmerz durchfährt. *Schmerz* trifft es nicht.

Es ist der Gewißheitsstich seines Todes, der sie durchbohrt. Jeden Morgen führt er zu neuen Verletzungen, mit dessen Behandlung Renata den restlichen Tag zubringt.

Mit Konrad aufzuwachen, seine nach Brot und Vanille duftende Haut zu riechen, bedeutete, schlagartig ins Leben zurückzufinden. Während Renata ihre Nase an seinen Rücken drückte, hörte sie draußen die Stieglitze zwitschern.

Wo sie jetzt aufgewacht ist, sind alle Tiere stumm.

Wo sie jetzt liegt, spürt sie kein Tasten, keinen warmen Bauch an ihrem Rücken. Keinen Atem an ihrem Nacken.

Wo sie jetzt ist, hört sie das Scheppern eines umstürzenden Fahrrads, aufgehellt von einem leisen, vom Aufprall der Lenkstange ausgelösten Klingelton.

Unentwegt sieht sie Konrad vor sich. Er hängt seine Jacke an die Garderobe. Wirft die Tasche auf den Schuhkasten im Flur. Sie hört ihn rufen: Mein Fahrrad wurde gestohlen. Aus dem Hof!

Er machte die Gegend für den Diebstahl verantwortlich.

Für Renata ist Konrad vor vielen Jahren aus Währing in den zweiten Wiener Gemeindebezirk gezogen. Obwohl auch die Leopoldstadt inzwischen noblere Wohngegenden zu bieten hat, blieb Konrad bei seinen Vorurteilen. Eine Woche lang schimpfte er über die kriminellen Proleten, dann reiste er nach Tarent, um den Palazzo della prefettura aus den dreißiger Jahren zu photographieren, monumentale Architektur, die ihn an das Kolosseum in Rom erinnerte. Tatsächlich ist der Palast zwar nicht auf den Ruinen des römischen Amphitheaters, aber auf den Trümmern des Teatro Politeama errichtet worden. In der Photozeichnung nahm Konrad auf Pläne und Skizzen des ursprünglichen Theaters Bezug und fügte die dreistöckigen Rundbögen des Kolosseums ein. Eine spätere, farbige Variante der Photozeichnung, die Renata wenig überzeugend findet, weshalb Konrad sie nie hatte ausstellen wollen, spielt auf die Denkmal-Funktion des Kolosseums an. Wenn ein Staat auf der Welt die Todesstrafe abschafft, wird es achtundvierzig Stunden bunt angestrahlt.

Jetzt tut Renata ihre damalige Kritik leid. Jeden Mißton, jede noch so nichtige Auseinandersetzung, die sie im Laufe der Jahre geführt haben, möchte sie rückgängig machen.

Alles nicht der Rede wert, hört sie Konrad sagen.

Noch mehr Idylle? Bruno lacht am Telephon. Mach dich nicht lächerlich.

Wenn das Schlimmste eintritt, muß im Gegenzug das Schlechte meistens besser werden, sagt Bruno. Bei dir gibt es nichts zu bereuen. Es blieb doch alles im Rahmen. Nicht wie bei mir.

Renata bedauert dennoch, Konrad nicht nach Tarent begleitet zu haben. Anschließend war er noch in Bari gewesen, wo er das Fußballstadion von Renzo Piano besichtigt hatte.

Am zweiten Tag seiner Tarent-Reise entdeckte Renata gleich neben dem Eingang zum Supermarkt Konrads Rad. Er hatte es dort vergessen. Sie schickte Konrad ein Photo aufs Mobiltelephon.

Ich hirnloser Prolet, hatte Konrad zurückgeschrieben.

Laß uns zusammen tot sein, wenn wir schon nicht zusammen sterben können, hört Renata Konrad sagen. Laß uns hier in Wien in einem Grab liegen. Versprich es mir, und ich verspreche es dir.

Du wirst einen schönen Satz für dich und mich finden, und ich werde uns einen Stein suchen, der auch im Winter vom Sommer erzählt.

Für Konrads Mutter kommt ein Grab in Wien nicht in Frage. Renata hat auch die anderen gegen sich: Gunda, Marcel und Rudolph. Er ist aus dem Nichts aufgetaucht, ein alter Schulfreund von Konrad, den Renata nur zweimal in ihrem Leben gesehen hat.

Konrad hat selten von Rudolph erzählt. Daß sie gemeinsam das Gymnasium besucht hätten. Daß er Anlageberater sei und wegen seiner Tochter und den drei Hunden ein Häuschen in Penzing gekauft habe. Einmal sind Renata und Konrad dem Mann in der Galerie Klick begegnet, wo Bruno seine Kriegsphotos ausgestellt hatte. Ein andermal, Jahre später, haben sie Rudolph zufällig in der Wiener Innenstadt getroffen. Konrad hat sich nach der Verabschiedung über die viele Pomade in Rudolphs Haar lustig gemacht. Rudolph sehe aus wie das Klischee eines Latin Lovers; es fehle nur noch die Tolle.

Das ruhelose Herumgehen in der Wohnung hat etwas Tierhaftes. Renata schnüffelt nach Konrad, wankt von Raum zu Raum, bleibt abrupt stehen, schärft den Blick, spitzt die Ohren. Sie vermißt jetzt alles an Konrad, sogar sein Gepolter, wenn er manchmal spätnachts angetrunken heimgekommen ist.

Ein Hund würde nach zu langer Vernachlässigung durch sein Frauchen zu bellen und zu winseln beginnen. Renata hat keine Tränenflüssigkeit mehr, ihre Stimme ist belegt.

Sie streckt sich auf dem Sofa aus, doch sobald sie liegt, wird sie wieder unruhig.

Um diese Zeit sind sie manchmal mit ihren Rädern durch den Prater zur Donau und von dort über das Kraftwerk Freudenau auf die Donauinsel gefahren. Das Fahrrad rührt Renata nicht mehr an.

Freudenau ist nun Trauerau.

Gunda ruft an. Pfarrer Adalbert sei im Urlaub, sie wisse noch nicht, wer die Beerdigungsmesse halten werde.

Messe? Konrad ist aus der Kirche ausgetreten!

Wir werden einen Kompromiß finden, sagt Gunda.

Wie soll der aussehen? Ein bißchen Gott und ein bißchen Nicht-Gott? Betend nicht-beten oder nicht-betend beten?

Das kannst du unserer Mutter nicht antun, sagt Gunda und drückt den Anruf weg.

*

Jemand hat Renata von einem Hund erzählt, der mit dem Schwanz zu wedeln begonnen hat, wenn er die Kawasaki seines Herrchens in den Hof hat einbiegen hören. Er lief dann zur Tür und wartete davor, um den Heimkommenden sofort anspringen und ihm die Hand lecken zu können. Nachdem das Herrchen gestorben war, hat der Hund jeder vorbeifahrenden Kawasaki hinterhergebellt.

Renata geht aus dem Haus; sie hat beschlossen, in der Bar Balthasar einen Kaffee zu trinken. Es fällt ihr leichter, außerhalb der gemeinsamen Wohnung zu sein.

Sie blickt auf die anderen Tische und bestellt, was die meisten anderen frühstücken. Sie nennt es Nachahmungsstrategie, zeigt auf ein Nußkipferl, obwohl sie gefüllte Kipferln noch nie gemocht hat.

Auf dem Rückweg wählt Renata einen Umweg, nur um zu gehen, um noch mehr Zeit hinter sich zu bringen. Fast alle um sie herum haben es eilig.

Die Verschonten scheinen keine Zeit zu haben, die Getroffenen wissen nicht, wohin damit.

Vor ihrem Mietshaus hat sich nichts verändert. Es gibt keine neuen Baustellen. Die Blätter der Bäume sind ein paar Tage älter geworden, es sind dieselben Blätter, die Konrad noch als Knospen hat wachsen sehen.

Vielleicht wird mir nicht mehr schlecht sein, denkt Renata, wenn die Platanenblätter zum dritten oder fünften Mal neu sprießen werden. Vielleicht aber wird diese Übelkeit auch nie wieder aufhören.

In diesem Gefühl haust das Nichts. Es füllt den Bauchraum aus. Es wandert in den Kopf.

Renata atmet tief durch, schaut, als sie in ihrer Wohnung angekommen ist, nach unten auf die Straße, schätzt die Höhe des Hauses. Zehn Meter? Zwölf?

Sie sieht ihren Körper fallen und denkt in diesem Moment an Carlo in Pier Paolo Pasolinis Roman *Petrolio*, der sich auf dem *tristen Betonboden* wiederfindet, zwischen alldem herumstehenden Hausrat *einzig im Angesicht des Himmels*, der sich über ihm öffnet.

Renata denkt, daß hinter dem Nichts wieder nur Nichts wartet.

Die Vorstellung, daß sie den Sprung schwerverletzt überleben könnte, daß sie sich mit der beim Aufprall zerbrochenen Brille und mit dem im Flug hochgerutschten Rock der Lächerlichkeit preisgeben könnte, läßt sie vom Fenster zurücktreten.

Obwohl Sommer ist, hat Renata kalte Füße.

Vor Gundas Wohnung, fällt ihr jetzt ein, mußte man immer die Schuhe ausziehen. Man durfte auch nicht barfuß oder in Socken den Parkettboden betreten, da die Füße Schweißspuren hinterlassen könnten.

Ich schenke Gunda zu Weihnachten Pfotenschuhe für Hunde, hatte Konrad einmal vor dem Hunter Store in der Praterstraße gesagt.

Die läßt doch keinen Hund rein, auch nicht mit diesen Pfotenschuhen.

Gunda habe als junge Frau Küsse ekelig gefunden, erzählte Konrad, weil sie an die Bakterien denken mußte, die der andere im Mund hat.

Wenn die wüßte, daß sie im Schnitt zwei Kilogramm Mikroben mit sich herumträgt, hatte Renata gesagt.

Übertreibst du nicht? Konrad war stehengeblieben. Sprechen und Gehen zugleich, war ihm immer schwergefallen.

Siebentausend Arten allein im Speichel und vierzehntausend in den Zahnfleischtaschen.

Meine Süße, was du alles weißt.

Renata hört Konrads Stimme. Er hatte sich damals Renata mitten auf dem Gehsteig genähert und mit seiner Zunge ihre Lippen geöffnet.

Laß mich in deinen Mundzoo.

Vor Renata liegt Konrads Sterbeurkunde. Gunda hat sie besorgt und Renata in die Hand gedrückt, bevor sie nach Wien aufgebrochen ist.

Alles ist wie immer. Konrads Schuhe stehen neben der Eingangstür, seine Sporttasche hängt an der Garderobe, sein Schreibtisch ist voller Papiere, Stifte, Zeitschriften, Magazine, Bücher.

Aber die Urkunde macht aus all diesen Gegenständen nutzlose Staubfänger.

Am liebsten wäre Gunda, Rudolph würde sich um das Verlassenschaftsverfahren kümmern, aber den Notar, sagt Gunda zu Renata am Telephon, könne man sich leider nicht aussuchen, der werde einem zugewiesen. Rudolph sei ein wahrer Freund. Rudolph stünde ihnen nahe. Rudolph helfe, wo er könne. Rudolph habe in seiner Studentenzeit mit Konrad zusammengewohnt, er kenne ihren Bruder in- und auswendig.

Wo war dieser Rudolph in den letzten fünfundzwanzig Jahren, fragt sich Renata. Haben er und Konrad sich heimlich getroffen?

Das Verlassenschaftsverfahren werde automatisch eingeleitet, fährt Gunda fort, der Staat von allein aktiv. Das zuständige Standesamt verständige das Wiener Bezirksgericht und übermittle die Sterbeurkunde. Und das Bezirksgericht sei dann auch das Verlassenschaftsgericht, habe Rudolph gesagt.

Renata hört zwar zu, aber all diese Wörter sind ihr fremd. Sie und Konrad haben ihr ganzes Leben nie einen Anwalt benötigt. Warum brauchte es jetzt ein Verfahren? Ein Gericht?

Aber wenn das Standesamt ohnehin die Sterbeurkunde übermittelt, wozu brauche ich sie dann?

Mein Gott, bist du naiv, sagt Gunda. Für die Bank. Um das Handy abzumelden. Um etwaige Daueraufträge zu stoppen. Du kannst Rudolph immer anrufen. Rudolph wird dir sagen, was du zu tun hast.

Ich brauche keinen Rudolph, sagt Renata.

In der Nacht, nach der Eröffnung der Ausstellung von Brunos Kriegsphotos in der Galerie Klick, hatte Konrad Renata von Rudolph erzählt, von dessen Mutter, die seit Jahren in einem Pflegeheim in Hötting lebe. Die Rudolph höchstens einmal im Jahr in Tirol besuche. Manchmal nur alle zwei Jahre. Stattdessen besuche er Henriette. Er wohne sogar bei ihr.

Er hat einen Mutterwechsel vollzogen, hatte Konrad lachend gesagt.

Aber Konrad und Rudolph hatten sich aus den Augen verloren. Nein, nicht verloren. Konrad war Rudolph absichtlich aus dem Weg gegangen, hatte Einladungen aus vorgeschobenen Gründen abgesagt.

Rudolph leide an Logorrhoe, hatte Konrad gesagt. Früher sei

sein Sprechdurchfall noch nicht so schlimm gewesen, aber die letzten Male, als Konrad Rudolph nur mehr zufällig auf der Straße oder im Klick traf, hätte Rudolph ohne Unterbrechung geredet, meist belangloses Zeug. Konrad verstehe nicht, woher dieser Sprechdrang Rudolphs rühre.

Im Aufbahrungsraum war Rudolph still gewesen. Aber am Abend von Brunos Photoausstellung soll Rudolph schnell und unzusammenhängend gesprochen haben. Und, als habe er seine sprachliche Enthemmung konterkarieren müssen, seien Rudolphs Anzug und sein Hemd von einer auffälligen Akkuratesse gewesen.

Renata sieht an sich herunter, sie trägt Konrads T-Shirt, das sie im Wäschekorb gefunden hat. Sie hüllt sich in seine Kleidung, in seinen Geruch, der sich von Stunde zu Stunde mehr verflüchtigt, sich mit ihrem eigenen Körpergeruch und Parfum vermischt.

Am Abend steht Renata im Bad, sieht auf das Zahnputzglas, steht vor der Schlafzimmertür, sieht auf die Klinke. Jedesmal muß sie daran denken, daß Konrads Spuren verschwinden werden, daß sie durch ihre eigenen Hände, welche dieselben Gegenstände berühren, all seine Fingerabdrücke verwischt.

Schreib alle Todesfallkosten auf, sagt Gunda am Telephon. Sie habe sich erkundigt, Konrads Konto sei für sie, Marcel und für ihre Mutter gesperrt, Renata sei aber zeichnungsberechtigt und solle daher alle Rechnungen, die ab jetzt eingingen, von Konrads Konto begleichen.

Sie möge eine genaue Auflistung der Ausgaben erstellen.

Es ist unser gemeinsames Konto, sagt Renata.

Es ist Konrads Konto, sagt Gunda.

*

Die Schwüle ist drückend, aber Renata schafft es nicht, das Fenster zu öffnen. Seit sie aufgewacht ist, leidet sie unter Atemnot, als hätte jemand über Nacht dem Zimmer den Sauerstoff entzogen. Sie seufzt die ganze Zeit, sucht erst im Bett, dann im Schlafzimmer nach dem Mobiltelephon, aber die Beine tragen sie nicht richtig, es kommt ihr so vor, als gäben die Muskeln nach.

Das iPhone liegt unter den ungelesenen Kondolenzbriefen, die gestern eingetroffen sind.

Bruno, ich sterbe.

Der Freund reagiert nicht auf die SMS. Seit seine Lebensgefährtin ausgezogen ist, steht er nicht vor Mittag auf.

Renatas Kühlschrank ist bis auf ein kleines Stück Butter und ein halbvolles Glas Marillenmarmelade leer, die benutzten Tassen und Gläser stehen auf der Anrichte.

Im Bad liegt die schmutzige Wäsche auf der Waschmaschine und auf dem Boden. Pauline hat ihre Haarklammer vergessen.

Die Tageszeitungen und die eingegangenen Werbesendungen und Rechnungen stapeln sich ungelesen auf dem Schuhkasten im Vorzimmer. Der Laptop ist noch immer eingeschaltet, seit gestern Nacht.

Während Konrads Reisen ist alles auf Empfang gewesen, und auch wenn er sich selten vor Abend gemeldet hat, weil er mit Stativ, Kamera, Laptop und Zeichenblock unterwegs gewesen war, ihn schon allein das Equipment daran gehindert hatte, Nachrichten zu lesen oder zu verfassen, war Renatas Alleinsein ein anderes als jetzt. Es war ein Alleinsein im Zusammensein. Jetzt ist es nur ein Alleinsein.

Renata weiß von Walen, die über ihren toten Gefährten wachen und nicht mehr fressen. Von Gänsen, die herumfliegen und nach dem toten Partner suchen, die Orientierung verlieren und sterben. Von Schwertwalweibchen, die ihr verstorbenes Neugeborenes versuchen an der Oberfläche zu halten, es sogar auf ihrem Kopf balancieren oder durch das Wasser schieben und mit ihren Flossen berühren.

Sie träumt davon, in die Kühlzelle des Bestattungsunternehmens einzubrechen, mit einem Stemmeisen den bereits verschlossenen Sarg zu öffnen und sich so lange auf Konrad zu legen, bis sein Körper wieder warm ist.

Dann schleichen sie beide Hand in Hand aus dem Gebäude, steigen in den Saab und brausen los.

Die Fenster des Wagens sind offen, Konrad dreht die Anlage auf. Schneller, ruft er, und Renata rast durch die Stadt, nimmt die Autobahnauffahrt Richtung Brenner, verläßt mit Konrad Österreich. Er zählt unterwegs die Lichtblitze der Radaranlagen und lacht hell auf.

Tesoro, ich habe gewußt, daß ich mich auf dich verlassen kann!

Als das Telephon klingelt, reagiert Renata nicht. Sie sitzt vor dem Laptop, betrachtet alte Photos. Konrad, abgelichtet in Schörfling am Ufer des Attersees, hinter ihm schwimmen Dutzende Schwäne; Konrad vor der Torre civica in Pomezia; dann vor dem breiten, weitgehend ausgetrockneten Flußbett des Tagliamento; und noch einmal Konrad in Torre Paola auf der Terrasse des Saporetti, wo sich in den siebziger Jahren Moravia und Pasolini zum sonntäglichen Mittagessen getroffen hatten. Im Hintergrund sieht man die häßliche neoklassizistische Villa, die der italienische Fußballer Francesco Totti für über dreißig Millionen Euro erworben hat. Schon Moravia war die Villa ein Dorn im Auge gewesen. Ohne die Villa Volpi dort unten hätten wir hier noch das Italien von Stendhal, soll er gesagt haben.

Auf allen Bildern erscheint Konrad groß und mächtig, als könne ihm das Leben nichts anhaben.

Das Klingeln hört auf und setzt erneut ein; der Anruf wird aber in dem Moment beendet, als Renata nach dem Mobiltelephon greift. Es ist eine unterdrückte Nummer. Renata ist froh, daß sie nicht zurückrufen kann.

Eine Weile sitzt sie noch am Schreibtisch, unbeweglich, starrt ihre Arbeitsdatei an, die sie nicht öffnet, dann den Bildschirmschoner, die vorbeiziehenden Buchstaben, die vor ihren Augen verschwimmen, sich aufzulösen scheinen, steht dann wieder auf, geht in die Küche, ohne Hunger, ohne Durst, und weiter ins Wohnzimmer, ohne zu wissen, warum. Sie stellt sich ans Fenster, sieht aber nicht hinaus, steht vor dem Tisch, am Ende vor dem Regal mit der Stereoanlage. Um irgendetwas zu tun, dreht sie das Radio auf.

Es ist keine neue Stimme zu hören, und weil derselbe Sprecher liest, der seit Jahren die Nachrichten vorträgt, weil schon wieder etwas ist, wie es immer war, ist Renata überzeugt, daß Konrad gleich seinen Schlüssel in das Türschloß stecken und hereinkommen wird. Sie sieht ihn durch den Flur auf sich zukommen, sieht, wie er mit der rechten Schulter am Türrahmen lehnt, den Kopf zu ihr hingedreht, sie hört ihn sprechen, lachen, mit der Linken gestikulieren, als müsse er seinen, manchmal holperigen Sätzen über die Schwelle helfen.

Konrad wiederholt seine Bewegungen immer von neuem, er kommt, nachdem er aufgesperrt hat, auf Renata zu, bleibt im Türrahmen stehen, steckt den Kopf herein, er kommt, bleibt im

Türrahmen, steckt den Kopf – kommt, bleibt, steckt, kommt –, Renata verharrt in ihrer Position, angewurzelt.

Was der Radiosprecher sagt, hört sie nicht.

Marcel ruft an und entschuldigt sich, daß er den Saab leer geräumt hat. So sei das nicht gemeint gewesen.

Wie denn, liegt Renata auf der Zunge, aber sie schweigt.

Ein bißchen Mitleid kannst du mit dem schon haben, hatte Renata zu Leonhard gesagt, als er sich über Konrads Bruder empört hatte.

Der müsse ihr nicht leid tun, hatte Leonhard gesagt. Dem fehle jedes Maß.

Auf Verluste reagiere jeder anders, versuchte Renata, Marcel in Schutz zu nehmen.

Er habe die Musik lediglich auf seinem Laptop abspeichern wollen, gebe Renata die CDs selbstverständlich zurück. Er wolle ihr auch seine Hilfe beim Ausräumen von Konrads Büro anbieten.

Marcels Stimme klingt zuversichtlich, freundschaftlich. Er fragt nach der Begegnung mit dem Mini-Fahrer, will den Hergang von Konrads Tod noch einmal erzählt bekommen, als traue er den Ausführungen seiner Schwester und seiner Mutter nicht. Er zeigt Mitgefühl, ist freundlich. Renata lädt ihn ein, nach Wien zu kommen.

Dann sagt er unvermittelt, zu Hause werde schon ums Erbe gestritten.

Welches Erbe, fragt Renata.

Marcel räuspert sich. Ihr seid nicht verheiratet gewesen. Und es gibt kein Testament, oder?

Renata schweigt.

Da ist doch nichts, sagt sie nach einer Weile. Keine Eigentumswohnung, kaum Geld, das Büro war auch nur angemietet. An das alte Wagramer Landhäuschen denkt sie in diesem Moment nicht.

Nimm ein Lexotanil, schreibt Bruno zwei Stunden später. *Sei vernünftig!* Ein paar Minuten vergehen, und Bruno ruft an. Renata hört, daß er raucht.

Mit der Chemie, sagt Renata, wird der Schmerz nur verwandelt. Außerdem hält man sich damit keine Familie vom Leib.

Vergiß Konrads Familie, sagt Bruno, konzentriere dich auf deine eigene und auf deine Freunde.

Die eigene ist verzweifelt, weil sie nicht in Renatas Nähe sein kann. Die Mutter ruft ständig an. Ißt du auch genug? Hilft dir jemand? Ricarda arbeitet im Krankenhaus, kann Bozen nicht verlassen. Sie will in den Ferien kommen. Die Verwandten aus dem Latium überschütten Renata mit SMS. *Il mio cuore è con te. Sentite e sincere condoglianze.* Oder: *Wenn du jemanden verlierst, den du liebst, bekommst du einen Engel, den du schon kennst.*

Renata öffnet die Bettlade, blättert die Mappe mit den Architekturphotos durch, findet mehrere angefangene Photozeichnungen, Schwarzweiß-Aufnahmen von Gebäuden im Südosten Roms, die aus Anlaß der Weltausstellung E 42 gebaut worden waren. Man wollte damals nicht die üblichen provisorischen Pavillons aufstellen, sondern moderne repräsentative Paläste errichten.

Konrad hat ein paar der Photos augenzwinkernd mit barocken Ornamenten versehen und in ein paar Rundbogenarkaden des Palazzo della Civiltà, der aussieht wie ein quadratisches Kolosseum, Comicfiguren gezeichnet – vielleicht um dem damals noch jungen Marcel zu imponieren, der schon als Kind eine Vorliebe für Cartoons hatte.

Die Anzahl der Arkaden, erinnert sich Renata, entspricht waagrecht der Zahl der Buchstaben in *Mussolini*, senkrecht sind es sechs Stockwerke, gemäß den Buchstaben in *Benito*. Der Name *Renata* würde auch passen, hatte Konrad damals gesagt.

Zwischen den unfertigen künstlerischen Arbeiten liegen noch andere Blätter, eine Skizze der ursprünglich geplanten Piazza delle Forze Armate, verschiedene Kopien zu Plänen für die Gestaltung der Hauptachse des Ausstellungsgeländes, Notizen Renatas zur Inschrift am Palazzo della Civiltà. *Ein Volk der Dichter, Künstler, Helden, Heiligen, Denker, Wissenschaftler, Seeleute, Wanderer.* Sie erinnert sich, daß sie mit Konrad über das Wort *Wanderer* diskutiert hatte. Er fand ihren ersten Vorschlag, *Auswanderer*, unpassend.

Ein Volk der Männer, hatte Renata – mit Ausrufezeichen versehen – am Blattrand notiert.

Die Gebäudeinschrift, die an allen vier Seiten des quadratischen Kolosseums steht, ist ein Zitat aus Mussolinis Rede vom 2. Oktober 1935, in der er dem Kaiserreich Äthiopien den Krieg erklärt hatte.

Mussolini wollte seinen *Platz an der Sonne* ausbauen, er hatte vor, die bereits bestehenden italienischen Kolonien Libyen und Somaliland um Äthiopien zu vergrößern. Umgeben von so vielen verfeindeten Völkern, fühlte er sich in seinem eigenen Land eingesperrt und verglich die Lage Italiens am Mittelmeer mit einer *prigione mediterranea*, einem *mediterranen Gefängnis*, dem man nur durch Expansion entkommen könne. Er träumte von der Kontrolle des Suezkanals, von neuem Lebensraum in Nordafrika und der Kolonialisierung seiner Einwohner.

Konrad hatte immer davon gesprochen, nach Asmara zu reisen, um die dem Verfall preisgegebenen Bauten der italienischen Kolonialzeit zu besuchen. Er hatte Renata im Internet die berühmte FIAT-Tankstelle von Giuseppe Pettazzi gezeigt, die mit freitragenden Betonflügeln von über dreißig Metern Spannweite ausgestattet ist. Die Flügel halten noch immer, hatte Konrad erzählt. Als Pettazzi nach der Fertigstellung des Gebäudes seine Arbeiter aufgefordert habe, die Stützen unter den Betonflächen wegzutragen, soll sich der Vorarbeiter geweigert haben, die Holzpfähle zu entfernen. Pettazzi habe schließlich ein Gewehr geholt und gedroht, auf den Vorarbeiter zu schießen. Erst dann habe der sich in Bewegung gesetzt.

Schon als Student wollte Konrad nach Eritrea reisen, aber damals herrschte Krieg, dann kam die diktatorische *Volksfront für Demokratie und Gerechtigkeit* an die Macht, und seither ist es in dem Land nicht nur um die Pressefreiheit schlecht bestellt. Ein Besuch war nicht mehr möglich gewesen.

Unter den Blättern Konrads liegen auch mehrere Comic-Zeichnungen von Marcel. Der kann was, hatte Konrad damals zu Renata gesagt, aber er habe keine eigenen Ideen. Schon als Kind habe er die unkolorierten Seiten der Topolino-Hefte, die er von einem italienischen Nachbarskind geschenkt bekommen hatte, penibel ausgemalt. Er sei stets innerhalb der Linien geblieben, habe dafür genau die gleichen Farben gewählt, die auf den kolorierten Seiten zu sehen gewesen waren.

Wußtest du, hatte Konrad Renata damals gefragt, daß mit Ausnahme von *Topolino* in der Faschistenzeit alles Amerikanische zensiert worden ist? Ab 1942 habe man auch Topolino, die italienische Micky Mouse, verboten. Stattdessen ist Tuffolino geboren worden.

Tuffolino! Konrad liebte den Namen.

War einer angepaßt, haben Konrad und Renata ihn von da an in ihren Gesprächen immer *Tuffolino* genannt. Wenn Konrad von

Gunda gesprochen hatte, war nur noch von *Tuffolina* die Rede gewesen.

Tuffolina habe Geburtstag. Er müsse endlich Tuffolina zurückrufen. Tuffolina sei schon wieder krank.

Normalerweise seien jüngere Geschwister selbstbewußter, hatte Konrad einmal über Marcel gesagt. Sein Bruder sei von Anfang an eingeschüchtert und viel zu brav gewesen. Mit zwei Jahren habe er wie ein Erwachsener gegessen, beflissen den Löffel zum Mund geführt, ohne auch nur einen Tropfen Suppe zu vergießen.

Probiere es doch einmal selbst, hatte Konrad mehr als einmal zu Marcel gesagt, zeichne aus dem Kopf, doch sein Blatt blieb immer weiß.

Marcel tat nichts lieber, als Bilder auszumalen.

Mit fünfzig war Henriette auf Kur nach Gösing ins Mariazeller Land gefahren, es war ein Geburtstagsgeschenk von Konrads Vater, das Henriette abgelehnt hätte, wenn der Urlaub nicht schon bezahlt gewesen wäre. Für das Kurhotel sprach, daß es an einem Pilgerweg nach Mariazell liegt, wo sich die Magna Mater Austriae befindet, eine Gnadenstatue aus Lindenholz, die einst ein Benediktinermönch geschnitzt haben soll. Die Holz-Maria hatte dem Pater einen Tunnel in einen, den Weg versperrenden Felsen gezaubert und bald darauf den Markgrafen von Mähren und dessen Frau von der Gicht geheilt, weshalb sich Heinrich I. dazu entschloß, eine große Kirche bauen zu lassen, die – wie alle Wallfahrtskirchen Österreichs – zu Henriettes Lieblingskirchen zählt.

Der Gedanke, eine solche Wunder-Maria in der Nähe zu haben, hatte Henriette umgestimmt. Denn in der Regel empfand sie alles, was nicht sein mußte, als zum Fenster hinausgeschmissenes Geld. Urlaub mit Manfred mußte nicht sein. Essen in einem Restaurant mußte auch nicht sein. Nicht einmal ein kleiner Brauner im Café Central mußte sein. Den Kaffee trinken wir zu Hause, pflegte sie zu sagen. Zu Hause schmecke er ohnehin am besten.

Nach der zweiwöchigen Entspannung in dem Alpenhotel, zu dem sie Manfred hingebracht und von wo er sie abgeholt hatte – er war aus Spargründen nur insgesamt zwei Nächte bei ihr geblieben –, litt Henriette unter Blähungen. Sie führte sie auf das Kur-Essen zurück. Als sie sich nach mehreren Wochen noch immer gebläht fühlte, suchte sie einen Internisten auf.

Marcel war unterwegs. Mit einundfünfzig war sie noch einmal schwanger geworden.

Den Namen, der so gar nicht zur Familie paßte, verdankte das späte Kind einem Herrn Reto Rübli aus Chur in der Südostschweiz, von dem Konrad erst nach dem Tod Manfreds von seiner Mutter erzählt bekommen hatte, daß er ihr Kurschatten gewesen war. Der Familie gegenüber begründete Henriette die Namenswahl mit der Ähnlichkeit von *Marcel* mit *Mariazell*.

Das wundersame Wallfahrtskind sei in der letzten Kur-Nacht gezeugt worden, hatte Konrad erzählt. Sein Vater war eine Nacht vor Henriettes Kur-Ende angereist und hatte seiner Mutter am letzten Abend nach dem Essen auf dem Zimmer eine Szene gemacht, weil Henriette Herrn Rübli, der mit zweitem Namen Marcello heißt, was dem Vater nie zu Ohren gekommen war, im Speisesaal mit *Reto* angesprochen hatte.

Nach der Eifersuchtsattacke folgte der Versöhnungsfick mit seinem Vater.

Du meinst, Marcel ist gar nicht von diesem Reto Rübli?

Meine Mutter im Bett mit einem anderen Mann? Das hätte sie dem lieben Gott niemals angetan. Auf jeden Fall habe seine Mutter oft und wohl auch in jener Nacht an den Herrn Rübli gedacht. Aber egal, wessen Sohn Marcel sei, er bleibe sein kleiner Bruder, hatte Konrad gesagt.

Was hätte Konrad noch unternommen, wenn er seinen Tod vor Augen gehabt hätte? Wäre er – wie Bruno über einen an Bauchspeicheldrüsenkrebs erkrankten Kollegen erfahren hatte – zu einer Verabschiedungstour aufgebrochen? Hätte er die Restzeit genutzt, um seinen wichtigsten Lebensmenschen Adieu zu sagen, oder wäre Konrad mit Renata noch einmal verreist? Und wohin hätte diese letzte Reise geführt? Von welchen Orten hatte er noch geträumt, welche Ziele ins Auge gefaßt? Renata hatte Konrad immer nur von Städten und Landschaften sprechen hören, in denen sie bereits gewesen waren.

Einmal noch mit dir am Bund in Shanghai an der Theke der Long Bar im Waldorf Astoria sitzen.

Einmal noch mit dir nach Matera und nach Aliano zu den italienischen Canyons reisen.

Einmal noch mit dir die Architektur-Biennale in Venedig besuchen oder in der Bar Italia auf dem Hauptplatz von Sabaudia Zeppole di San Giuseppe essen.

Einmal noch.

Wer eine Diagnose erhält, für den läuft der Countdown, auf den wartet der Tod in Sichtweite.

Hätte Konrad in so einem Fall überhaupt noch die Welt bereisen wollen?

Du hast seine Photozeichnungen, tröstet Bruno sie. Du wirst durch seine Räume gehen. Dir bleibt das Wagramer Landhäuschen.

*

Die fünf älteren Frauen mit den streng nach hinten gekämmten Haaren sitzen hinter schweren Holztischen und wollen von Renata wissen, was sie vergessen hat. Sie sehen in ihren dunklen Roben aus, als gehörten sie einer Kommission an. Renata steht vielleicht drei Meter von ihnen entfernt, mit gesenktem Kopf. Sie weiß nicht, was sie sagen soll. Sie kann sich an keine Versäumnisse erinnern. Sie übersetze nach bestem Wissen und Gewissen, sagt Renata.

Die Frau in der Mitte, die Renata für die Präsidentin hält, erklärt ihr, daß es darum nicht gehe. Wir sind nicht hier, um Ihre Fähigkeiten als Übersetzerin zu prüfen!

Der dunkelgraue Mantel der Frau hat einen irritierenden Knebelverschluß, der Renata an Konrads Dufflecoat aus schwerem Wollstoff erinnert; er paßt so gar nicht zu einer Richterinnenrobe. Offenbar will die Präsidentin auffallen, denkt Renata, diese individuellen Verschlüsse machen aus ihr eine angreifbare Privatperson, die sie doch hinter der Standestracht verstecken sollte. Oder waren sie ein Zeichen? Wollte ihr die Präsidentin auf die Sprünge helfen? Gar einen Hinweis auf Konrad geben? Aber woher kennt die Präsidentin Konrads Mantel?

Renatas Beine schmerzen vom Stehen. Das lange Schweigen der Frauen hinter den Tischen ist bedrückend, Renata dreht sich etwas zur Seite.

Die ist ja schüchtern wie eine Kuh, sagt eine der Frauen aus der Kommission. Die Kühe zeigen uns auch ihre Hintern, wenn sie sich von Menschen bedrängt fühlen. Die anderen lachen.

Renatas Mund ist trocken, die Hände hingegen sind feucht, sie verlagert ihr Körpergewicht von einem Fuß auf den anderen.

Warum habe ich keine Verteidigerin, denkt Renata. Auf ihren Schuhspitzen entdeckt sie eingetrocknete Wasserflecken, sie kann sie nicht vor den Blicken der Kommissionsdamen verbergen. Die Wintersalzränder leuchten plötzlich wie das Strontiumaluminat auf der Marienstatue von Medjugorje.

Renata ist sich jetzt sicher: Alle fünf Frauen schauen auf ihre Füße.

Schämen Sie sich nicht, ruft die Kommissionspräsidentin, und zu den anderen gewandt: Das ist Blasphemie! Die Frauen gehen auf Renata los, da wacht sie auf, von ihrem eigenen Schrei. Wieder bleibt ihr die Luft weg. Aber da ist niemand, auch keine dieser Kommissionsfrauen, nur Renatas Haar ist ihr im Schlaf auf das Gesicht gefallen.

Sie faßt sich an den Hals, er ist frei. Kein Kettchen und kein Kragen engen ihn ein.

Sie sucht im Halbdunkel nach der Brille, springt plötzlich auf. Beinahe wirft sie den Beistelltisch um. Sie knipst Konrads Nachttischlampe an und dreht sie so, daß der Lichtkegel auf das Laken fällt. Hektisch fängt Renata an, nach Haaren zu suchen, tastet über das weiche Spannleintuch, arbeitet sich Zentimeter für Zentimeter Richtung Fußende vor – findet endlich eines. Es sieht aus wie ein Schamhaar.

Renata ist erleichtert, vielleicht sogar ein wenig glücklich, ein Haar von Konrad gefunden zu haben. Sie nimmt es auf und steckt es in den Mund.

Dann fängt ihr Rücken an zu zittern.

Vor dem Wagramer Häuschen, denkt Renata, sind jetzt die Weintrauben reif. Der Tod schenkt sie dieses Jahr den Wespen.

Renata und Konrad sind fast jedes freie Wochenende aufs Land gefahren. Viele Bauern wollen neue Häuser und lassen die alten verfallen oder verkaufen die heruntergekommenen Gebäude ihrer Vorfahren an Städter. Konrad hat vor Jahren für wenig Geld einen Dreiseithof erworben und die Scheune eigenhändig zu einem Atelier ausgebaut. Renata hat ihr Erspartes in die Renovierung von Küche, Bad und Schlafzimmer gesteckt.

Vom Wagram aus sieht man auf das Tullnerfeld, im Norden und Osten auf das Weinviertler Hügelland. Die Sommer sind hier lang und trocken. Rosen und Lavendel blühen noch im September vor den Fenstern.

Auch die Zwetschgen sind jetzt reif, denkt Renata, sie sollten möglichst bald zu Kompott und Marmelade verarbeitet werden. Doch sie sitzt an Konrads Computer und versucht, sich einen Überblick über seine Baustellen zu verschaffen, ruft seine Auftraggeber an. Sie sind alle geduldig, freundlich, kondolieren, sind mit der Weiterführung der Arbeiten durch Konrads Mitarbeiter einverstanden.

Immerhin kannst du nicht für etwaige Schadensersatzverpflichtungen aus abgewickelten Bauvorhaben haftbar gemacht werden, hatte Bruno vor zwei Tagen gesagt. Es hat auch sein Gutes, daß ihr nicht verheiratet wart.

*

Er ist *dein* Mann, sagt Gunda am Telephon zu Renata. Du hast studiert.

Renata soll jetzt Konrads Lebenslauf in Worte fassen. Henriette ist dazu nicht imstande, Gunda weigert sich.

Ich bin Übersetzerin und Historikerin, keine Journalistin.

Umso besser. Mein Bruder ist jetzt auch Historie, sagt Gunda. Renata sagt nichts.

Selbst als Gunda beiläufig erzählt, daß sie Konrads Armbanduhr an sich genommen habe und hoffe, daß Renata damit einverstanden sei, denn es handele sich bei der Uhr ohnehin um eine Männeruhr, mit der Renata als Frau nichts anfangen könne, hält Renata den Mund, obwohl sie Konrads Uhr jetzt gerne behalten und getragen hätte und obwohl sie Gunda gerne gesagt hätte, daß sie doch ebenso wenig ein Mann sei.

Warum wehrst du dich nicht? Marianne kann Renatas Schweigen nicht verstehen.

Das fragst ausgerechnet du? Du müßtest doch wissen, wie es ist, wenn man die ganze Kraft zum Überleben braucht, sagt Renata.

Zu Mittag sitzt sie an Konrads Verabschiedungsrede. Sie notiert die Daten: *Geboren 1960 in Innsbruck. 1980–1985 Studium der Architektur in Innsbruck, ein Gastsemester in Venedig.*

Zwei Jahre, erinnert sich Renata, war er im Internat in Stams gewesen, dann vom Meinhardinum an das staatliche Bundesrealgymnasium nach Innsbruck gewechselt. Das sei seine Rettung gewesen, hatte Konrad ihr gesagt. Er habe wieder zu Hause wohnen können, sei der Obhut der strengen Lehrer entkommen. Seine Mutter habe in den darauffolgenden Jahren vor allem den Vater gepflegt, so daß für ihn kaum Zeit gewesen sei. Gunda hingegen habe ohne das Wissen der Mutter keinen Schritt vor die Tür setzen können, erst recht nicht mehr, nachdem das Gerücht aufgekommen war, die Grasmann-Tochter sei nach der Berufsschule händchenhaltend mit einem Türken an der Bushaltestelle vor der Markthalle gesehen worden.

Damals war Gunda noch keine Tuffolina gewesen, sondern eine trotzige Siebzehnjährige, die durch das Kellerfenster verschwand, um ihren Sedat zu sehen, und sich gekonnt wegduckte, wenn ihr die Mutter bei der nächtlichen Rückkehr im Stiegenhaus eine Ohrfeige verpassen wollte oder sie an den Haaren zu ziehen versuchte.

Ein Leben in wenigen Sätzen zusammenfassen – wie soll das gehen, fragt sich Renata. Die Kirchenrede dürfe nicht länger als eine Seite sein.

Renata blickt auf den Bildschirm; mehr als ein paar Daten, angeordnet in tabellarischer Form, hat sie noch nicht notiert. Kurz, prägnant und aussagekräftig solle das Curriculum des Verstorbenen geschildert werden, hat Gunda am Telephon Pfarrer Adalbert zitiert. Sie und ihre Mutter würden den Text gerne vorher sehen – wegen etwaiger Korrekturen und Ergänzungen. Auch der Pastoralassistent, der für Pfarrer Adalbert einspringe, wolle die Rede vorher lesen, um sich orientieren zu können.

Renata lehnt sich zurück, rollt den Schreibtischsessel vom Tisch weg. Sie ruft Bruno an. Seine Stimme klingt, als habe er sich die Nacht um die Ohren geschlagen.

Ich kann das nicht, sagt Renata zu Bruno. Ich kann nicht über Konrad schreiben. Es kommt mir so vor, als stellte ich seine Bewerbungsunterlagen für das Jenseits zusammen. Und dann müssen sie noch durch die familiäre und kirchliche Zensur.

Ich mach das für dich, sagt Bruno.

*

Thanatos und Hypnos, Tod und Schlaf, wohnen beide im Haus der Nacht, in der Nähe des Flusses Lethe. Schon der Gedanke an diesen Fluß des Vergessens läßt Renata unruhig werden. Denn sich schlafen zu legen, bedeutet, nicht mehr an Konrad denken zu können. Mit jeder Stunde, jedem Tag, werden die Erinnerungen blasser. Und je länger man schläft, desto weniger bleibt Zeit für die Gedächtnisübungen, das Wieder-Holen der Bilder.

Der Schlaf ist ein Räuber, er stiehlt nicht nur Leben, sondern auch die Toten. Und selbst auf die Träume, weiß Renata, ist kein Verlaß, denn sie schicken meist Menschen, die man gar nicht treffen will.

Es ist vier Uhr früh. Zum ersten Mal schaltet Renata Konrads iPhone ein. Gunda hat es ihr zusammen mit dem Koffer nach der Leichenbesichtigung übergeben. Sie hatte Konrads Reisegepäck an seinem Todestag an sich genommen und nur einige Stunden später seine Unterwäsche sowie die Jeans und Hemden bei sich zu Hause gewaschen.

Wie konntest du nur Konrads Koffer ausräumen?

Jemand mußte es tun, hat Gunda geantwortet. Der Proviant habe schließlich schon gestunken, und auch die Socken seien nicht mehr frisch gewesen. Sie habe Renata nur Arbeit abnehmen wollen.

Es ist ein neues iPhone, das Konrad bei sich gehabt hat. Das alte hatte er noch vor seiner Abreise auf die Werkseinstellungen zurückgesetzt und Pauline geschenkt.

Konrad war offensichtlich noch nicht dazu gekommen, die In-case-of-emergency-Nummern in dem neuen Gerät zu speichern, weshalb die Polizei nach seinem Zusammenbruch auf dem Parkplatz nicht Renata, sondern zuerst Konrads Mutter und seine Schwester angerufen hatte.

Obwohl Renata vor Schlafmangel und Erschöpfung kaum die Augen offenhalten kann, nimmt sie ein Blatt Papier und notiert darauf Konrads vierstelligen Zugangscode des alten Mobiltelephons. Jetzt sind sechs Zahlen einzugeben, und Renata weiß nicht, ob Gunda oder Marcel es nicht schon mit Konrads Geburtsdaten versucht haben.

Man könne ein iPhone mit Siri entsperren, um so den Passcode zu umgehen, hatte Bruno gesagt, aber Siri, muß Renata feststellen, war von Konrad noch nicht aktiviert worden, daher sollte Renata möglichst beim ersten Versuch die richtige Zahlenkombination eingeben.

Sie fragt sich, ob Konrad bis zuletzt bei ihrem gemeinsamen Code, ihren Liebeszahlen, geblieben war, die sie beide genauso für die Koffersperren wie für ihre Fahrradschlösser und die Hotelzimmersafes verwendet hatten, ob er die vier Zahlen also lediglich um zwei – aber welche? – erweitert oder sich schließlich doch eine neue Kombination ausgedacht hatte.

Das Glas Wein, das sich Renata in der Küche einschenkt, läuft beinahe über; sie ist fahrig, müde, zündet sich – gegen ihre Gewohnheit – am Fenster stehend eine Zigarette aus Konrads angebrochener Schachtel an.

Komm schon, hört sie sich zu Konrad sagen, laß mich nicht im Stich. Hilf mir.

Da sie es nicht gewohnt ist, zu rauchen, wird ihr schon nach den ersten Zügen schwindelig; sie hustet, fixiert mit ihrem Blick die flirrenden Schatten der Platanenäste unter den Seilhängeleuchten. Am oberen Ende der Straße ist ein Beleuchtungskörper ausgefallen, mehrere Häuser liegen im Dunkeln.

Vielleicht wäre es besser, das Handy zu zerstören, denkt Renata, sich an Konrad so zu erinnern, wie er sich ihr gegenüber gezeigt hatte, keine SMS, Bilder oder Apps zu öffnen, die nicht ihr gegolten, nicht für ihre Augen oder Ohren bestimmt gewesen waren.

Sie kennt genug Enttäuschungsgeschichten: Da existiert nach dem Ableben eines Partners plötzlich eine zweite Familie oder die Witwe entdeckt, daß über Jahre von einem gesonderten Konto monatlich Geld überwiesen worden ist. Da erfährt ein Bekannter, daß es den Tai-Chi-Kurs seiner Frau nie gegeben hat, sie sich stattdessen mit ihrer ersten Liebe im Hotel Orient traf.

Verlassenschaften führen die Hinterbliebenen auf Spuren, denen sie besser nie gefolgt wären.

Konrad? Niemals, hat Bruno am Telephon gesagt.

Woher nimmt er diese Gewißheit?

Ihr seid ein auffälliges Paar gewesen, hatte Bruno gestern Mittag zu Renata gesagt, in eurem Glück schön anzusehen. Ihn selbst habe die Liebe betrogen, er habe seinem Unglück nichts Beständiges entgegensetzen können, sei noch immer nicht dazu imstande und werde sein Leben einsam und verlassen beschließen.

Dann sind wir jetzt zwei, hatte Renata gesagt.

Du wirst nicht allein bleiben.

Die meisten, die Renata kennt, haben niemanden mehr gefunden. Sie sind traurige Trinker, verbitterte Verlassene, sind mit den Jahren immer dicker, verschrobener, starrköpfiger geworden. Es fehlt ihnen der kritische Blick des Partners oder der Partnerin auf sich selbst. Sie finden keinen Grund mehr, sich zusammenzunehmen. Ihre Wohnungen verkommen, die Kleidung ist oft unordentlich und abgetragen, manchmal sogar schmutzig, ihre gesamte Erscheinung wirkt ungepflegt.

Sehe ich auch so aus, hatte Bruno gefragt.

Du trinkst zu viel.

Eine Weile sieht Renata noch aus dem Fenster, dann legt sie sich wieder aufs Bett, Konrads iPhone läßt sie auf dem Tisch liegen.

Sie weiß nicht, wovor sie sich mehr fürchtet: vor dem endgültigen Verlust von Konrads Daten oder etwas zu erfahren, was ihr Bild von Konrad und die Erinnerungen an das gemeinsame Leben beschädigen könnte.

Vor dem Einschlafen fällt Renata der alleinstehende Signore am Strand in Marina di Campo ein. Er war von der letzten Liegestuhlreihe aus zu ihr und Konrad ans Wasser gekommen, hatte erst schweigend aufs Meer hinausgesehen und sie dann unvermittelt angesprochen. Sie beide strahlten etwas aus, das seine Hoffnung, die er verloren geglaubt habe, wieder wachsen ließe.

Konrad hatte nicht alle Worte des Mannes verstanden.

Ja, du bist meine Esperanza, hatte Konrad zu Renata gesagt.

Nein, wir sind die *speranza*, die Hoffnung des Mannes, hatte Renata Konrad korrigiert.

In einem anderen Sommer lagen sie beide am selben Strand auf ihren Liegestühlen und kommentierten die vorbeispazierenden Badegäste: die Frauen mit den zu engen Bikinihöschen, über die sich Fettpölsterchen wölbten, die gockelhaften älteren Herren, die ihren Bauch einzogen und deswegen kaum Luft kriegten, die jungen Männer mit den nach unten gerutschten Boxershorts, so daß deren Arschritzen zu sehen waren.

Ganze Nachmittage verbrachten sie unter dem dunkelblauen Schirm, gruben ihre Füße in den Sand, redeten, lasen, lästerten, schliefen oder beschrieben einander das sich verändernde Licht über dem Wasser, die Meerfarben, den aufkommenden Wind, die größer werdenden Wellen, die ersten Schaumkronen – sie hatten darüber nicht bemerkt, daß neue Gäste eingetroffen waren und vom Bademeister nur wenige Schritte von ihrem Platz entfernt, Liegestühle und Schirm zugewiesen bekommen hatten. Erst als die Neuen sich von ihren Plätzen erhoben, um zur Bar vorzugehen, fiel Renatas Blick auf das Paar: Die Frau trug das

Haar lang und offen wie Renata, der Mann war groß gewachsen und hatte die gleichen schwarzen Haare, die gleichen graumelierten Schläfen wie Konrad.

Renata blickte den beiden hinterher und wandte sich dann Konrad zu, der sich eben zu ihr hinüberbeugte.

Das sind ja wir!

*

Wenn die Müllabfuhr in die Straße einbiegt, weiß Renata, daß die Nacht zu Ende ist. Sie ärgert sich jetzt nicht mehr über das Rumpeln der Plastiktonnen, die über die Gehsteigkante gezogen werden, nicht mehr über das anhaltende Piepen, wenn der Müllwagen den Rückwärtsgang einlegt. Ihr früherer Unmut über die so zeitigen Weckgeräusche ist der Erleichterung gewichen, daß die Stille endlich vorbei ist, das Dunkel wie ein Vorhang fällt, die Nachtzeit, der es an Ablenkungen gefehlt hat, endlich überstanden ist.

Beim Frühstück fragt sich Renata, ob Konrad in den letzten Sekunden gewußt hat, daß ihm der Tod bevorsteht, oder ob er ohne dieses Wissen gestorben ist.

Und ist es besser, zu wissen, daß man jetzt stirbt, oder ist es leichter, wenn man es nicht mitbekommt? Wer kann solche Fragen beantworten? Kann man überhaupt je wissen, daß man stirbt? Bleibt es nicht bis zum letzten Atemzug eine Ahnung, ein Hoffen auf Weiterleben noch im allerletzten Moment?

Wenn Renata in den Spiegel blickt, sieht sie nicht sich. Die Frau, die sie sieht, ist seit dem Tag, an dem Konrad von dieser Welt verschwand, nicht mehr die, die ihr vorher in einem Spiegel oder in einem Schaufensterglas begegnet ist.

Alle sagen, es wird besser werden. Aber was wird besser?

Wenn Renata vor ihrem Kleiderschrank steht, dessen Mittelteil mit einem Spiegel versehen ist, erkennt sie einen Körper, leicht hängende Schultern, eingefallene Wangen. Disparates. Im Italienischen, fällt ihr ein, klingt *disperato/verzweifelt* fast wie *disparato*, was *sehr verschieden, ungleichartig* bedeutet, als hätte die Verzweiflung ihren Ursprung in der Unähnlichkeit.

Es kann alles warten, sagt Renata. Nach der Bestattung kümmere ich mich um die Abmeldung der Versicherungen und Abonnements, um den Wagen und um Konrads Moto Guzzi.

Gunda hat sie gebeten, die Kosten für die Todesanzeige in der Tiroler Tageszeitung von Konrads Konto abzubuchen.

Wenig später findet Renata unter den Zahlscheinen eine Rechnung über den Betrag von acht Euro. Er ist für die Kerze, die Gunda in den Aufbahrungsraum mitgebracht hatte.

Der Ablauf der Abschiedsmesse ist bereits festgelegt. Renata hat gerade noch verhindern können, daß das Apostolische Glaubensbekenntnis gesprochen wird.

Ich glaube. Ich glaube. Ich glaube. Amen, ruft Renata in der Küche und äfft dabei die Stimme von Konrads Mutter nach.

Statt der Zusammenfassung der Glaubenslehre müßte man Konrads antikatholische, antikonservative und antifamiliäre Wutsätze als Credo formulieren. Sie lassen dich nicht mehr fort, sagt Renata zu Konrad. Sie behalten dich für immer dort, wo du nie begraben sein wolltest.

Es ist nur seine Asche, sagt Bruno.

Was von Konrad noch lebt, ist in ihren gemeinsamen Räumen, in den Gegenständen, die Renata und Konrad benützt haben, in den Tassen, aus denen sie getrunken, und in den Tellern, aus denen sie gegessen haben; es ist in den Photozeichnungen, die Konrad Renata geschenkt oder die er nur zum Test in der Wohnung aufgehängt hat. Ihr gemeinsames fünfundzwanzig Jahre währendes Zusammenleben ergibt einen riesigen Erinnerungsspeicher, der Renata gehört und Fortdauer ermöglicht, solange das Gedächtnis immer neue Assoziationen zu Konrad erlaubt.

Renata kennt Menschen, die sich das Buch der in Los Angeles lebenden Japanerin Marie Kondo besorgt haben, um zu lernen, wie man eine Wohnung ausräumt. Die haben bestimmt noch keinen geliebten Menschen verloren.

Marie Kondo ist zwar eine zertifizierte Ordnungs- und Wegwerfberaterin, gleichzeitig aber auch eine gedankenlose, voreilige Erinnerungsspeicher-Vernichterin. Woher will sie denn wissen, welche Gegenstände weggegeben werden können, weil sie bedeutungslos werden?

Zu Konrads Lebenszeit hätte Renata noch nicht sagen können, was sie später einmal glücklich machen würde. Wieviele Jahre wird sie brauchen, um Konrads Rasierwasserfläschchen wegzugeben?

Sie legt die Seife, die Konrad zuletzt benutzt hat, in eine Lade, weil sie nicht will, daß Freunde oder Gäste das Seifenstück in die Hand nehmen.

Sie steht noch immer auf der linken Seite des Waschbeckens, macht Konrad im Badezimmer Platz, damit sie gemeinsam ihre Zähne putzen und vor dem Spiegel Grimassen schneiden können. Konrad spült den Mund aus, verzieht sein Gesicht.

Würdest du mich auch lieben, wenn ich so aussähe? Seine Augen sind zugekniffen, das Kinn ist zur Nase hin verschoben.

Immer, hört sich Renata mit schäumender Zahnpasta im Mund sagen. Konrad hätte jetzt an ihrem Nachthemd gezupft und ihre freigelegte linke Schulter geküßt.

Konrads Mutter nannte Frauen oft *flatterhaft*; sie seien wie Schmetterlinge, die von einer Blume zur anderen fliegen. Sie unterstellte Frauen – obwohl sie selbst eine war – grundsätzlich Unzuverlässigkeit. Alles, was nicht geradlinig war, beunruhigte sie. Deswegen zog Konrads Mutter an Teppichen, kämmte deren Fransen, legte Wasserwaagen auf Bilderrahmen und setzte Pflanzen in einer Linie, und gewiß hätte Henriette, wenn es in ihrer Macht gestanden wäre, auch dem Zickzackflug der Schmetterlinge ein Ende gesetzt.

Außerdem konnte sie nichts für sich behalten, nichts verschweigen und im Verschweigen auch nichts zum Leuchten bringen. Sie mußte alles zudecken, mit Worten verdunkeln.

*

Die Beileidsbekundungen hören nicht auf. Auch nicht die Trostsätze in den Mails von Freunden und Bekannten. Renata sieht auf die Buchstaben, die vorgedruckten Kondolenzkarten. *Aufrichtige Anteilnahme. – Unser Mitgefühl. – Wir sind bei Dir.* Kein Wort ist naß, keines verrotzt.

Ludwig Wittgenstein schreibt von der *alles gleich machenden Gewalt der Sprache*, am krassesten zeige sie sich im Wörterbuch.

Vor dem Wort *Trauer* findet Renata die Wörter *Trattoria, Traualtar, Träubchen, Traudchen* und *trauen.* Von der *Trauer* in die *Traufe,* denkt Renata, während sie die Wörterliste durchschaut. Dann geht es weiter zu *Traugott, traulich, Traum* und *Trauma.*

Während *Tobsucht* und *Tochter* in der Nähe des Wortes *Tod* stehen.

In ihrer verzweifelten Langeweile spielt Renata Wörterbuch-Roulette. Sie öffnet den DUDEN blind, tippt auf irgendeine Stelle. Der Zufall hat ihr das Wort *Stift* zugespielt. Sofort sieht sie Konrads Hand nach dem schwarzen, dünnen Filzstift greifen, denkt an die Bewegungen seiner Finger, versucht zu erkennen, was er schreibt, was er zeichnet, sieht über seine Schulter auf das Papier, das vor ihm auf dem Küchentisch liegt. Aber sie kann nichts entziffern, obwohl er eindeutig die Mine auf dem Untergrund aufsetzt. Vielleicht ist nur die Farbe ausgetrocknet, denkt Renata und gibt ihm einen anderen Stift in die Hand: Dessen Spitze scheint ebenfalls ungetränkt.

Die unsauber geschnittenen Fingernägel stören Renata.

Warum feilst du die nicht, hört sie sich sagen. Gib mal deine Hand her.

Laß das. Ich brauche keinen Feinschliff.

Als Kind hatte Renata einmal mit einem weißen Farbstift weißes Papier beschrieben. Cosa fai? hatte die Kindergärtnerin sie gefragt. Renata hatte erschrocken den Farbstift auf dem Tischchen abgelegt, er war über die Tischplatte gerollt und auf den Boden gefallen.

Es war Winter gewesen, draußen war Schnee auf Schnee gerieselt. Renata hatte nicht verstehen können, warum man die einzelnen Flocken, die in der Luft erkennbar gewesen waren, auf dem Boden nicht mehr hatte finden können, warum sich diese kalten, tanzenden Wattebäuschchen nicht auch auf dem Zeichenblatt zu einer dichten Decke ballten.

Möge Gott Ihnen beistehen, liebe Renata, um diesen schweren Verlust zu ertragen. – Wir wünschen Dir viel Kraft. – Wenn Du etwas brauchst, melde Dich. Wir sind für Dich da.

Sie braucht einzig und allein Konrad. Er wollte für sie da sein. Wohin ist er verschwunden?

Dann verschwindet Renata. Sie fährt weg, in die Bucklige Welt, keiner kennt ihr Ziel, sie ist nicht auffindbar. Die Freunde rufen einander an, weil sie Renata nicht erreichen.

Im Wald weicht sie zwar vor dem am Wegrand sich öffnenden Abhang einen Schritt zur Seite, aber in Gedanken nimmt sie Schwung und springt, vom leisen Fiepen eines Bussards begleitet, in die Tiefe.

In dem Gasthof, in den sie einkehrt, sieht sie sich ein Seil über einen freiliegenden Holzbalken werfen, denkt daran, beim nächsten Mal im Garten des Wagramer Landhäuschens ein Stück Gartenschlauch abzuschneiden, überlegt sich, Tabletten zu sammeln, nach giftigen Pilzen zu suchen. So vergeht ein halber Tag.

Es ist Renata unerträglich, bei jedem weiteren Schritt den Boden unter ihren Füßen zu spüren, noch buchstäblich auf der Erde zu sein.

Es ginge jetzt ganz leicht, Konrad zu folgen.

Insgeheim aber macht sie Bruno, Elsbeth, Marianne und all den anderen den Vorwurf, daß sie entkommen konnte, daß sie nicht besser auf sie geschaut haben. Schon diese sehr kleine Wut führt dazu, daß sie Seil, Schlauch und Tabletten vergessen kann, und sie beginnt, von den Pilzen nur die eßbaren zu sammeln.

Als Renata ihre Wanderschuhe auszieht, fällt ihr Blick auf Konrads Flipflops. So, wie sie daliegen, einer halb über dem anderen, sehen sie aus, als trösteten sie sich. Gegenstände fangen an zu leben. Der Garderobenspiegel ruft nach Konrad, er zeigt Renata nicht, wenn sie an ihm vorbeigeht. Das Kästchen in der Küche schließt aus Protest die Lade nicht mehr. Die Gabel sagt, der letzte, der sie in den Mund genommen habe, sei Konrad gewesen, sie wolle keinem anderen mehr dienen, und fällt zu Boden. Konrads Kissen paßt plötzlich nicht mehr in den Überzug, es hat an Füllung verloren.

Renata tut, was nicht vernünftig ist. Selbst, wenn sie Wege meidet, die sie mit Konrad gemeinsam gegangen ist, denkt sie doch an nichts anderes als an die Gründe für diese Vermeidung.

Zünde uns an, schreien Konrads selbstgebaute Kerzenständer! Ich will seinen Kopf zurück, sagt der Motorradhelm.

Renata schließt die Augen, hält sich die Ohren zu. Der Schmerz rauscht.

*

Über dem Sadracher Küchentisch an der holzvertäfelten Wand hängt eine Landschaftszeichnung des jungen Konrad; sie zeigt die Serles. Den Namen *Hochaltar von Tirol* verdankt sie ihrem dreistufigen Aufbau. Darunter hat Henriette das Sterbebildchen von Konrad befestigt.

Einmal hatten Renata und Konrad in Medraz im Stubaital das Auto stehengelassen, sie waren von dort bis zum Alpengasthaus Wildleben gewandert, hatten, da es noch früher Vormittag gewesen war, sogar überlegt, auf die Spitze zu gehen, aber Konrad war übel gewesen, er hatte über leichte Herzrhythmusstörungen geklagt, weshalb Renata ihn zur Umkehr überredet hatte. Wahrscheinlich habe ich so seinen noch früheren Tod verhindert, denkt Renata.

Ein andermal hielt er mitten in einem Satz inne, starrte auf einen Punkt im Wohnzimmer, als sei ihm etwas eingefallen, etwas, das er zu erledigen vergessen hatte.

Ist etwas? hatte Renata gefragt. Oder hatte Konrad etwas gehört, was nicht zur Geräuschkulisse ihres Gesprächs gehört hatte? In diesem Moment waren Renata Konrads dunkle Augenringe aufgefallen.

Alles in Ordnung, hatte Konrad gesagt.

War es eine Vorahnung gewesen? Hatte er da schon Herzaussetzer? Waren die Schatten unter den Augen schon die Schminke des Todes gewesen?

Jetzt ist Renata von dem frühen Aufbruch aus Wien und der langen Fahrt auf der Westautobahn erschöpft. Henriette fragt zum wiederholten Mal, was sie zur Bestattung anziehen soll. Sie steht in der Tür.

Euch kann man zu nichts gebrauchen, ruft sie Renata und Gunda zu, die eine Nachricht in ihr Mobiltelephon tippt.

Das Serles-Bild wirkt auf Renata wie eine Skulptur, es nimmt vieles, was Konrad später in seinen Architekturzeichnungen umgesetzt hat, vorweg.

Henriette steht noch immer in der Tür, fragt nach ihrem schwarzen Blazer. Ob Gunda den aus der Reinigung geholt habe. Wo die Seidenbluse sei. Ihr Ton ist gereizt.

Mama, wir haben noch vier Stunden Zeit.

Dreimal zieht sich Henriette um, erst als Marcel eintrifft, ist die Modenschau vorbei. Was er essen wolle, fragt sie ihn.

Du wirst jetzt nicht kochen, Mama, sagt Gunda. Ich habe uns belegte Brote vorbereitet, wir essen nach der Bestattung.

Während sie an ihren Schinkenbroten kauen und Henriette Marcel fragt, ob er nicht doch eine Suppe wolle, ob sie ihm nicht zwei Eier in die Pfanne hauen solle, ob er nicht vielleicht ein Paar Frankfurter wolle, das sei schnell heiß gemacht, blickt sie immer wieder Renata an. Sie läßt sie nicht aus den Augen.

Er hat doch ein neues Handy gehabt, sagt sie schließlich.

Du meinst Konrad, sagt Renata.

Das will ich haben.

Marcel schüttelt den Kopf. Das kannst du doch gar nicht bedienen, Mama.

Dann lerne ich es.

Ich brauche es nicht, sagt Renata. Ich habe selbst eines. Ich muß noch die Bilder sichern und es dann abmelden.

Wozu abmelden, sagt Henriette und zupft an ihrem schwarzen Rock, um eine Fluse zu entfernen.

Marcel schüttelt den Kopf.

Die Freunde sind gekommen, um Konrad auf seinem letzten Weg zu begleiten.

Auf welchem Weg, denkt Renata. Es gibt keinen Weg mehr. Nicht einmal das Ende eines Weges. Konrad ist auf einem Parkplatz gestorben, der zum ewigen Rastplatz geworden ist.

Welchen Weg waren sie und Konrad tatsächlich zuletzt gegangen?

Renata erinnert sich an den Abendspaziergang am Donaukanal, vier Tage vor seinem Tod, aber auch an die von einem Felssturz verschüttete und von einer Mure unterbrochene Meerpromenade vor einem Jahr in Cinqueterre, wo sie mit Konrad von einem Fischerdorf zum nächsten wandern wollte. Sie waren mit dem Zug nach Riomaggiore gefahren und hatten auf der Via dell'Amore bis nach Manarola gehen wollen, auf einem uralten Pfad hoch über dem Tyrrhenischen Meer, aber der Weg war nach starken Regengüssen im Frühjahr abgerutscht und bis zum Spätsommer noch nicht wiederhergestellt worden.

Die meisten Freunde und Bekannten tragen Schwarz und stehen in Grüppchen zusammen. Auch Hannah, Konrads Ex, hat sich unter ihre Architekten- und Künstlerfreunde gemischt. Als vor ein paar Jahren ihre Zwillingsschwester an Krebs gestorben war, hatte Hannah, die weniger erfolgreiche Malerin, in der Abschiedsrede die Verdienste ihrer zwei Minuten jüngeren Schwester Laura gepriesen und gemeint, deren umfangreiches Werk werde sicher weiterleben.

Woher, hatte Renata damals zu Konrad gesagt, will sie das wissen? Oder hatte Hannah von Anfang an den Plan verfolgt, nicht signierte und nicht zertifizierte Arbeiten ihrer toten Zwillingsschwester später als ihre eigenen auszugeben? Lebte Laura nun durch Hannah weiter? Oder in ihr?

Was macht es schon für einen Unterschied, wo sie doch beide gleich aussehen, hatte Konrad Renata ins Ohr geflüstert.

Von Konrad gibt es keine Zwillingskopie. Dafür *die Erneuerung des Lebens* in der Kirche, aus der er vor mehr als einem Jahrzehnt ausgetreten war. Nun wird er gegen seinen Willen und gegen den Willen Renatas der Barmherzigkeit Gottes anvertraut, dafür haben Konrads Mutter und Gunda gesorgt. Konrad habe, davon sind die beiden überzeugt, längst seine große Reise in das himmlische Jerusalem angetreten.

Das irdische würde Konrads Mutter niemals besuchen, weil sie die Juden nicht mag. Sie sind ihrer Meinung nach schuld an ihrem schlechten Gesundheitszustand. Damals, gleich nach dem Krieg, hatte Henriette behauptet, seien einige davon aus den Lagern zurückgekehrt und hätten sie im Gemeindeamt, in dem sie vor ihrer Hochzeit gearbeitet habe, angesteckt.

Was redest du da, hatte Konrad gesagt, niemand hat dich angesteckt. Schon gar nicht die Juden. Wenn du noch einmal so einen Blödsinn von dir gibst, reise ich ab.

Die waren doch alle krank! Henriette hatte beleidigt die Küche verlassen.

Renata steht abseits, sie mag mit niemandem sprechen, mag sich weder zu den Grasmanns noch zu einer anderen Gruppe stellen, wo getuschelt wird und man – beinahe schon mit Ungeduld – darauf wartet, daß die Messe beginnt. Renata gehört zu Konrad, immer schon stand er neben ihr. Sie hatte nach seiner Hand gegriffen, wenn die Situation unangenehm gewesen war.

Aber Konrad ist nun eine verlassene Hülle, die nach der kirchlichen Verabschiedung zur Kremierung abgeholt wird.

Welch ein Theater, hatte Konrad bei der Beerdigung von Laura gesagt. Anderswo werden Menschen in Massengräbern verscharrt oder verschwinden anonym im Meer.

Vor gar nicht langer Zeit hätte man auch Konrad zusammen mit den Selbstmördern, den ungetauften Kindern, den Häretikern, Heiden und öffentlich Exkommunizierten hinter der Friedhofsmauer vergraben, aber damit hatte die Kirche aufhören müssen, weil die Zahl der außerhalb des Friedhofs zu Bestattenden immer größer geworden war. Jetzt darf auch Konrad auf den geweihten Gottesacker.

Wie all diese *gottverlassenen Geschöpfe* ist auch Konrad ohne Letzte Ölung und damit ohne das erlösende Ritual geblieben. Für Henriette ist das ein Alptraum. Nur sie selbst und ihre Gebete, davon ist sie überzeugt, vermögen, Konrad vor den Abgründen der Hölle zu bewahren.

Renata sitzt in der ersten Bank, links von ihr sind Henriette, Marcel, Gunda und Rudolph; Gundas Mann Martin, ihr gemeinsamer Sohn Arthur und Renatas Schwester Ricarda mit Pauline haben ihre Plätze eine Reihe dahinter eingenommen. Pauline steht direkt hinter Renata, sie weint die ganze Zeit. Alle Gefühle, die sie an jenem Unglücksmorgen und im Zug von Wien nach Innsbruck hatte unterdrücken können, brechen nun hervor.

Renata streckt ihren Arm nach hinten aus, ohne sich nach

Pauline umzudrehen, spürt kurz darauf deren nasse Finger in ihrer Hand.

Hannah sei auch da, hört Renata Henriette sagen. Und die. Und der. Marcel sieht geradeaus Richtung Altar, verzieht keine Miene. Die halblaute Stimme seiner Mutter scheint ihm peinlich zu sein. Gunda schluchzt auf, Rudolph tätschelt ihr den Rücken. Irgendwo in den hinteren Reihen weiß Renata Bruno, und obwohl er nicht hier vorne neben ihr steht – bin kein Familienmitglied, da gehöre ich nicht hin –, ist er Renatas Halt.

Mit Bruno als Vorleser, über den Henriette eine Reportage im ORF gesehen hatte, war Konrads Mutter sofort einverstanden gewesen. Er sei ein wichtiger Mann. Ihm verzeiht sie sogar seine *Weibereien*.

Er sei schon sehr bekannt, hatte sie beim Schinkenbrotessen gesagt und zur Bestätigung ihrer eigenen Sätze mit dem Kopf genickt.

Der rücke ihren Konrad ins rechte Licht! Sie hatte dabei Renata angesehen, hatte es mit einem Seufzer der Erleichterung gesagt, als habe Renata ihren geliebten Sohn beschädigt, als habe sie Konrad ins Dunkel gezerrt, seinen Tod mitverursacht und als könne nur Bruno jetzt für Konrads Rehabilitierung sorgen.

Aus den alten Kirchenboxen ist Bruckners Requiem zu hören, Gunda und Marcel haben es ausgesucht. In den letzten fünfundzwanzig Jahren hatte Konrad kein einziges Mal Bruckner aufgelegt, zumindest nicht im Beisein von Renata, dabei hatte es zu ihren Wochenendritualen gehört, LPs herauszusuchen und dem anderen Musik vorzuspielen.

Nein, Bruckner war keiner von Konrads Lieblingskomponisten gewesen. Renata, die von klassischer Musik nicht genug kriegen konnte, wurde von Konrad, wenn sie wieder einmal die von Simon Preston gespielten *Preludes & Fugues* und Wanda Landowskas *Goldberg Variationen* von Bach auf und ab gespielt hatte, belächelt. Am liebsten hatte Konrad beim Zeichnen Joy Division und Calexico gehört, wenn schon Klassik, dann legte er die Beethoven-Sonaten Nr. 30, 31 und 32 auf, interpretiert von seinem Lieblingspianisten Alfred Brendel.

Henriette dreht sich ständig um und putzt sich die Nase.

Gunda schwankt, so daß Rudolph sie festhalten muß.

Renata betrachtet die drei riesigen Blumenbouqets, die sie hat aufstellen lassen, ein Feuerwerk aus bunten Gladiolen. Sie muß an den Streit mit Gunda denken, der es peinlich gewesen war, den Pastoralassistenten zu bitten, die Plastiknelken zu entfernen, an denen der Staub von Jahren klebte.

Wenn die nicht verschwinden, gehe ich während der Messe raus und trage sie weg. Es war das einzige Mal in den letzten Tagen gewesen, daß Renata sich eingemischt hatte.

Gunda und Henriette haben den billigsten Kremationssarg ausgesucht, sie haben Konrad Uhr und Ring abgenommen und ihn für die Leichenschau eingekleidet, aber die verdreckten Dekoblumen in den mit silbrigen Stoffschleifen umwickelten kackbraunen Plastiktöpfen lasse ich mir nicht bieten, hatte Renata zu Bruno am Telephon gesagt.

Ist es die Angst vor der kirchlichen Autorität, oder gefällt Gunda so etwas? Bruno hatte angefangen, über Kitsch zu sprechen, daß er solchen Menschen inhärent sei, Ausdruck ihrer Gottgefälligkeit, daß hinter dem Schuß Süßlichkeit und der ganzen Sentimentalität das Böse lauere, quasi versteckt hinter uneigentlicher Ergriffenheit. Renata hatte widersprochen, in der Wohnung, aber auch in der Kleidung habe Gunda immer Geschmack bewiesen, vielleicht sei er dem Einfluß Konrads zu verdanken, aber Nippes und Rüschen suche man in Gundas Leben vergebens.

Bruno und Renata waren in ihrem Gespräch unterbrochen

worden; die Nachbarin war mit einer Kerze vorbeigekommen und hatte kondoliert.

Rudolphs Oberarm streift jetzt Renatas Körper, sie weicht zur Seite, so daß Paulines Hand aus der ihren rutscht. Renata dreht sich kurz nach ihrer Nichte um, dann blickt sie wieder zu den Blumen.

Mein Gott, was das kostet, hatte Henriette ausgerufen, nachdem die Floristin mit der Ape vorgefahren war, auf dessen Ladefläche Hunderte Gladiolen lagen.

Hunderte hochgewachsene Blumen mit trichterförmigen Blüten in leuchtendem Rot, Orange, Violett, Gelb, Weiß und Rosa, die für Stärke und Stolz stehen. Für ein buntes, lustbetontes Leben, hatte Renata in diesem Moment gedacht.

Sie kann dem Pastoralassistenten nicht folgen, mag seine gepresste Stimme nicht, die langsam formulierten Sätze. Er verhält sich so, denkt Renata, als spräche er zu lauter Idioten, er leidet an Übergewicht, schwitzt, tupft sich ständig die Stirne mit einem Taschentuch ab.

Niemand aus der Familie weiß, daß Renata die Blumen mit Bedacht gewählt hat, daß die Gladiolen Renatas Schwerter sind. Daß sie mit jeder Blume, jeder Blüte Konrad dankt und jetzt an seinen Schwanz denkt, der scheinheilige Rahmen sie geradezu animiert, den inneren Film einzuschalten, Konrad in seinen nackten Bewegungen zu betrachten, in sein vom Orgasmus verzerrtes Gesicht zu sehen, sich den zuckenden Körper vorzustellen. Sie hört seine von der Lust veränderte Stimme, seine obszönen Wörter.

Fast möchte sie auflachen, weil ihr eine Szene einfällt: Sie hatten in der Dämmerung auf dem Passo Predil, der den italienischen Grenzort Tarvis mit dem slowenischen Bovec verbindet, angehalten und waren auf dem Weg zum See übereinander hergefallen, hatten sich ins Moos gelegt, und während Renata auf

Konrad saß und ihn ritt, sprang ein Rehbock aus dem Dickicht, galoppierte an ihnen vorbei.

Einer reicht dir wohl nicht, hatte Konrad gesagt und sich kaum noch eingekriegt vor Lachen.

Henriette dreht sich ständig nach hinten. Wo ist Hannah, hört Renata sie sagen, die kann doch auch nach vorne kommen.

Marcel zuckt mit den Schultern.

*

Nichts konnte häßlicher sein als die Lage dieses Grabes am Ende des Friedhofs. Es befindet sich im hintersten Winkel des weitläufigen Geländes, aber eben nicht am äußersten Rand, sondern zwei Reihen und ein paar Gräber davor.

Zufällig kommt hier keiner vorbei, man wird auch nicht durch eine individuelle Grabgestaltung aufmerksam. Die einheitlichen, nicht einmal hüfthohen Urnengräber erinnern an Soldatengräber, eines sieht aus wie das andere.

Jemand hat ein Herz auf das Grab gelegt. Gunda? Henriette? Ein Herz aus Stein.

Im Alten Testament verspricht der Prophet Ezechiel ein neues Herz und einen neuen Geist. *Ich nehme das Herz von Stein aus eurer Brust und gebe euch ein Herz von Fleisch.* Ist es Henriettes Herz, das auf dem Grab Konrads liegt?

*

Überstanden, sagt Bruno kurz nach Schwaz. Er hat Renata davon abgehalten, an der Raststätte stehenzubleiben, auf der Konrad zusammengebrochen war. Doch mit *überstanden* meint er auch die Abschiedsmesse, das anschließende Essen im Gasthaus.

Ich habe nicht viel mitbekommen, sagt Renata.

Sie fährt den Saab, obwohl Henriette ihn am liebsten in Innsbruck behalten und sogleich verkauft hätte. Sie müsse das Büro leer räumen, hatte Renata gesagt, das gehe nicht ohne Auto, außerdem müsse sie den Verkaufswert des Saab beim ÖAMTC für die Verlassenschaft schätzen lassen.

Mama, hatte Marcel dazwischengerufen, du hast nicht mal den Führerschein, laß ihr doch das Auto.

Du doch auch nicht, hatte Henriette geantwortet.

Marcel war schon zweimal bei der Prüfung durchgefallen, Autofahren, hatte er zu Renata einmal gesagt, interessiere ihn nicht, das habe keine Zukunft. Er wolle den Schein nur machen, um seine Mutter zur Not ins Krankenhaus oder in die Arztpraxis fahren zu können.

Ich habe kaum geschlafen, sagt Renata zu Bruno. Ich fahre vor der deutschen Grenze von der Autobahn ab, um zu tanken. Kannst du dann übernehmen?

Hat der Grasmannsche Sparwahn nun auch dich erfaßt? Bruno sieht Renata von der Seite an.

Nein, die Tankstelle ist gleich nach der Ausfahrt Kufstein-Nord, es ist kein Umweg. Sie erzählt Bruno, daß Henriette Hannah während der Messe habe nach vorne bitten wollen, in die erste Bank, daß sie von Hannah früher immer als *Schlampe*, sogar als *Drecksschlampe* gesprochen habe. Henriette habe deren Briefe an Konrad gelesen.

Bruno zieht eine Zigarette aus der Schachtel, steckt sie sich schon in den Mund, obwohl es noch fast fünfzig Kilometer bis zur Tankstelle sind. Das hat dir Hannah erzählt?

Nein, Henriette. Sie meinte damals in der Küche, ich könne mir gar nicht vorstellen, welche Schweinereien Hannah in den Briefen beschrieben habe. Hannah sei sexsüchtig gewesen.

Konrad und ich waren erst ein halbes Jahr zusammen gewesen, ich war das zweite Mal zu Besuch in Sadrach, saß auf der Eckbank, auf der einen Seite das Fenster, auf der anderen Henriette, so daß ich gar nicht hatte aufstehen können. Konrad war ins Freie verschwunden, um zu rauchen, das machte er auch später oft; er flüchtete und lieferte mich Henriette aus.

Die Briefe seien offen herumgelegen, hatte Henriette behauptet. In Wirklichkeit hatte sie diese unter Wasserdampf geöffnet und Hannah aus dem Haus geworfen, das hat mir Hannah einmal erzählt. Aber daraufhin soll Konrad seine Sachen gepackt haben und abgereist sein. Er hatte von seiner Mutter verlangt, daß sie sich bei Hannah entschuldigt, erst dann wollte er sie wieder besuchen. Ein Jahr hatte sie für ihre Entschuldigung gebraucht.

Ihre Vitalität heute beim Essen hat mich erstaunt, sagt Bruno. Hast du nicht erzählt, sie sei häufig krank?

Sie ist vor allem krank, wenn sie keine Aufmerksamkeit bekommt.

Jedesmal, wenn wir abreisten, hat sie unter Tränen gesagt, daß sie bald sterben werde. Jetzt ist Konrad vor ihr gestorben.

Bruno legt kurz seine Hand auf Renatas Oberschenkel.

Eine Weile schweigen sie, dann fährt Renata fort: Damals, in der Küche, hatte Henriette in allen Details Hannahs verdreckte Wohnung geschildert, die ungebügelten Wäscheberge, die verschmutzten Küchenladen. Und am Ende hat sie mich angesehen und gesagt: Da könne man nur hoffen, daß es jetzt besser werde.

Ihren Blick hättest du sehen sollen. Die hatte die Hoffnung schon aufgegeben, bevor ich überhaupt in das Leben ihres Sohnes treten konnte. – Sie tut mir eigentlich leid, fügt Renata hinzu. Es muß für eine alte Frau schrecklich sein, nach dem Mann auch noch den Sohn zu verlieren.

Möge Gott Hannah vergeben, wie ich ihr vergeben habe, das waren ihre Worte gewesen, damals in der Küche.

Die spricht wie Molières Tartuffe. Was für eine heuchlerische Großherzigkeit, sagt Bruno.

Ich werde mich trotzdem um sie kümmern, sie ist Konrads Mutter. Renata überholt einen Lastwagen, auf dem die Aufschrift GRUBER *Transporte* steht, es ist heute schon der dritte Sattelschlepper dieses Fuhrparks, den sie hinter sich läßt.

Bruno hat die Zigarette wieder aus dem Mund genommen und hält die Augen geschlossen. Wenig später ist er eingedöst.

Alles okay? fragt Bruno beim Aussteigen. Ich geh mal.

Renata nickt und nimmt die Zapfpistole in die Hand, zieht am Schlauch. Kaum liegt sie im Tankstutzen, läutet das Telephon. Auf dem Display steht Henriettes Name.

Es ist das erste Mal, daß sie nach Konrads Tod anruft. Sicher will sie wissen, ob wir gut vorankommen, denkt Renata und ist gerührt von der Zuwendung. Gleichzeitig schämt sich Renata, Bruno von Henriettes Indiskretionen erzählt zu haben. Sie hat auch eine andere Seite, denkt Renata.

Hallo, Henriette! Renata entfernt sich etwas von den Zapfsäulen, um besser hören zu können.

Ich wollte dir nur sagen, wirf nichts weg.

Kein Gruß, keine Anrede, der alte Befehlston.

Wie meinst du das?

Nicht, daß du das Schwarzgeld wegwirfst, sagt Henriette.

Welches Schwarzgeld? Konrad hat mal zwei Photozeichnungen unter der Hand verkauft und dafür ein paar hundert Euro bekommen, meinst du dieses Geld? Das hat er längst ausgegeben.

Er hat gesagt, daß er Gunda und Marcel auszahlen und unser Haus übernehmen will, später.

Davon weiß ich nichts, sagt Renata.

Eben, du weißt es nicht.

Als Bruno von der Toilette zurückkommt, lehnt Renata, das Gesicht von ihren Händen bedeckt, am Wagen. Die Zapfpistole steckt noch im Tankstutzen, obwohl der Tank längst gefüllt ist.

Bruno stellt keine Fragen, nimmt Renata in die Arme, drückt mit der einen Hand ihren Kopf gegen seine Schulter, mit der anderen hält er ihren Rücken, es schüttelt sie am ganzen Körper.

Nach einer Weile hebt Renata den Kopf. Ich rotz dir das Hemd voll.

Mit einem Papiertaschentuch, das Bruno aus seiner Hosentasche gezogen hat, tupft er Renatas Wangen ab. Komm, setz dich mal ins Auto, du kannst ja kaum noch stehen. Er dreht sich um, hängt die Zapfpistole zurück an die Säule, dann holt er sein Sakko vom Hintersitz und zieht sein Kartenetui aus der Brusttasche.

Sie vermutet große Summen an Schwarzgeld in unserer Wohnung, sagt Renata.

Wer?

Henriette. Sie hat gerade angerufen, ich solle nichts wegwerfen. Irgendwo sei noch Geld versteckt, Konrad habe Gunda und Marcel auszahlen wollen.

Woher soll Konrad denn das Geld haben? Bruno schüttelt den Kopf. Am Ende wird sie sagen, er habe im Lotto gewonnen und du hättest das Geld verschwinden lassen. Laß sie reden. Sie kann nicht mehr an Konrads Leben teilhaben, es gibt keine neuen Geschichten mehr, also erfindet sie welche.

Das weißt du. Das weiß ich, sagt Renata. Aber wissen das auch die anderen?

Am späten Abend greift Renata erschöpft von der Abschiedsfeier und der langen Fahrt nach Konrads Mobiltelephon. Ohne lange nachzudenken, tippt sie ihren gemeinsamen Code ein, ergänzt die vier Zahlen um zwei, die ihr plötzlich schlüssig erscheinen. Und, als habe sie die sechsstellige Zahl immer schon gewußt, öffnet sich die Sperre.

Sie und Konrad hatten sich ihr Liebesleben lang nicht einigen können, ob der erste Blick aufeinander oder die erste körperliche Berührung, der erste Kuß, den Renata Konrad nach Mitternacht auf den Mund gedrückt hatte, als Beginn ihrer Beziehung zu werten sei. Der neue Code vereinte nun beide Tage. Freudig erschrocken springt Renata vom Sessel auf, aber sie hat vergessen, daß der, dem sie jetzt mitteilen möchte, daß es ihr gelungen sei, das Mobiltelephon zu entsperren, gar nicht mehr da ist.

Unter den letzten SMS, die Renata nicht ohne Aufregung und Anspannung überfliegt, sind nur solche an sie selbst sowie berufliche Terminvereinbarungen zu finden. Die früheren Nachrichten scheint Konrad gelöscht zu haben. Renata blättert durch das Adressenverzeichnis, stößt auf einige ihr unbekannte Namen, aber spätestens die Eintragungen unter *Firma* oder *Notizen* beruhigen Renata wieder, es handelt sich um Geschäftspartner, um die Namen eines Bauunternehmers, einer Tischlerin und einer Statikerin.

Dann öffnet Renata Konrads Mediathek, betrachtet das letzte Photo: Es zeigt nur Konrads Füße, seinen rechten Unterschenkel – ein zufälliges Bild, das wohl ohne seine Absicht entstanden ist. Die Photographier-Funktion war für einen Bruchteil einer Sekunde eingeschaltet gewesen. Vermutlich hatte Konrad das Mobiltelephon in seine Tasche stecken wollen, und die Kamera hatte noch ein Bild von seinen Füßen geschossen, von den schwarzen Lederschuhen, dem rechten Anzugshosenbein.

Renata muß an andere letzte Bilder denken, an das Bild von Lady Diana und ihres Geliebten Dodi Al-Fayed in der Drehtür des Hôtel Ritz in Paris, an Capas sterbenden republikanischen Milizionär an der Córdoba-Front, an John F. Kennedy im Fond der Staatslimousine. Er hatte zumindest seine Frau Jackie im blütenrosa Mantel neben sich. Unter Konrads Füßen ist nur eine grau-braune unscharfe Fläche zu sehen und angerissen ein Stück Autotür.

Der Adamsapfel! Renata hatte es verabsäumt, ihn im Aufbahrungsraum ein letztes Mal zu berühren. Sie hatte nicht daran gedacht, weil er ihr nicht aufgefallen war.

Was findest du nur an diesem Stück Schildknorpel, hatte Konrad einmal gesagt, als Renata ihn mit dem Zeigefinger gestreichelt und anschließend geküßt hatte.

Ich wußte, als ich dich zum ersten Mal sah, daß du einer von denen bist, die nicht genug kriegen.

Ach, das hast du an diesem Zäpfchen erkannt?

Es ist ein besonders großes Stück von dem Paradiesapfel, das in deiner Kehle steckengeblieben ist.

Ich mag dein Lächeln, hatte Konrad zu Renata gesagt. Ich mag es, wie du mich ansiehst, wenn ich dein Arbeitszimmer betrete.

Oder: Konrads Lächeln, wenn Renata nach Hause kam, die Tür aufzusperren versuchte, er aber schon beim ersten Geräusch, das er vernommen hatte, zum Eingang geeilt war, um sie zu empfangen. Diese Freude, bis zuletzt.

*

Wieviele Male hatte es Renata schon versucht? Sie sitzt über einem Buch und liest eine Seite zwei-, dreimal, kann den Sinn nicht erfassen. Sie muß sich eingestehen, daß sie nur mehr das

Weiße zwischen den Zeilen und das Weiße an den Rändern der Seite zu lesen vermag. Daß die Wortabstände so groß werden, daß das Gedruckte verschwindet. Renata geht nicht mehr im Text, sondern im Leerraum spazieren.

Sie kennt jetzt das Alphabet der Leerzeichen. Den Spatien-spaziergang.

Bestenfalls übersetzt sie Sinnentleertes, Unverständliches, Inkohärentes.

Noch immer ist Renata mit den Geschwistern ihrer Exmänner befreundet. Sie hat auch die Mütter und Väter ihrer früheren Lebensgefährten besucht, als sie bereits mit Konrad zusammen war. Sie trifft die Mutter ihrer ersten langen Liebe noch immer. Und sie trauert um Gertrude, die Mutter ihres vorletzten Freundes, an deren Krankenhausbett sie sitzengeblieben war, bis das Tageslicht verschwunden und die letzte Nacht hereingebrochen war. Sie alle – Mütter und Väter ihrer Exgefährten, die Geschwister ihrer Partner – waren Geschenke gewesen, sie sind auch jetzt noch Multiplikatoren der Freude, Zeitzeugen all jener Lebensjahre, die der Zeit mit Konrad vorausgegangen waren.

Konrads Familie ist nie ein Geschenk gewesen. Die Mitglieder dulden einander. Es ist kein stilles Dulden; derjenige, der den Raum verläßt, wird schlechtgeredet.

Und wenn Henriette tatsächlich etwas weiß, was Renata nicht weiß? Konnte es sein, daß Konrad heimlich Geld gehortet hatte, daß er hinter Renatas Rücken Photozeichnungen verkauft und das Geld in der Wohnung oder im Wagramer Landhäuschen versteckt hatte?

Trotz Müdigkeit steigt Renata mitten in der Nacht auf die Leiter und holt ein Buch nach dem anderen von den oberen Regalreihen, fächert die einzelnen Exemplare auf. Lesezeichen, Merkzettel und nicht mehr klebende Haftmarker flattern zu Boden, auch ein Babyphoto gerät in Renatas Hände, auf dessen Rückseite nur zwei Wörter stehen: *Siamo felicissime*. Renata kennt das Babygesicht nicht, es ist nicht Pauline, nicht Franziska oder Florentina, nicht Amalia oder Wilma, keine der Töchter aus ihrem Umfeld. Es muß einen Begleitbrief geben, denkt Renata, der ist aber unauffindbar. Die Wohnungseinrichtung im Bildhintergrund ist ihr fremd, die Aufnahme dürfte schon etwas älter sein. Dann wird Renata von einer Ansichtskarte abgelenkt, die aus einem Gedichtband von Biagio Marin rutscht. Die Karte hatte Konrad Renata aus Triest geschickt, als er 1999 das Marktgebäude photographiert und dann überzeichnet hatte. Jahre später, auf der Fahrt nach Piran, war Konrad nicht davon abzuhalten gewesen, in Triest eine Pause einzulegen, um Renata Camillo Jonas Marktgebäude aus den 1930er Jahren zu zeigen und schnell noch ein paar aktuelle Bilder zu schießen.

Sogar ein getrockneter Vierklee findet sich in Günter Steffens' Roman *Die Annäherung an das Glück*, aber in keinem einzigen Buch ein Geldschein.

Hatte sie selbst das Vierblatt in dieses Buch gelegt? Renata kann sich nicht mehr erinnern, aber sie denkt an den Mann in dem Roman, der alles unternimmt, um seiner todkranken Frau ein Stück Normalität zu schenken, sie zurückzuführen in einen Zustand, in dem sie sich mit verschränkten Armen in ihr eigenes Wohlbehagen lehnt, aber es helfen weder *die Erste von Gustav Mahler* noch *ein großer Topf Kaffee in der warmen Küche*.

Die Hilflosigkeit dieses Mannes empfindet Renata nun als ihre eigene. Als der Mann im Roman erfährt, daß für die Krebserkrankung seiner Frau keine Heilung besteht, spricht er mit drei Stimmen, einer lauten und zwei, die nur er selbst hört, die in ihm reden, seit er *es weiß*.

Diese Stimmen hört Renata auch, sie teilt den Schmerz auf. Sie verspricht Bruno, sie werde weitermachen, sie werde sich zusammenreißen, aber die zweite Stimme sagt, daß ihr Leben mit Konrads Tod aufgehört habe, und Renata spürt, daß die Zeit – einst nahtlos zusammengefügte Teilchen – in Einzelteile zerfallen ist, daß sie im Fluß auseinandertreiben. Daß sie den Faden verloren hat, nur noch an Fusseln zupft. Die dritte Stimme ist von Konrad. Mein Tod, hört sie ihn sagen, darf dir nicht das Leben nehmen.

Renata beneidet den verzweifelten Mann im Roman darum, daß er dabeisein konnte, als seine geliebte Frau starb.

Sie hätte gerne wie Steffens' Figur Abschied genommen.

Denn was ist Abschied anderes, als ein erster Schritt zur Gewöhnung an die Abwesenheit des Geliebten?

*

Zum wiederholten Mal läßt Renata den letzten gemeinsamen Morgen Revue passieren. Schon in der Nacht war Konrad unruhig gewesen. Renata war mehrere Male aufgewacht, weil er sich abrupt umgedreht hatte. Als er einmal mit angewinkeltem Bein auf dem Bauch zu liegen gekommen war und sie mit dem Knie in die Seite gestoßen hatte, entschuldigte er sich leise, streichelte Renatas Hüfte und schob seine Rechte dann langsam zwischen ihre Beine. Diese nächtlichen Bewegungen seiner Hand, die zu ihrem gemeinsamen Schlaf gehörten, waren nichts als ein sanftes Tasten gewesen, als habe er sich ihrer Nacktheit, ihrer Offenheit für ihn vergewissern wollen. Auch in jener letzten, gemeinsam verbrachten Nacht war er so eingeschlafen: die eine Hand zwischen ihren Oberschenkeln, die andere angewinkelt unter seinem Kopf. Als Renata sich später, um eine bessere Schlafposition zu finden, weggedreht hatte und seine Hand auf die Matratze gerutscht war, hatte sie ihn im Halbschlaf voll Bedauern seufzen hören.

Er war früh aufgestanden, an jenem letzten Morgen, hatte das Frühstück für Renata und Pauline hergerichtet, obwohl er gleich wegmußte, gar keine Zeit gewesen war, um gemeinsam Kaffee zu trinken. Frisch rasiert und angezogen war er noch einmal zu Renata ans Bett gekommen und hatte sie geküßt, flüchtig, aber auf den Mund, dann hatte er versprochen, sie anzurufen, *wie immer*, sich noch einmal zu ihr hinuntergebeugt und so getan, als würde er ihren Mund ein zweites Mal küssen wollen, stattdessen hatte er seine Nasenspitze an Renatas gerieben und war, aus Rücksicht auf Pauline, leise lachend aus dem Zimmer gegangen.

Der Geruch von Kaffee hatte Renata aus dem Bett gelockt, obwohl sie noch hätte liegenbleiben können; die Caffettiera stand auf dem Herd, daneben hatte Konrad für Renata und Pauline gedeckt, auf Renatas Teller hatte er eine Scheibe Brot gelegt, von der Konrad wußte, daß sie Renata reichen würde, für Pauline hatte er die Schachtel mit Cornflakes auf den Tisch gestellt.

Es war ein normaler Morgen gewesen, an einem normalen Tag, und dennoch war rückblickend einiges anders gewesen. Das Seifenstück hatte sich nicht im Seifenteller, sondern im Waschbecken befunden; er mußte es nicht richtig abgelegt haben, und auch die Milch stand noch auf der Anrichte und nicht im Kühlschrank.

Wäre die Seife nur auf den Boden gefallen, denkt Renata, dann hätte ich vielleicht darauf ausrutschen und so unglücklich stürzen können, daß ich am selben Tag wie Konrad gestorben wäre. Aber selbst wenn die Seife auf den Boden gefallen wäre, hätte er sie selbstverständlich aufgehoben, um genau das zu verhindern, weil sein ganzes Leben darauf ausgerichtet gewesen war, niemandem Schaden zuzufügen, erst recht nicht Renata.

Am Morgen räumt Renata die Schüssel im Vorzimmer leer. Darin liegen Steine, die Konrad gesammelt hatte, Marmorstücke aus Paros, Ziegelteile aus Mozia auf Sizilien, schwarzer Sand vom Strand in Cavo auf der Insel Elba, Feuerzeuge, Zündholzschachteln, das Rücklicht von Konrads Fahrrad und zwei Schlüssel an einem grünen Plastikanhänger, die Renata nie zuvor gesehen hat.

Sofort denkt sie an die Geschichte, die ihr Bruno vor Jahren erzählt hatte: Nachdem ein serbischer Heckenschütze den Kriegsreporter Denzel, mit dem Bruno in den frühen neunziger Jahren unterwegs gewesen war, erschossen hatte, fand Denzels Freundin in dessen Appartement einen fremden Wohnungsschlüssel. Über Monate vermutete sie, daß es der Schlüssel zur Wohnung einer Geliebten gewesen sei. Das Mißtrauen der Frau beschädigte deren Erinnerungen. Erst nach einem halben Jahr stellte sich heraus, daß es der Schlüssel zur Wohnung des Arbeitskollegen Anton Ortner war. Er hatte einen Ersatzschlüssel bei Denzel deponiert, für den Fall, daß er sich einmal aussperrte.

Renata betrachtet den Anhänger, Konrad hat ihn beschriftet, die Buchstaben sehen aus, als habe er es eilig gehabt, außerdem ist der Straßenname falsch geschrieben.

Die Schlüssel zur Wohnung einer Geliebten läßt man nicht im Vorzimmer herumliegen, denkt Renata, doch sorgt der Fund dennoch für Irritation. Die Adresse sagt ihr nichts. Niemand, den Renata kennt, wohnt in der Erdbergstraße, erst recht nicht in der *Erbergstraße*. Sie steckt die Schlüssel in ihre Handtasche, nachdem sie die Adresse im Internet gegoogelt hat: Die angegebene Haus- und die angefügte Türnummer ergeben keine Einträge.

*

Trauer ist roh. Ich kann seinen Tod nicht verdauen, liest Renata in einem Buch von Connie Palmen, das die Schriftstellerin ihrem verstorbenen Mann, dem Journalisten Ischa Meijer, gewidmet hat. Renata frißt Bücher von Schicksalsgenossinnen, aber es hilft nicht, das Rohe in Literatur zu garen, es bleibt unbekömmlich – wie Beerenlese von scharlachrotem Nachtschatten, von Schneebeeren und Tollkirschen.

Renata ruft Bruno an. Wie hält man die Verzweiflung auf einem annehmbaren Niveau, fragt sie. Du bist doch Experte.

Ich habe es dir schon gesagt: Nimm ein Lexotanil.

Du weißt, daß ich so was nicht schlucke.

Dann ist dir nicht zu helfen, sagt Bruno. Sie hört das Klicken seines Zippo-Feuerzeugs, sieht ihn vor sich, wie er den Deckel aufschnippt und die Flamme entzündet.

Rauch nicht so viel, sagt sie.

Ich trinke nicht mehr, aber an irgendwas muß ich mich festhalten. Bist du denn nun in Innsbruck oder nicht?

Nein, sagt Renata, ich habe es vorgezogen, in Wien zu bleiben. Ich habe Henriette über Fleurop Blumen schicken lassen, sie will ihren Geburtstag ohnehin nicht feiern. Bei den Grasmanns herrscht das Trauermonopol. Ich kann ihre Vergangenheitsbeschwörungen nicht mehr ertragen.

Weil Konrad weggezogen ist, weil du sie um die Vergangenheit mit ihm gebracht hast, schnappen sie sich jetzt alles, was sie noch kriegen können, sagt Bruno. – Vermag dich denn gar nichts zu trösten?

Die letzten Worte klingen verzerrt. Renata befürchtet, daß der Anruf unterbrochen wird.

Daß ihm mein Tod erspart geblieben ist, antwortet Renata. Ohne anmaßend sein zu wollen, glaube ich, daß dies Konrads größtes Glück war.

Sie trinkt ein halbes Wasserglas Gin, obwohl erst früher Nachmittag ist. Als wüßte Bruno davon, steht er wenig später unangemeldet vor ihrer Tür, im Schlepptau Olabukonola, den minderjährigen Nigerianer.

Laß uns Frisbee spielen gehen.

Renata schüttelt den Kopf. Ola läßt sie nicht aus den Augen. Nur mit Mühe kann Renata sich beherrschen. Als Ola ihren Unterarm drückt und bettelt, sie solle mitkommen, zuckt es in Renatas Gesicht.

Schau mal, sagt sie zu Ola. Meine Wange tanzt.

Er blickt sie ungläubig an, und alle drei fangen an zu lachen.

Renata bemerkt erst jetzt, daß sie Konrads Trainingsjacke trägt.

Ich sehe aus wie eine Vogelscheuche.

Am selben Abend zieht Renata mit Freunden von einem Lokal ins nächste, sie geht voraus, mit Konrad an der Seite, hängt sich in Gedanken bei ihm ein. Er drückt sich an sie, so fest, daß Renata das Gleichgewicht verliert.

Bruno, der hinter ihr ist, sieht, daß sie torkelt. Er eilt ihr zu Hilfe.

Was ist mit dir? Geht es dir nicht gut? Er umfaßt Renatas Schulter.

Sie schüttelt den Kopf, schließt die Augen. Konrad hält sie.

Sie ist schon wieder zurück, auf der Straße, hört Paul mit

Marianne reden, versucht, sich ins Gespräch einzuklinken. Bruno drückt jetzt ihren Oberarm, er weicht ihr nicht mehr von der Seite.

*

Im Gegensatz zu früher, als sie noch in regelmäßigen Abständen von einem arbeitslosen Schauspieler die Zimmer streichen ließ, läßt Renata nun alles, wie es ist: Die aus dem Eichenparkett herausgebrochene Fugenmasse ersetzt sie nicht durch neue, mit Klebstoff versehene Eichenholzpaste, die abgeschlagenen Mauerkanten verkittet sie nicht, auch die Löcher in der Wand, die auf ein abgehängtes Bild verweisen, bleiben bestehen.

Die Perfektion einer glatten Oberfläche ist ihr unerträglich. Sie hat das Bedürfnis nach größeren Beschädigungen ihrer Wohnungsausstattung, nach einer herausgeschlagenen Badfliese, nach Ölflecken auf dem Lärchenboden oder Grünteeflecken, die den Nußholztisch aufhellen.

Seit zwei Wochen saugt Renata keinen Staub. Sie stellt sich vor, daß sie Konrads letzte Hautschuppen und Haare wegsaugt. Daß er auf diese Weise noch mehr verschwindet. Als gäbe es Steigerungsstufen des Verbums *verschwinden*: verschwinden, mehr verschwinden, ganz verschwinden.

*

Das konnten sie beide: gemeinsam die Zeit totschlagen. Auf dem Sofa liegen und Salzstangen essen, sie dem anderen in den Mund stecken oder aus dem Mund rauben, Nachrichten schauen und darüber die Welt vergessen. Oder im Prater Minigolf spielen, als Ausgleich für ihre Verliebtheit und ihren Überschwang.

Jedes Aß war Anlaß zu einem Luftsprung, zu einem spitzen

Schrei. Wer siegte, bestimmte den Ablauf des Abends. Der Verlierer war der nackte Diener.

*

Am frühen Morgen schickt Pauline drei Herzen. Ricarda schreibt, das Kind spreche ständig von Onkel Konrad. Ob er im Himmel älter werde, habe Pauline wissen wollen. Und ob Konrad das Baumhaus nun für Milva baue. Das sei das Mädchen, das unter den Traktor gekommen sei.

Renata antwortet mit einem Photo, auf dem Konrad mit Pauline in einer Gondel des Blumenrads sitzt. Es war ihr in die Hände gefallen, als sie die Bücher aus dem Regal gezogen hatte, um nach dem von Henriette vermuteten Schwarzgeld zu suchen.

Ich will ein Kind von dir, hat Konrad bald, nachdem sie einander kennengelernt hatten, zu Renata gesagt.

Das erste Mal in ihrem Leben war Renata sich sicher gewesen, den richtigen Mann gefunden zu haben, diesen seinen Wunsch teilen zu können. Konrad war verrückt nach Arthur gewesen, nach Gundas und Martins Sohn, und er nutzte jede Reise nach Mittel- und Süditalien, um auf dem Hin- oder Rückweg Renatas Schwester Ricarda und damit Pauline zu besuchen.

Henriette hingegen hatte Renata schon beim ersten Weihnachtsessen nahegelegt, nicht schwanger zu werden. Tut euch das nicht an. Genießt das Leben, hatte sie gesagt.

Doch schon ein halbes Jahr später hatte sie auf Konrads Frage, was der glücklichste Moment in ihrem Leben gewesen sei, ohne zu zögern geantwortet: die Geburt ihrer Kinder.

Konrads und Renatas Kinderwunsch war Henriette all die Jahre nicht verborgen geblieben, dennoch hatte sie, als Renata und Konrad einmal mit Ricarda und Pauline in Sadrach vorbeigeschaut hatten, in einem Augenblick, als sie mit Ricarda allein gewesen war, mit dem Finger auf die vor dem Haus stehende Renata gezeigt: *Die* wolle keines. *Der* sei die Karriere wichtiger. Schade für meinen Buben.

Ricarda hatte Renata zu verteidigen versucht, aber Henriette hatte abgewunken, war sogleich in den Garten hinausgelaufen, um für Pauline die Katze einzufangen.

Renata gibt sich einen Ruck, steht auf, um auf die Toilette zu gehen, kehrt aber sogleich wieder ins Schlafzimmer zurück und kriecht auf Konrads Seite unter die Decke. Sie stellt sich seinen nachtfeuchten, heißen Schlafkörper vor, schiebt Konrads Beine auseinander und legt ihr Gesicht auf seinen Schwanz. Unter ihr ist das Spannleintuch glatt und kalt.

Renata liegt auf dem Bauch, umfängt das Kissen, hebt den Kopf und leckt so oft über den Damastbezug, bis ihre Zunge schmerzt.

Sie dreht sich auf den Rücken, lauscht mit trockenem Mund dem Ticken des Weckers. Nach und nach füllt sich der Mund wieder mit Speichel, und als stiege damit auch der Wasserpegel in den Augen, laufen ihr Tränen übers Gesicht.

Weil sie es in der Wohnung nicht aushält, packt sie den Laptop in die Tasche und geht ins Café Korb, um zu arbeiten. Die Öffentlichkeit, glaubt sie, wird sie zwingen, ihre Gefühle zu kontrollieren. Eine Weile schafft sie es, in den Text hineinzulesen, den ihr der Verlag als nächstes zur Übersetzung angeboten hat. Die Gedanken der Autorin absorbieren ihre eigenen, sie lebt in den Worten der Fremden, vernimmt die Erzählerstimme deutlich und klar. Als sie von dem freundlichen italienischen Kellner unterbrochen wird – Signora, tutto bene, desidera ancora qualcosa? –, verstummt die Textstimme und kehrt auch dann nicht mehr zurück, nachdem der Ober den Tisch verlassen hat. Seit er zufällig einmal beim Zahlen Renatas Ausweis gesehen hatte, freut er sich jedesmal, wenn sie das Kaffeehaus betritt, und spricht sie nur noch auf italienisch an.

Tutto bene. Aber nichts ist gut, nichts ist in Ordnung.

Es dauert, hatte Elsbeth in Innsbruck gesagt und Renatas Hand gehalten.

Ich bin für dich da, waren Mariannes Worte gewesen.

Die Zeit heile, hatte Hannah gesagt.

Unaufhörlich, unverändert kehrt der glühende Punkt wieder, der Brennpunkt des Schmerzes, steht bei Roland Barthes.

*

Schon zum dritten Mal erzählt Henriette am Telephon, wer bei der Verabschiedung dabeigewesen war, ihre Stimme klingt aufgeregt. Zu jedem und jeder fällt ihr eine Bemerkung ein: Elsbeths Frisur habe ihr früher besser gefallen, Leonhard sehe krank aus, Bruno habe sich gar nicht verändert, und die Begegnung mit Hannah habe ihr nach so langer Zeit die Augen geöffnet. Eigentlich sei die ein *feiner Kerl*.

Vor gar nicht langer Zeit hast du sie noch als *Drecksschlampe* bezeichnet, sagt Renata.

Ach, das habe ich doch gar nicht gesagt. Henriette schwärmt von Hannahs Sohn, dessen Bild ihr Hannah auf dem Mobiltelephon gezeigt habe. Er lebe in Neuseeland, sei ein erfolgreicher Geschäftsmann. Konrad hätte so gerne Kinder gehabt, sagt Henriette.

Ja, sagt Renata, ich auch.

Ach, du wolltest doch keine. Dann legt Henriette auf.

Ihr Leben wird so noch einmal, ein letztes Mal, durch Konrad zum Ereignis, sagt Bruno, als Renata ihm von den Telephongesprächen erzählt.

Und jetzt, fragt Renata. Was macht Henriette jetzt? Wenn Konrad nicht mehr anruft? Wenn sie nicht mehr von seinen Erzählungen zehren kann? Nichts mehr über seine Freunde erfährt, an deren Leben sie sich wie ein Parasit miternährt hatte?

Sie wird dich in der Luft zerreißen, sagt Bruno.

Und von den Fitzelchen leben, sagt Renata.

Weil du eben kein *feiner Kerl*, sondern eine komplizierte Frau bist, sagt Bruno.

Ich bin nicht kompliziert, protestiert Renata. Dann fordert Bruno Renata auf, ins Landhäuschen zu fahren, um die Dinge, die ihr wichtig sind, zur Seite zu schaffen.

Aber es ist doch nichts wichtig ohne Konrad, sagt Renata.

Sie sitzt jetzt mitten im Zimmer auf dem Boden, müde vom vielen Weißwein, den sie getrunken hat, erschöpft vom Aufräumen, vom Durchsehen von Konrads Papieren, seiner verstaubten Bücher. Neben Renata stehen ein Koffer mit Dias und der Projektor. Er surrt, funktioniert noch, obwohl er seit Jahren nicht mehr benutzt worden war.

Renata nimmt ein Langmagazin aus dem Plastikkoffer, steckt es in die dafür vorgesehene Halterung, drückt auf die Taste: Das erste Bild verläuft halb am Boden, halb an der Wand, es ist viel zu hell im Raum, so daß Renata kaum etwas erkennen kann. Sie stellt das Gerät auf einen Stuhl, zieht die Rollos herunter, dreht am Objektiv, um das Dia scharf zu stellen.

Badlands. Calanchi. Riserva naturale. Renata erkennt die Orte und Landschaften sofort wieder. Auf den Kämmen vereinzelt Dörfer, Ansammlungen von wenigen Häusern, manche davon am Abgrund gebaut. Es ist schwer zu durchkämmendes Gebiet. Das wenige Grün wächst in den Schluchten und Tälern. Die Samen trägt der Wind fort, auch die lockere, trockene Erde. Denudation. Offene Böden, verwitterte Gesteine.

Die Rinnen in den Lehmhängen gleichen Strichen, die sich in die Tiefe verlaufen.

Konrad steht auf der Brücke in Aliano, mitten in der Basilikata, er zeigt auf die Zitrus-, Orangen- und Olivenbäume. Immer hatte er dem ersten Eindruck etwas entgegenzusetzen, sah in den Erosionsrinnen auffällige Abstraktionen, unterhalb der scharfen Kämme und des zerschnittenen Geländes wiederum konkrete, überreife Früchte.

Konrad ist jetzt Renatas Lichtkörper, und wenn Renata aufsteht und sich an die Wand lehnt, deckt sich ihr Körper mit dem Konrads. Sie drückt ihren Rücken gegen seinen Brustkorb, hört ihn an ihrem Ohr lachen. Er bückt sich leicht, umfaßt mit den Armen ihr Becken, läßt seine Hände auf ihrem Bauch ruhen. Sie spürt seine Zunge im Ohr, fängt an zu lachen. Ich bin es nicht, sagt Konrad. Es ist ein Monachicchio!

Die Monachicchi, die Geister der toten, ungetauften Kinder, hatte Konrad auf der Brücke von Aliano erzählt, würden durch den Ort laufen und hätten Spaß daran, Touristen und Einwohner zu foppen, ihre Fersen zu kitzeln, an ihren Ohrläppchen zu knabbern. Sie streuten Sand in die Augen und stießen Weingläser um, brächten Papiere durcheinander, weil sie sich im Luftzug aufhielten.

Man könne einen Monachicchio nur zum Schweigen bringen, indem man ihn an seinem Mützchen packte, es ihm vom Kopf risse. Dann sei der Geist, in der Hoffnung, seine Kopfbedeckung zurückzubekommen, willens, geheime Verstecke zu verraten, den Aufbewahrungsort von Schätzen zu offenbaren.

Vielleicht ist Konrad nun selbst ein Monachicchio, denkt Renata. Diese kleinen Geister legen sich nachts auf die Schlafenden, schwer wie ein Alptraum, oder sie verdrehen den Frauen den Kopf mit süßen Versprechungen und lecken ihnen die Wangen.

Wie lange lehnt Renata nun schon mit geschlossenen Augen an der Wand? Der Motor des Projektors schnurrt vor sich hin wie eine Katze, er strahlt sogar Wärme aus, bildet sich Renata ein. Sie macht ein paar Schritte vor, tritt das fast leere Weinglas um, flucht, beugt sich zum Projektor hinunter. Mio gattino, sagt sie zum Gerät. Sie kichert, streicht sich, bevor sie ein neues Magazin einlegt, übers Gesicht.

Es ist voller Zungenspuren.

*

Selbst schuld, hatte Marcel am Telephon gesagt, daß ihr nicht verheiratet wart. Rechtssystem sei Rechtssystem.

Marcel, der aussieht wie ein großes Kind, obwohl er schon Mitte dreißig ist, hatte Renatas Dia-Abend unterbrochen. Am Telephon klang seine Stimme wie die eines alten Mannes. Äußere Erscheinung und Tonlage passen ebensowenig zusammen wie seine stämmige Untersetztheit und die dünnen Finger, denkt Renata. Sie trinkt Kaffee, betrachtet Marcels Status-Photo auf Whatsapp, seine Stoppelfrisur.

Sein Anruf liegt ihr noch immer wie eine Steinplatte auf der Brust. Sie ruft abermals Bruno an. Marcel habe in seinem Leben alles begonnen und nichts zu Ende geführt, habe Klavier gespielt, aber das Konservatorium wegen einer Sehnenscheidenentzündung für immer verlassen, und er habe sogar mal eine Mappe mit Zeichnungen zusammengestellt und an verschiedenen Kunst-Unis eingereicht – ohne Erfolg. Seit über zehn Jahren schlage er sich mit Gelegenheitsjobs durch, gebe Kindern Klavier- und Malunterricht, gestalte Speisekarten und entwerfe gelegentlich Werbefolder.

Es war sicher nicht leicht, Konrads Bruder zu sein, unterbricht Bruno Renata.

Ach was, sagt sie, er ist ein verwöhntes Nesthäkchen. Immer wieder hat ihm Henriette Geld zugesteckt, auch Konrad hatte schon einzelne Wohnungsmieten übernommen, weil Marcel wegen der Gelenkschmerzen keinen Klavierunterricht hatte geben können oder wieder einmal einen der ausgeschriebenen Graphik-Wettbewerbe *nur knapp* verloren hatte.

Diese *vielversprechenden* Wettbewerbsentwürfe habe Konrad nie zu sehen bekommen, sagt Renata. Entweder waren sie gerade nicht auffindbar gewesen, oder Marcel hatte sie angeblich woanders eingereicht.

Ein Schattenkind, sagt Bruno. Und dann bestehe auch noch der Verdacht, daß er gar kein Grasmann, sondern ein Rübli sei – ein Mariazeller Kurschattenbankert.

Aber das weiß er doch gar nicht, sagt Renata.

Auch wenn Marcel es nicht weiß, so etwas spürt man, sagt Bruno. Gunda weiß es, du weißt es. – Sei nicht so streng.

Streng? Renata lacht. Kaum war er aus dem Elternhaus draußen – was heißt *kaum*, er war fünfundzwanzig, als er auszog –, kaum hatte er in Pradl die neue Wohnung bezogen, hat er schon die Hausverwaltung verklagt, nachdem er herausgefunden hatte, daß die Miete um zwanzig Euro zu hoch berechnet worden war. Und kaum war Konrad gestorben, hat er sich erkundigt, was den Grasmanns zustehe, und den Saab, der ein paar Stunden vor seinem Elternhaus in Sadrach geparkt gewesen war, leer geplündert. Wir wollen das Ganze korrekt hinter uns bringen, hat er nach der Abschiedsmesse gesagt.

Gibt es keine vernünftige Frau an seiner Seite, die ihn einbremst?

Komm mir jetzt nicht mit deiner Theorie, sagt Renata zu Bruno. Sie hört ihn hantieren, es zischt, vermutlich schenkt er sich gerade alkoholfreies Bier ein.

Welche Theorie, fragt Bruno.

Sex als Moderation, sagt Renata.

Das hast du dir gemerkt, sagt Bruno.

Renata erzählt, daß sie Marcel nur ein einziges Mal in Begleitung einer kleinen, resoluten Frau gesehen habe, die ursprünglich aus Salzburg stamme. Ob es diese Katrin noch gebe, wisse Renata nicht. Sie sei mindestens zehn Jahre älter als Marcel gewesen. Gesprochen habe er nicht mehr von ihr, bei der Verabschiedung sei sie nicht dabeigewesen.

Ola ruft gerade an. Ich melde mich wieder, sagt Bruno.

Renata ist in Erinnerung geblieben, daß Katrin bei einem Familienessen im Gasthof Lamm von einer anderen Freundin Marcels erzählt hatte, die das Wort *Frau* ablehne und nur mehr *als weiblich markierter Mensch* bezeichnet werden wolle.

Sie könne gar nicht anders, als an das Markierverhalten von Kötern zu denken, wenn sie so einen Blödsinn höre. Ist das Weibliche jetzt eine Duftmarke, hatte Katrin in die Runde gefragt und mit Marcel zu streiten begonnen, der in Katrins Ablehnung eine transphobe Haltung zu erkennen glaubte.

Sie stoße sich nur an dem Wort *markiert*, hatte Katrin gesagt. Schau dich mal an, hatte sie zu Marcel gesagt, deine Prada-Brille und dein Boss-Hemd sind auch nur Teil deiner lächerlichen Schildchen-Philosophie. Ihr traut euch nicht mehr *Schwanz* oder *Fotze* zu sagen, das ist das Problem. Dabei mehr Fotze als deine Freundin kann man gar nicht sein! Und von Schwanzfotzen hat sie keine Ahnung.

Halt dich zurück! Marcel hatte sich umgesehen, ob jemand von den Nebentischen etwas gehört hatte, aber Katrin hatte sich davon nicht beirren lassen.

Bruno meldet sich nicht mehr. Nach einer Weile kommt eine SMS, Ola habe sich beim Fußballspielen im Prater verletzt, er müsse mit ihm ins Krankenhaus.

Selbst schuld, daß ihr nicht verheiratet wart, hört Renata Marcel wieder und wieder sagen.

Die zwei Schriftstellerinnen Kristien Hemmerechts und Connie Palmen fallen ihr ein, die nach dem Tod ihrer Liebsten von der Sehnsucht zu sterben geschrieben haben, die eine, Kristien Hemmerechts, so eindringlich, daß nach Erscheinen ihres Buches zwei Leserinnen Selbstmord begingen, indem sie aus dem Fenster sprangen. Eine der beiden Selbstmörderinnen ist dabei auf einen Mann gefallen, der dieses Unglück nicht überlebte. Die beiden Schriftstellerinnen hatten *hinter vorgehaltener Hand und mit geächzten Entschuldigungen* über diesen Vorfall vor Lachen weinen müssen.

*

Marianne, mit der Renata einen Spaziergang durch den Stadtpark unternimmt, sagt, sie sei schon so lange chronisch krank, daß sie nicht mehr wisse, wie sich Gesundheit anfühle.

Geht es mir gut? Keine Ahnung. Ich habe keine Schmerzen, sagt Marianne, aber ich bin erschöpft. Und der großen Veränderung, die eine Krankheit mit sich bringe, der inneren Überschwemmung, der Entwurzelung der Gedanken, lerne man zu begegnen, man habe schließlich keine Wahl.

Trauer, denkt Renata, ist ähnlich. Sie ist chronisch wie

Mariannes Nierenkrankheit. Man gewöhnt sich an den Zustand, aber er bleibt.

Als sie und Marianne auf der Brücke stehenbleiben, um den Möwen zuzusehen, die nur knapp über dem Wien-Fluß fliegen, legt Renata die nackte Hand auf das schneebedeckte Geländer. Sie wartet, während sie Marianne zuhört, auf das Gefühl von Kälte, das eintritt, wenn die Nervenzellen in der Hand nicht mehr genügend Sauerstoff bekommen, weil sich die Blutgefäße zusammenziehen.

Vielleicht läßt sich Schmerz mit Schmerz besiegen, denkt Renata.

Deine Finger werden blau, sagt Marianne.

Ertappt steckt Renata ihre Hand zurück in die Manteltasche.

*

Wie geht es dir? Elsbeth ist am Telephon. Die Kümmerkette reißt nicht ab.

Es geht, sagt Renata.

Bleib in der Leitung, sagt Elsbeth, eben kommt ein Anruf rein.

Soll Renata Elsbeth erzählen, daß sie auf einer der Photozeichnungen aus der Pontinischen Serie, die sie aus dem Rahmen genommen hat, um sie durch eine andere auszutauschen, eine Widmung Konrads gefunden hat, die sie beunruhigt? *Per Catarina, con grande affetto.* Darunter: *Ich werde dich nie vergessen.* Das Datum, deutlich lesbar, fällt bereits in Renatas und Konrads gemeinsame Zeit.

Konrad war damals ohne Renata mehrere Male nach Rom und in die Pontinische Ebene gefahren, hatte von zwei Lesben berichtet, bei denen er untergekommen sei. Eine der beiden, Catarina, hatte Architektur studiert, sie half ihm mit Kontakten weiter.

Was bedeutete es, daß sich das gewidmete Bild bis zuletzt in Konrads Besitz befunden hat? War es in seinen Augen für die Unvergessene nicht gut genug gewesen? War die Lesbe gar keine Lesbe? Hatte er dieses Bild durch ein besseres ersetzt und dabei vergessen, auf dem alten die Widmung auszuradieren? Oder hatte er es sich am Ende anders überlegt?

Von Catarina, erinnert sich Renata, hatte Konrad öfter erzählt; zuletzt hatten sie kaum noch Kontakt gehabt. Sie ist die Enkelin eines faschistischen Staatsarchitekten. Ihr Großvater stand in ständigem Konkurrenzkampf mit anderen Architekten. Er war ein Freund des Duce gewesen und im Agro Pontino ein einflußreicher Mann.

Details fallen Renata nicht mehr ein, aber daß Catarina in ihrer Dissertation der Frage nachgegangen war, wie und wann aus den *case coloniche* die Neustädte hervorgegangen waren. Konrad hatte Renata damals Photos von einzelnen Gebäuden gezeigt, von einfachen Bauernhäusern mit Walm- und Pyramidendächern, die im Erdgeschoß aus einer Küche, dem Stall, dem Magazin und dem Portico bestanden, darüber lagen drei, maximal vier Zimmer. Das waren die Anfänge der Besiedlung gewesen, der die Trockenlegung der Sümpfe vorangegangen war.

Nach außen hin hatte das faschistische Regime in entsprechenden Propagandafilmen alles schöngefärbt; die *città nuove* sollten das Ergebnis einer glorreichen Ruralismuspolitik werden, die Erfüllung von Mussolinis Kornkammerträumen.

Der Duce hatte zur *Getreideschlacht* aufgerufen, zur Urbarmachung des Landes, das noch Anfang der zwanziger Jahre über fünfzig Prozent des Getreides hatte importieren müssen. Damit sollte endlich Schluß sein.

Renatas Nonna hatte sich an die Propaganda erinnern können: Mussolini war in Monatszeitschriften und auf Plakaten bei der Getreideernte zu sehen gewesen. Wenn es gerade paßte, war er auch als Soldat oder Pilot abgebildet worden. Die perfekte Vermarktung. In seinen Adern, hatte Mussolini bei der Einweihungsrede von Aprilia Ende Oktober 1937 gesagt, fließe echtes Bauernblut.

Was fließt eigentlich in deinen Adern, hatte Konrad Renata gefragt, als sie von den Erzählungen ihrer Nonna berichtet hatte. Una miscella.

Wochenlang hatte Konrad sie daraufhin *bella miscella, schönes Stoffgemisch*, gerufen, so wie er nicht aufhören konnte, seine Schwester Gunda *Tuffolina* zu nennen.

Es wollte Renata nicht einfallen, wie diese Catarina ausgesehen hatte. Konrad hatte ihr damals sicher Photos von der Frau gezeigt, aber Renata war noch halb in ihrer alten Beziehung gesteckt, so daß sie nicht weiter auf diese Frau geachtet hatte. Nun wüßte Renata gerne, welcher Art Konrads *große Zuneigung* gewesen war.

Die Photozeichnung, die Renata aus dem Rahmen genommen hat, zeigt die wenigen wiederaufgebauten Gebäude in Aprilia, die nach der Zerstörung durch den Kampf der Alliierten gegen die deutsche Besatzung im Frühjahr 1944 übriggeblieben waren. Einzig die Statue des Heiligen Michael vor der gleichnamigen Kirche hatte den Krieg unversehrt überstanden.

Konrad hatte in die Photographie den ursprünglichen Umriß der Stadt gezeichnet. Man erkennt in der doppelten Linie die Raupen-Räderspur einer landwirtschaftlichen Maschine. Es war eine Anspielung auf Mussolinis Grundsteinlegung. Der Duce hatte auf einem Motorpflug sitzend den Stadtumriß von Aprilia gezogen, so wie Romulus 753 vor Christus mit dem Pflug den Verlauf der römischen Stadtmauer vorgegraben hatte.

Sfollare le città, hatte Mussolini gerufen, Räumt die Städte! Die Landflucht nach dem Ersten Weltkrieg hatte eine ökonomische

Krise zur Folge gehabt, deswegen war der Duce überzeugt gewesen, eine Rückführung der arbeitslosen und verarmten Städter in die Landwirtschaft wäre nur vernünftig und sinnvoll.

Doch statt fähiger Bauern kamen jede Menge aufmüpfige und kriminelle Kolonisten, die man in den Provinzen hatte loswerden wollen. Es gelang vielen Neuankömmlingen nicht einmal, sich notdürftig zu versorgen, sie waren von der Zuteilung von Lebensmitteln und Kleidung abhängig. Die Ergebnisse der ersten Getreideernten blieben weit unter den Erwartungen zurück. Und viele der Neusiedler waren solche Ignoranten gewesen, daß sie zu tief gepflügt hatten, so daß die saure, undurchlässige Tonerde und der Sandboden, und nicht die wertvolle Humusschicht, obenauf lagen. Noch dazu verwendeten sie eine Saat, die nicht an die Bodenbeschaffenheit des Agro Pontino angepaßt war. Die *bonifica pontina* war anfangs ein Desaster.

Bin zurück, sagt Elsbeth. Also, es geht, wiederholt Elsbeth Renatas Antwort, immerhin. Und was machst du gerade?

Ich sehe aus dem Fenster, sagt Renata. Der Himmel ist rot, kaum auszuhalten, daß ich diese Schönheit nicht mehr teilen kann. Warte mal. Renata hält das iPhone aus dem Fenster, fängt das Abendlicht ein, schickt das Bild an Elsbeth.

Schön, sagt Elsbeth ohne Begeisterung.

Bei näherer Betrachtung findet Renata das Bild kitschig. Warum wirkt die festgehaltene Stimmung anders als die unmittelbare Erfahrung? Renata fragt Elsbeth, wie sie das sehe.

Ist halt schon Konserve, wenn ich es kriege, sagt Elsbeth, und ich bin nicht Teil deines Staunens. Bei uns ist übrigens schlechtes Wetter. Aber eigentlich finde ich das Photo gar nicht kitschig, sagt Elsbeth. Und dann ist das Bild doch schon ein Beweis, daß du mittlerweile einen Schritt weiter bist.

Wie meinst du das?

Du nimmst das Abendrot wahr, sagt Elsbeth.

Aber ich sehe das Abendrot doch gar nicht richtig. Ich sehe lediglich, daß ich es allein sehen muß, sagt Renata. – Weißt du, was Konrad einmal zu mir gesagt hat? Ich sei seine letzte Frau. Wir kannten uns erst ein paar Monate.

Und was hast du gesagt, fragt Elsbeth.

Daß wir noch jung seien und er das nicht wissen könne. Daß wir genug Zeit hätten, um in das Stadium des Sich-aneinander-Langweilens zu kommen. Daß er mich dann hintergehen würde.

Konrad? Elsbeth lacht.

Er sagte, daß er mich nie verlassen würde, selbst wenn er mich einmal hintergehen sollte.

Hat er bestimmt nie, sagt Elsbeth.

Da bin ich mir nicht so sicher, sagt Renata.

*

Schon als Kind hatte Renata ein Schlafproblem. Sie stand mit bloßen Füßen in Winternächten auf dem Terrazzoboden des Korridors, vor der angelehnten Schlafzimmertür ihrer Eltern, und lauschte den Atemgeräuschen, dem Rascheln der Bettwäsche, wenn sich einer von beiden bewegte. Sie beobachtete die kommenden und wieder verschwindenden schmalen Lichtstreifen, die durch die Ritzen der Rollos drangen, wenn auf der nahen Staatsstraße Autos vorbeifuhren. Sie hörte die anschlagenden Hunde, die aufkreischenden, jaulenden Katzen, die in Revierkämpfe verwickelt waren.

Wieviele Nächte kroch ihr die Kälte des Bodens in die Füße, wie oft hatte sie sich auf ein Bein gestellt und das andere angewinkelt, um die Sohle mit der Hand zu kneten und zu wärmen, und sich dabei mit der freien Hand am Türstock abgestützt? Sie hatte mit den Jahren jeden noch so kleinen Sprung im Estrich gekannt, hatte gewußt, wo die gut gewachsten Flächen waren, wo sich die Verstrichungen durch die Schuhe befanden. Den Terrazzoboden hatte sie wie ihre eigene Haut gekannt.

Und die Haut des Geliebten? Wo befanden sich die Narben? Die Leberflecken? Die weißen, pigmentfreien Flächen, Resultate einer unterbliebenen Melanin-Bildung? Als Renata zum ersten Mal diese *Schneefelder* auf Konrads Hodensäcken bemerkt hatte, war sie beunruhigt gewesen. Sie hatte Konrad sogleich zur Hautärztin geschickt. Seien Sie froh, daß Sie die Flecken nicht im Gesicht haben, hatte die Dermatologin die Depigmentierung kommentiert.

Das Wort *Schneefeld* ist ein warmes Konrad-Wort, es riecht nach Schweiß und Sex. Nie wieder kehrt es in den Winter zurück.

Vielleicht wäre es gut, wenn du der Sache auf den Grund gingest, sagt Bruno. Fahr in die Erdbergstraße. Ich bin auch nach Venedig gefahren und habe mich der Situation gestellt.

Renata weiß von Marlis, Brunos Ex-Gefährtin, daß sich Bruno bis heute weigert, ihren neuen Partner Domenico zu akzeptieren, daß die Venedig-Reise damals, als er Marlis hinterhergefahren war, um mit ihr zu sprechen, mit einem exzessiven Besäufnis geendet hatte. Daß er von der Lagune aus nach Lampedusa geflogen war und sich sofort in die Arme einer befreundeten Journalistin geflüchtet hatte.

Du hast Angst, daß sich deine glückliche Beziehung mit Konrad nachträglich als Illusion erweist. Sie war glücklich, fügt Bruno hinzu, aber mach dich gefaßt –

Gefaßt auf was? Weißt du etwas, das ich nicht weiß?

Nein! Bruno seufzt. Du verdächtigst mich doch nicht? Manchmal wünsche ich mir, daß du etwas erfährst, das dich aus dem Schmerz herauszieht, daß du auf den Boden der Realität zurückkehrst, und sei es durch eine vorübergehende Wut. Du könntest auch wütend sein, weil Konrad es nicht einmal geschafft hat, ein rechtsgültiges Testament zu hinterlassen.

Wir haben beide unser Testament in den Computer getippt, sagt Renata, beide saßen wir nebeneinander, haben es ausgedruckt und unterschrieben. Ich war genauso naiv wie er, zu glauben, daß die letzten Wünsche, die jemand zu Papier bringt, erfüllt werden. Aber nicht einmal die, die nichts kosten, hat seine Familie respektiert. Ich habe in einem schwachen Moment versucht, Marcel das Versprechen abzunehmen, daß wir nach Henriettes Tod Konrads Urne nach Wien bringen lassen, auf den Zentralfriedhof, wo er bestattet werden wollte.

Ohne Resultat, sagt Bruno.

Sein Gesicht werde ich nie vergessen, es war ausdruckslos, tot, sagt Renata. Als habe er ein Dutzend Botox-Behandlungen hinter sich. Das kann ich dir nicht versprechen, sagte er. Kein Trost. Keine Hoffnung. Keine Entschuldigung. Ich hatte mich nicht mehr im Griff, brach vor ihm zusammen.

Das war der Augenblick, in dem ich verstand, daß ich nicht dazugehörte, nie dazugehören würde. Daß nicht nur für Henriette, sondern auch für diesen jungen Mann die archaische Blutlinie zählt und Liebe oder soziale Verwandtschaft bedeutungslos sind.

Die Blutsbande sind nur ein Vorwand, sagt Bruno, dahinter sind Gier, Kälte, verkleidete Minderwertigkeit. Das sind die, die so korrekt und rechtskonform daherkommen, und unter dem geraubten Anzug verstecken sie das zerschlissene Hemd.

Ich war übrigens schon in der Erdbergstraße, sagt Renata. Noch am selben Tag, als ich den Schlüssel gefunden habe.

Und?

Nichts. Es ist ein Gründerzeithaus, völlig heruntergekommen. Eigentlich ein Abbruchhaus. Das Haustor stand offen, die Türen zu den Postfächern waren fast alle aufgebogen, im Eingangsbereich standen kaputte Stühle, auch Säcke mit herausgeschlagenen Ziegeln und Mörtel. Tür 2 scheint ein ebenerdiges Lager zu sein, ich konnte es vom Hinterhof aus teilweise einsehen.

Ich bin einfach rein, sagt Renata, bin auf Tür 2 zugegangen und habe, ohne mit der Wimper zu zucken, den Schlüssel ins Schloß gesteckt. *Trauer ist Wahnsinn*, dachte ich in diesem Moment. Dann fiel mir ein, daß ich diesen Satz unlängst in einem Gedicht gelesen hatte.

Das ist eigentlich Hausfriedensbruch, sagt Bruno.

Ich weiß. – Ich erwartete mir eine abgefuckte Studentenbude mit einem schönen großen Bett oder ein kleines Architekturstudio mit einer Couch, sagt Renata. Es gab schließlich genug Studentinnen, die Konrad nachstellten, als er den Lehrauftrag an der Technischen Universität angenommen hatte. Aber der Schlüssel paßte nicht.

Kluge Frau, hat sofort das Schloß ausgetauscht, nachdem sie von Konrads Tod erfahren hatte, sagt Bruno.

Das war auch mein erster Gedanke, bis ich durch eines der Hinterhoffenster hineinsah. Das ist nicht Konrads Stil. Es war, gelinde gesagt, ein Sauhaufen. Baumaterial, alte Möbel, nichts, was einen Liebesort ausmacht.

Und wenn doch? Wenn er eine perverse Seite hatte, die du nie kennengelernt hast? Bruno räuspert sich und sagt nach einer kurzen Pause: Du hast sicher recht – hatte er nicht. War nicht sein Ding, sich in verdreckten Parks oder abgefuckten Locations mit einer Geliebten zu treffen.

Ich habe mal eine Amerikanerin kennengelernt, Samantha hieß sie, im Holiday Inn-Hotel, du weißt schon, in Sarajewo während des Krieges, die erzählte mir, daß sie dahintergekommen war, daß ihr Mann sich regelmäßig von einer älteren, blondierten Lederlady in den Mund pissen ließ. Aber das war noch nicht alles. Der Mann stand auch auf andere Ausscheidungen. Sie sprach von Einläufen. Ich dachte erst, die hätten der Vorbereitung für den Analverkehr gedient.

Kliniksex, sagt Renata, so nennt man das doch.

Nein, schlimmer, sagt Bruno. Er ließ sich bescheißen, aber nicht im Sinne von *übervorteilen*.

Hat ihn der Geruch verraten? Wie hat Samantha davon erfahren?

Die Lederlady hatte ihrem Mann einen Brief geschrieben, er solle sich von Samantha trennen. Sie allein kenne seine Abgründe, wisse, daß er sich als Jugendlicher heimlich in Mutters Nylonstrumpfhosen in den Wald begeben habe, um Mamas Strumpfhosen vollzupissen.

Das will man eigentlich alles nicht wissen, sagt Renata. Ist deine Samantha noch mit dem Mann verheiratet?

Sie war es schon damals nicht mehr, als wir uns kennenlernten, sagt Bruno. Aber am meisten habe sich Samantha über die Fehler in dem Brief der Lederlady mokiert, daß ihr intellektueller Mann – ich glaube, sie erwähnte, er sei ein prominenter Kunsttheoretiker – sich mit so einem simplen Geist habe einlassen können. Mit Scheiße eben, hatte Samantha gesagt und gelacht. – Ich habe Samantha sehr gemocht. Sie hatte Nippel wie Himbeeren. Alles an ihr war groß und laut gewesen. Vielleicht hatte sie auch in ihren Erzählungen übertrieben. Ich mußte dann raus aus dem Hotel, in dem sich alle verschanzt hatten, war am Ende in Dobrinja, im Westen, direkt an der Frontlinie. Es war in all den Jahren das einzige Mal gewesen, daß ich mir in die Hose gemacht hatte.

Bruno ist kurz still. Samantha hatte einen Lachkrampf bekommen, als ich ihr davon erzählt hatte. Was, du auch, hatte sie gerufen. Sind alle meine Männer Pisser? – Wir sahen uns noch ein letztes Mal im Holiday Inn-Hotel. Sie kam noch einmal auf mein Zimmer, entschuldigte sich, sie wisse natürlich, daß ich aus Angst gepinkelt hätte.

Es gibt Frauen, sagt Bruno, die nehmen deinen Schwanz in den Mund, und du gehörst ihnen, so eine war sie. – Ich habe sie nie wiedergesehen. Ortner hatte noch mitgekriegt, daß ihr auf der Heckenschützenallee zwischen Stadt und Flughafen der Kiefer zerschossen wurde. Ich hoffe, die Gesichtschirurgen konnten sie wiederherstellen. Sie dürfte aufgehört haben. Im Netz ist Samantha nicht mehr zu finden, jedenfalls scheint sie ihren Job als Kamerafrau aufgegeben zu haben.

Daß Renata auch in der Berggasse gewesen ist, erzählt sie Bruno nicht. Die falsch geschriebene *Erdbergstraße* hatte sie auf den Gedanken gebracht, daß es zwei Schlüssel geben könnte, einen mit der Aufschrift ERBERGSTRASSE und einen mit der Aufschrift SIEBERGSTRASSE. Vielleicht, hatte Renata gedacht, habe Konrad aus Unachtsamkeit STRASSE geschrieben oder mit Absicht von der eigentlichen BERGGASSE abzulenken versucht. Aber eine so hohe Hausnummer gibt es in der Berggasse nicht.

*

Du brauchst einen Überbrückungsliebhaber, einen fröhlichen Zwischenmann, sagt Elsbeth. Sie sitzt am Schwimmbeckenrand und hält ihre Hand ins Wasser, prüft, ob es warm genug ist, um zu baden.

Traust du dich, fragt Elsbeth, und Renata weiß nicht, ob sich die Frage auf das noch kühle Wasser bezieht oder auf den Ablenkungsmann, den ihr die Freundin einreden will.

Die Schatten der Buchenblätter zeichnen Muster auf ihre nackten Beine, die zu zittern scheinen, wenn leichter Wind aufkommt. Renata bleibt auf dem Liegestuhl sitzen, folgt mit ihren Blicken dem Mähroboter. Sie versucht, die Richtung zu erraten, die er nehmen wird, wenn er gegen den Baumstamm stößt. Er dreht, wie vorhergesehen, ab, nimmt Fahrt auf Richtung Garagenwand.

Leonhard war einer der ersten im Saggen gewesen, der sich einen solchen Rasenmäher angeschafft hatte. Wenn die Tochter, damals noch ein Mädchen von zwölf Jahren, Besuch von ihren Freundinnen bekam, mußte er das Gerät verstecken, weil es dem Kind peinlich gewesen war.

Traust du dich, fragt Elsbeth noch einmal.

Du brauchst einen Radiergummimann, sagt sie jetzt, einen, der alles wegradiert.

Einen Schmerzverdünner, denkt Renata.

Der Mähroboter nimmt jetzt Kurs auf Renata. Einen Erinnerungsmäher. Komm, laß uns ins Wasser springen.

Später stößt Elsbeths und Leonhards Tochter Antonia dazu und erzählt von Bartholomäus, den sie über eine Dating-App kennengelernt hat.

Zeig ihr, wie das geht, sagt Elsbeth zu ihrer Tochter.

Renata wehrt ab.

Schau es dir zumindest an, sagt Elsbeth. Du wirst nie einen Mann kennenlernen, wenn du nicht danach suchst.

Renata fragt Antonia nach ihrem Studium, wann sie zur Pathologie-Prüfung antrete, und zu Elsbeth gewandt sagt sie: Ich will keinen Plan B.

Gib dir eine Chance, sagt Elsbeth. Du sitzt die ganze Zeit zu Hause und arbeitest, das Glück kommt nicht von selbst und klopft an deine Tür.

Du mußt wieder Hoffnung schöpfen, sagt Elsbeth.

Renata nickt. Wenn schon, sagt sie zu Elsbeth, dann möchte ich mich hoffnungslos verlieben.

Sie sitzen schweigend auf ihren Liegestühlen. Der Mähroboter rammt die im Schatten der Magnolie schlafende Katze, die sofort aufspringt und sich einen neuen Schlafplatz sucht.

Renatas Blick wandert von der Katze zu ihren Sandalen. Konrad war dabeigewesen, als sie die wildledernen Riemchensandalen in Bamberg gekauft hatte.

Ich muß mich neu einkleiden, sagt Renata nach einer Weile.

Das ist schon mal ein guter Anfang. Die Freundin steht auf und fischt mit einem Netz Laub aus dem Schwimmbecken.

Elsbeth dreht sich nach Renata um. Weißt du was, wir fangen gleich damit an.

*

Etwas ist gegen die Scheibe gekracht. Renata wacht in Elsbeths und Leonhards Gästezimmer auf. In Konrads letztem Sommer, erinnert sie sich, hatte es diesen kleinen Vogel gegeben, der gegen das Fensterglas der Dachgaube geflogen war, nicht einmal, mehrmals, als habe er nicht begreifen wollen, daß die Spiegelung des Himmels kein Himmel war.

Renata und Konrad waren nach einer anstrengenden, staureichen Fahrt in ihrem Wagramer Landhäuschen angekommen, und Renata hatte sich kurz hingelegt, um für die Übersetzung der letzten drei Essays von Teodoro Pontoni ausgeruht zu sein.

Sie war – wie jetzt auch – von einem dumpfen Knall wach

geworden und hatte den Vogel erst gesehen, als er das zweite Mal das Fenster zu durchfliegen versuchte. Renatas Benommenheit war ähnlich der des Vogels gewesen, sie brauchte eine Weile, um zu verstehen, was geschehen war, brauchte Zeit, bis sie imstande war, an eine Lösung zu denken. Der Vogel schien jede Orientierung verloren zu haben, er hörte nicht auf, vor der Scheibe herumzuflattern, versuchte es wieder und wieder, jedesmal zuckte Renata zusammen.

Sie stieg damals auf den einzigen im Zimmer vorhandenen Stuhl und versuchte, das Dachfenster zu öffnen, auch auf die Gefahr hin, daß der Vogel im Zimmer landete. Nur so, dachte Renata damals, hätte der Vogel eine Chance, seinen Irrtum zu überleben. Aber sie kriegte das Fenster nicht auf, rief nach Konrad, der sie nicht hörte, weil er damit beschäftigt war, am unteren Ende des Grundstücks den Zaun auszubessern.

Konrad war da gewesen, und er war schon nicht mehr dagewesen. Noch am selben Abend hatte sie den Vogel mit verdrehtem Köpfchen im Gras vor dem Haus gefunden.

Jetzt starrt Renata zum Fenster, aber es bleibt ruhig. Der Vogel, denkt Renata, ist weggeflogen. Auf dem Sessel neben dem Bett steht die Einkaufstasche mit dem neuen Kleid, das sie gestern zusammen mit Elsbeth gekauft hat.

Renata greift nach dem Mobiltelephon, öffnet die Dating-App, die Antonia noch vor dem Schlafengehen auf ihr iPhone geladen hat, und blättert durch die Photogalerie: Patrick will mit einer netten, lieben Frau alles unternehmen, was das Leben zu bitten hat. Er scheint den Unterschied zwischen *bitten* und *bieten* nicht zu kennen, sitzt auf einem vergoldeten Stuhl in einem Hotelspeisesaal, dessen Boden aus häßlichen braunen Fliesen besteht. Patrick ist Skorpion und liebt Musik und Tanzen. Sein Auto und er sind auf dem zweiten Bild exakt gleich hoch. Daß

Patrick eine Uni-Ausbildung hat, kann Renata nicht glauben, denn er schafft es nicht einmal, das Wort *Frau* richtig zu schreiben.

Hans ist verheiratet. Das solle auch so bleiben, schreibt er. Er schickt kein Photo mit, erklärt aber, er sei charmant und ein zärtlicher, humorvoller Verführer, der zu allen Untaten bereit sei.

Reinhold ist so klein oder sein Auto, ein Rubicon-Jeep, so groß, daß der linke Vorderreifen, vor den er sich für das Photo gestellt hat, ungefähr an der Stelle endet, wo Renata Reinholds Nabel vermutet. Dafür ist die Schildmütze Ton in Ton mit dem Blau des blau-weiß quergestreiften T-Shirts. Was macht ein Mann mit einem Wagen, der für einen Offroad-Einsatz vorgesehen ist? Träumt er davon, eine Frau aus dem dicksten Schlamm zu ziehen, oder will er mit dem Jeep signalisieren, daß ihn kein noch so unwegsames Gelände an seinem Eroberungsplan hindert?

Oswald steht vor einem Lavastrom, der ihn von hinten zu erreichen droht. Beim nächsten Bild befindet er sich vor einem Wasserfall. Will er damit ausdrücken, er sei ebenfalls eine Naturgewalt? Oder daß das Feuer der Leidenschaft von einem Moment auf den anderen gelöscht wird?

Hannes hat lässig die Jacke über seine rechte Schulter geworfen, am unteren Bildrand zeigt ein Dutzend Emojis an, was er liebt: Bier, Wein, Hotdogs, Kaffee, Kuchen, Fußball, Boxen, Skifahren, Wandern, Kegeln. Am Ende sind eine Aubergine und eine herausgestreckte Zunge zu sehen. Sucht er eine Frau für den Blowjob? Ist er Analphabet?

Gunnar blickt gequält in die Kamera, als habe das Bild noch seine Ex aufgenommen, von der er bereits genervt gewesen war.

Die meisten Männer, fällt Renata auf, stehen am Strand oder im Schnee, manche in Skimontur, bebrillt und behelmt, so daß sie im Grunde nichts preisgeben, außer ihre ungefähre Körpergröße.

Der Großteil hält das Mobiltelephon in Händen und photographiert in einen Spiegel. Ist diesen Männern entgangen, daß die Kamera einen Selbstauslöser besitzt?

Wieder andere laden Bilder hoch, auf denen sie von unten aufgenommen wurden oder sich selbst von unten photographiert hatten, so daß man einen guten Blick in ihre Nasenlöcher hat.

Noch während Renata die Liebeskandidaten anschaut, schweift sie ab und denkt an Konrad, an ihren Urlaub in Giardini Naxos auf Sizilien. Das Hotelzimmer hatte einen Balkon mit Blick aufs Meer, es war ein einfaches Zimmer, jedoch voller Licht; man hörte das Rauschen der Brandung, selbst bei verschlossener Balkontüre. Je mehr Männer Renata betrachtet, desto größer wird ihre Sehnsucht nach Konrad, nach einem mit einem blütenweißen Laken überspannten Bett.

Findest du meinen Hintern hübsch? Und was ist mit meinen Brüsten, gefallen sie dir? Was hast du lieber: die ganze Brust oder die Spitzen meiner Brüste? Warum muß Renata ausgerechnet jetzt an die Sätze der Bardot, an diese Szene in dem Film Le Mépris denken?

Hatte sie Konrad jemals solche Fragen gestellt? Hatte sie ihn gefragt, ob er sie schön finde?

Wie findest du meinen Arsch, hatte er sie umgekehrt einmal gefragt. Und meinen Schwanz? Ist er groß genug?

Mir gefällt das Einfache und das Exklusive, steht unter dem Bild eines mit einer schlechtsitzenden schwarzen Lederjacke gekleideten Mannes namens Johannes.

Werner schreibt über sich, er sei eins neunzig groß und *noch nicht ganz Single.* Hängt da noch eine andere Hand dran, ein fremder Fuß, ein drittes Ohr? Wie lange wird es dauern, bis er Single ist?

Georg mit den Segelohren liebt die Berge, sitzt aber auf einer Liege am Strand, neben ihm sein Mops Otto. Kennt er Ernst Jandls Gedicht, fragt sich Renata, oder ist der Hundename Zufall?

Stefan trägt eine knielange Jeanshose mit aufgedrucktem Totenschädel. Er will keine Frauen kennenlernen, die nicht wissen, was sie wollen.

Renata weiß nicht, was sie will, nur eines weiß sie: Diesen Mann will sie nicht und all die anderen ebensowenig. Nicht den grinsenden Jefferson mit der CAPTAIN-Schildmütze, der Zeige- und Mittelfinger zu einem V ausstreckt, nicht den müde wirkenden Hans im ausgebleichten Hard-Rock-T-Shirt und schon gar nicht Peter, der seinen Hund küßt und *eine jung gebliebene Mittfünfzigerin* sucht, selbst aber mit neunundfünfzig aussieht, als sei er schon auf der Warteliste für ein Pflegeheim. Am traurigsten findet sie den Herrn, der vom eigenen *Baujahr* und von den *Gebrauchsspuren* spricht, als sei er ein personifizierter Wagen. Er schreibt sogar unter sein Photo, daß es keine Probefahrten, jedoch eine Besichtigung und Fahrerbesprechung gebe. Leidet er unter einer gespaltenen Persönlichkeit?

Renata wechselt auf die Wetter-App, dann auf die ORF-Seite, um die aktuellen Nachrichten zu lesen.

Wie konnte sie sich nur von Elsbeth zu einer digitalen Partnersuche überreden lassen?

Immerhin, sagt Elsbeth beim Frühstück, fängst du an, die Vergangenheit gegen die Gegenwart einzutauschen.

Ich bin und bleibe, mir zuleide, sagt Renata.

Wen zitierst du jetzt, fragt Elsbeth und gießt Kaffee nach.

*

Es vergehen Wochen, und Renata kann noch immer nicht einschlafen. Sie erinnert sich an die Nächte, in denen sie, an Konrad geschmiegt oder von ihm gehalten, gedacht hatte, daß mit jeder

Nacht, die sie mit Konrad in einem Bett verbrachte, es auch eine weniger würde.

Zuweilen dachte Renata schon am Morgen, wenn Konrad neben ihr aufwachte, daran, daß auch dieser Tag wieder mit einer geraubten Nacht enden würde.

Vielleicht ist das die Liebe, denkt Renata. Und nun fehlt nicht nur Konrad, es fehlt auch die frühere Angst um den Geliebten.

Renata wirft sich im warmen Bett auf Konrads Seite. Einmal hatte sie ihm erzählt, daß sie Menschen beneide, die einfach einschliefen, als dauere ihr Leben ewig, als alterten sie nicht, daß sie nicht sagen könne, wann ihr die Fähigkeit zum selbstvergessenen Leben abhandengekommen sei, daß sie schon in die Gesichter von Menschen geblickt und sich gefragt habe, wer von ihnen wohl als erster die Welt verlassen müsse. Und daß sie dabei lange nicht an sich gedacht habe, an die eigene Endlichkeit. Daß sie sich nicht habe vorstellen können, selbst diejenige zu sein, die sich zum letzten Mal in dem Kinosaal, in der U-Bahn oder im Kaffeehaus aufhielte.

Du wirst sehen, wir werden alt, hatte Konrad gesagt, weil unsere Großeltern alt geworden sind. Renata beruhigte Konrads Mutmaßung nicht. Sie glaubte nicht an den Einfluß von guten Genen, an die Vererbung von Langlebigkeit.

Renata hatte Konrad von der amerikanischen Studie aus San Francisco erzählt, in der von Paaren die Rede gewesen war, die unbewußt Partner bevorzugt hätten, die durch Lebensweise und Biologie eine ähnliche Lebensdauer gehabt hätten. Zöge man die soziokulturellen Komponenten ab, bliebe nur ein kleiner Prozentsatz genetischer Übereinstimmung – letztlich paßten sich Partner einander an, indem sie sich in jemanden ähnlicher Größe und aus einem ähnlichen sozialen Umfeld verliebten.

So wie wir, hatte Konrad gesagt und gelacht. Wer gemeinsame Orgasmen habe, sterbe gemeinsam. Darauf laufe es hinaus.

Sterbe ich ihm jetzt hinterher, fragt sich Renata. Wieviel Zeit habe ich noch, wenn ich mich Konrads Lebensdauer anpasse Wieviel Spielraum läßt der Prozeß der Angleichung? Und wenn laut Stammbaumanalysen auch andere Familienmitglieder oft ähnlich lange lebten, was bedeutete dann der einzelne frühe Tod? Ist das ein Akt des Widerstands gegen die familiäre Angleichung? Will der Verstorbene damit sagen, er sei anders, gehöre nicht dazu?

Dann endlich fällt Renata in den Tiefschlaf, doch er hält nicht an. Schon nach einer Stunde ist sie wieder wach, glaubt, bevor sie die Augen öffnet, es sei jetzt Tag, sie habe endlich eine Nacht durchgeschlafen und alles werde gut, um dann erschrocken festzustellen, daß das Fenster noch immer schwarz ist, so schwarz wie nur eine nebelverhangene Winternacht sein kann. Nicht einmal das Mondlicht findet den Weg ins Zimmer.

Ich muß mir Luftwurzeln wachsen lassen, denkt Renata. Um drei Uhr nachts öffnet sie das Fenster. Sie atmet die Kälte ein, steht nur mit einem dünnen Nachthemd bekleidet da. Ich brauche eine neue Anhaftung, neue Rankmöglichkeiten.

Sie denkt an ihre Schwester Ricarda, die einmal nachts mit der fünf Monate alten Pauline Auto gefahren war, weil sie sich nicht mehr zu helfen gewußt hatte, das schreiende Baby nicht zu beruhigen gewesen war. Das Geräusch des fahrenden Wagens hatte Pauline schließlich in den Schlaf gewiegt, schon nach wenigen Kilometern hatte sie zu schreien aufgehört.

Hätte sie überflüssiges Geld und ein bißchen Mut, denkt Renata, dann bestellte sie sich ein Taxi und würde den Fahrer bitten, eine Stunde durch die Stadt zu fahren. Gegen einen Aufpreis würde der Chauffeur den Kultursender, der um diese Zeit klassische Musik oder Jazz spielt, aufdrehen und die störenden Funksprüche ausschalten. Draußen zögen im Regen die nachtnassen Straßen vorbei, gesäumt von dunklen Häuserfassaden, hinter denen die meisten Menschen schliefen. Und vielleicht würde im Fond des Taxis mit Blick auf die lichtlosen Fenster auch Renata selbst einschlafen.

Konrad, träumt Renata, ist mit einem Freund auf dem Hochkar Ski fahren. Er kehrt nicht nach Hause zurück, also fährt Renata ihn suchen. Die Pisten sind nicht präpariert, sie stapft durch den Tiefschnee, weicht im letzten Moment einer Schneekatze aus; der Fahrer fährt Kurven, als sei er betrunken.

Als Renata aufwacht, ist es fünf Uhr morgens, das Leintuch ist feucht. Sie erinnert sich, daß sie im Traum am Pistenrand mit dem Rücken und seitlich ausgestreckten Armen in den Neuschnee gefallen war. Beim Aufstehen hatte sie in die weißen Augen eines Schnee-Engels geblickt, der eine Hose trug, weil Renata im Schnee liegend die Beine ruhig gehalten hatte.

Hätte ich meine Beine gegrätscht und dann gestreckt zur Mitte bewegt, der Engel hätte einen Rock getragen, denkt Renata. Vielleicht wäre dann ich an Konrads Stelle tot?

Sie betrachtet das zerwühlte Bett. Der Engel ist fort.

*

Die späte Aprilsonne wärmt Mauer und Boden am Kanal. Nach einer Weile setzt sich ein junger Mann ans Ufer, läßt die Beine baumeln. Sein Kopf bewegt sich Richtung Möwen, die über dem Wasser fliegen.

Renata sitzt auf ihrer Jacke, die Beine ausgestreckt und betrachtet die Schultern des Mannes. Unter dem dünnen Shirt zeichnet sich die Wirbelsäule ab. Wieviele Stöße hat sie schon gedämpft, wieviele Erschütterungen verringert? Gibt es in seinem Leben einen Menschen, der jeden einzelnen Wirbel berührt und gezählt hat?

Renata wäre gerne diese Frau. Sie holt den dunkelhaarigen Fremden in ihre Worte: ein schöner Rücken, der leicht nach vorne gebeugt das Alter vorwegnimmt und dennoch in seiner Geschmeidigkeit ein ganzes Leben vor sich hat.

Als wüßte der Mann um ihre, ihn berührenden, Gedanken, greift er sich kurz mit der Linken in den Nacken. Schon folgt Renata ihm, steigt die Treppe zu seiner Wohnung hoch, kennt seinen Namen nicht, noch nicht einmal sein Gesicht.

Die laue Luft schenkt ihr neue Bilder von gemeinsamen Reisen an unsichtbare Orte. Sie denkt an seinen Geruch, atmet, ihren Kopf auf seine Brust gebettet, unter seinem sprechenden Mund.

Mit wem telephoniert er? Im wachsenden Lärm der nahen Straße hört sie ihn sagen: Dann treffen wir uns vor dem Kino.

Sie steht auf, nähert sich dem Unbekannten von hinten bis auf einen Meter, dreht sich um und geht, ohne daß er ihrer auch nur gewahr geworden wäre, nach Hause, um an der Übersetzung weiterzuarbeiten.

Beim Öffnen eines Buches fällt Renata ein leeres italienisches Zuckerbriefchen in die Hände. Konrad hatte die Angewohnheit, die Briefchen, später die Zuckersticks, als Lesezeichen zu verwenden. Weil er selbst den Kaffee ohne Zucker trank, nahm er die aufgerissenen Zuckerbriefchen zuweilen von den Nebentischen, die noch nicht abgeräumt worden waren.

Menschen, welche die Ecke einer Seite umknickten, verachtete er. Andererseits hatte Konrad, wenn gerade kein Stück

Papier oder keine Zuckerbriefchen vorhanden waren, keine Bedenken, die Seitenzahl am Deckblatt zu notieren. Er unterstrich auch einzelne Sätze und schrieb Bemerkungen an den Seitenrand – allerdings nur mit Bleistift.

Man dürfe einem Buch nur etwas hinzufügen, hatte Konrad einmal gesagt, aber es zu verletzen, um eine Seite schneller aufzufinden, sei unverzeihlich.

Nicht in dem Geld auf dem Bankkonto, in dem leeren Zuckerbriefchen steckt der ganze Konrad, denkt Renata.

Sie fängt an, nach weiteren Briefchen zu suchen, findet auch eines aus den 1990er Jahren, auf dem ein roter Fiat 126 abgebildet ist, auf einem zweiten im selben Buch ist ein gelber Fiat 500 zu sehen. Damals, erinnert sich Renata, hatte Ricarda Konrad zwei Zuckerbriefchen aus dem Italien-Urlaub mit der Post nach Wien geschickt. Auf dem einen waren Weiß auf Schwarz Mussolinis Profil und der Spruch MOLTI NEMICI MOLTO ONORE, VIELE FEINDE VIEL EHRE zu sehen gewesen. Auf einem zweiten – oder war es die Rückseite gewesen? – war ein Bündel aus hölzernen Ruten abgebildet, in denen ein Beil steckte. SONO FASCISTA ME NE FREGO, ICH BIN FASCHIST ES IST MIR EGAL hatte darauf gestanden.

Gunda, erinnert sich Renata, war gerade zu Besuch in Wien gewesen und hatte sich darüber empört. Dabei gab es im Hause Grasmann bis vor wenigen Jahren noch Reichsgeschirr. Die letzten Teller – Mein Gott, das gute Porzellan! hatte Henriette gerufen –, auf deren Unterseite der Reichsadler und das Hakenkreuz aufgedruckt waren, hatte Konrad vor den Augen seiner Mutter fallen lassen. Später, als er sich mit den neuen Städten des Agro Pontino beschäftigt hatte, war er ständig auf faschistische Symbole gestoßen. Nicht nur auf den Gullis sind bis heute die Fasces zu sehen, Mussolini blickt auch vom Mosaik der Santa Maria Annunziata, der Verkündigungskirche in Sabaudia.

In der Mitte des schmalen und hohen Fassadenbildes, links von Maria, über welcher, auf einem Flammenschweif, der Engel Gabriel schwebt, ist eine Ernteszene zu sehen. Bauern füllen Getreide in Säcke, die mit AGRO PONTINO beschriftet sind, darüber ist der Duce zu erkennen, der mit seinen Armen Weizengarben umfaßt und sie gegen seine Brust drückt. Jedes Jahr, seit der Grundsteinlegung Sabaudias, die mit dem Ereignis des Weizendreschens zusammenfiel, soll Mussolini zur Getreideernte angereist sein und mitgearbeitet haben.

Der Engel verkündet die Geburt Christi, Mussolini die faschistische Urbarmachung der Pontinischen Sümpfe, hatte Konrad gesagt. Im Hintergrund, erinnert sich Renata, sieht man ein Stadtbild Sabaudias, den Park, die Dünen, das Meer und auf der Höhe des Engels den Monte Circeo, auf dem die Zauberin Kirke Odysseus' Gefährten in Schweine verwandelt hatte. Nur Odysseus selbst blieb durch das Wunderkraut Moly, das er von Hermes geschenkt bekommen hatte, von Kirkes Hexenkünsten verschont.

Wie enttäuscht war Konrad gewesen, als ihm Renata erklärt hatte, daß *Moly* im Altgriechischen die Bezeichnung für *Knoblauch* sei. Damit hatte sich Konrad nicht zufriedengegeben. Mit der *milchweiß blühenden Blume*, von der Homer in der *Odyssee* berichtet, könnte doch auch das *Schneeglöckchen* oder der *Gemeine Stechapfel* gemeint sein. Von Knoblauch – so Konrad – kriege man schließlich keine Halluzinationen, man stinke höchstens wie ein Schwein.

∗

Die Familie, hatte sich Renata von ihrer eigenen Mutter oft anhören müssen, könne man sich nicht aussuchen.

Mit dem Mann hast du dir aber die Familie mitausgesucht,

hatte Renata geantwortet. Vor allem mit diesem Mann, Renatas Vater, hat sich ihre stille, scheue Mutter halb Italien ins Leben geholt, Vaters römische und neapolitanische Cousins und Cousinen, eine bäuerliche Schwiegermutter aus der Ciociaria, Neffen und Nichten, die zwar weit von ihren Ursprungsstädten entfernt arbeiteten, sich aber regelmäßig telephonisch oder per Skype aus Stockholm und Los Angeles bei ihr meldeten. Den jährlichen *mercatino di natale* in Bozen, zu dem die halbe italienische Verwandtschaft aus Rom und aus dem Latium anzureisen pflegt, verflucht Renatas Mutter inzwischen, gleichzeitig spricht sie aber das restliche Jahr über von den gelungenen Essen, den neuen Rezepten, die sie ausprobiert und nachgekocht habe, nachdem Vaters Leute wieder abgereist waren. Seit sie durch Vaters Schwester Giovanna die Panzanella, eine Art Brotsalat mit Meeresfrüchten, entdeckt hat, bereitet sie zum Bedauern Vaters mit dem alten Brot nur mehr selten Speck- oder Spinatknödel zu.

Die Familie, wiederholte Renatas Mutter in ihrer Rede anläßlich ihres fünfundachtzigsten Geburtstages, könne man nicht wählen, doch könnte sie, sie wählte keine andere.

Niemals hätte sich Renata für Konrads Familie entschieden. Einmal, bei einem Spaziergang von Sadrach zum Planötzenhof, hatte sich Gunda über Henriette beschwert, über deren Einmischung in Gundas Privatleben, über Henriettes Bedürfnis, ständig im Mittelpunkt zu stehen, über deren Krankheiten, die jede Woche andere waren, als probierte sie aus, was ihr mehr Aufmerksamkeit brächte. Konrad war stehengeblieben und hatte gesagt: Wenn unsere Mutter tot ist, wird es uns allen besser gehen.

Von Gunda war kein Widerspruch zu hören gewesen, sie war, ohne ein Wort zu sagen, zwischen Konrad und Renata zum Gasthof hinaufspaziert und hatte dann erzählt, daß Henriette tags zuvor mit Blick auf den im Rollstuhl sitzenden Nachbarn gesagt habe: Dem fehle gar nichts.

Mama neidet den anderen das Mitleid, hatte Gunda zu Konrad gesagt.

Einmal, nach einem Geburtstagsessen, war eine halbe Torte übriggeblieben. Wer will ein Stück davon mitnehmen, hatte Henriette in die Runde gefragt. Gunda und Marcel hatten genickt. Konrad hatte, in der Tiroler Tageszeitung lesend, Henriettes Frage überhört. Sie packte die Torte ein und überreichte sie Konrad.

So viel können wir gar nicht essen, hatte Renata gesagt und Henriette gebeten, einen Teil davon Gunda und einen anderen Marcel mitzugeben.

Ach was, hatte Henriette gesagt, die brauchen die doch nicht.

Gunda war mit Tränen in den Augen zum Auto gegangen. Marcel hatte nur mit den Achseln gezuckt.

*

Unentwegt hatte Renatas Großmutter Pullover und Wollsocken gestrickt, komplizierte Muster, die ihre ganze Aufmerksamkeit verlangten. Sie zählte die Maschen, wechselte die Wollfarben.

Renata verabscheut jede Art von Handarbeit, am meisten die Kreuzstichstickerei, die man ihr in der Volksschule beigebracht hatte. Sie hätte nichts gegen Goldstickerei gehabt, aber diese Kreuzchen auf dem groben Stoff erschienen ihr damals bäuerlich derb und einer Prinzessin, die sie als Kind gerne gewesen wäre, nicht würdig.

Stricken, hatte Großmutter nach dem Tod ihres jüngsten Sohnes gesagt, helfe immer. Sticken auch. Großmutter verzierte Kissen und weiße Stoffservietten mit dem Tiroler Adler, mit springenden Hirschen, Enzianen und Veilchen, sie veredelte Sonntagstischtücher mit Borten.

Zum achten Geburtstag bekam Renata von ihr Mustertücher geschenkt, aber die Motive fand Renata langweilig und das Sticken selbst noch langweiliger.

Später, bei Familienessen, sah Renata beim Betrachten der Serviettenmotive in jedem Kreuzstich einen verlorenen, nutzlosen, durchgestrichenen Tag.

Erst jetzt, nach dem Tod von Konrad, hatten die Muster auf dem Leinenstoff der von Großmutter noch zu Lebzeiten geerbten Tischdecke wieder eine andere Bedeutung, sie waren nicht allein das Produkt des großmütterlichen Zeitvertreibs, sondern auch Schmerzvertreib gewesen.

Mit jedem Kreuzchen hatte sich Großmutter ein Stück weit von dem schlimmsten Ereignis ihres Lebens entfernt. Diesen Schicksalsschlag, den eigenen Sohn begraben zu müssen, hatte Großmutter, so scheint es Renata jetzt, aufgelöst in viele kleine Kreuzstiche. In den Fäden stecken die stummen Erinnerungen an den mit dem Auto verunglückten Onkel, den Renata nie kennengelernt hatte.

Von Henriette war Renata selten beschenkt worden. Einmal erhielt sie zu Weihnachten ein Glas ungarischen Honig und eine Packung Papierservietten, auf denen Weihnachtsmänner in wechselnden Winterlandschaften oder vor fiktiven Stadtansichten zu sehen gewesen waren.

Das Datum der Mindesthaltbarkeit des Honigs war 1984 gewesen, Henriette mußte das Glas Jahrzehnte im Schrank vergessen haben. Von den Papierservietten, die Renata sofort hatte verwenden wollen, weil sie nicht ihrem Geschmack entsprachen, hatte Renata erst geglaubt, sie seien unregelmäßig bedruckt worden. Die linke Backe eines Weihnachtsmannes war wesentlich dunkler gewesen als die rechte, und unter dem Schlitten, der von mehreren Rentieren gezogen wurde, war der Schnee braun, als habe bereits Tauwetter eingesetzt. Erst bei genauerer Betrachtung hatte Renata die Fettflecken und Kuchenreste entdeckt.

*

Kannst du denn noch immer nicht schlafen, fragt Bruno am Telephon.

Ich mache es wie die Delphine und die Zugvögel, sagt Renata, eine Hirnhälfte schläft, die andere ist wach. Es ist ein Wegdämmern mit klaren Bildern, vergleichbar einem Himmelsloch nach einer Schlechtwetterperiode, wenn das Blau, umrandet von Regenwolken, die über der Stadt hängen, plötzlich aufleuchtet.

Die Müdigkeit läßt die Augen zufallen, doch ein einzelner Gedanke öffnet sie wieder.

Der Wille zu schlafen, bewirkt das Gegenteil, sagt Bruno. Man kann sich nicht zwingen, an etwas nicht zu denken.

Ich vermisse unsere CDs aus dem Auto. Letzte Nacht habe ich damit begonnen, die Bands und die Alben aufzuzählen.

Rechtlich sei er dazu befugt gewesen, hatte Marcel über Gunda ausrichten lassen, als schämte er sich ein wenig für das, was er getan hatte.

Schämen? Wer sich schämt, hat ein moralisches Bewußtsein, sagt Bruno. Wer sich schämt, kritisiert sich selbst, denkt über sich nach.

1940 hätte einer seines Schlags Juden und Kommunisten denunziert, wenn dafür ein wenig Wohlstand zu haben gewesen wäre, sagt Bruno. Der Wohlstand solcher Schamlosen sei damals ein Blutsstand gewesen; sie wären mit beiden Beinen in der Blutsuppe gestanden. Später hätten sie sich ihre Füße in rote Gummistiefel gelogen.

Es gibt ein Kinderbild von Marcel in roten Gummistiefeln.

Da hast du's, sagt Bruno lachend.

Bruno hat seine an einem Hirntumor erkrankte Mutter bis zuletzt gepflegt. Während für andere das Betreten eines Krankenhauses oder Altenheimes alle Willenskraft erfordert, sie am Bett eines gebrechlichen Elternteils hilflos neben dem Pfleger stehen und sich fragen, ob sie den Anblick des welken Rückens oder Hinterns ertragen würden oder besser gleich auf den Flur verschwänden, blieb Bruno am Bett seiner Mutter, drehte sie regelmäßig, damit sie keine Druckgeschwüre bekam, und wickelte ihr frische Windeln um den Hintern, wenn es an Personal mangelte. Eine Woche vor dem Tod seiner Mutter hatte er noch eine Spezialmatratze mit Microstimulationssystemen besorgt, damit empfindliche Hautstellen wie Ellbogen und Fersen besser geschützt waren.

Bruno war dankbar für jeden Tag, den er noch mit ihr verbringen durfte, und Ola, der trotz der kurzen Zeit, die sie sich erst kannten, an Martha hing, als sei sie seine Großmutter, begleitete Bruno beinahe täglich in die Klinik. Oft saß er dann im Krankenhausgarten und spielte auf seinem Mobiltelephon *Call of Duty*, aber immer wieder unterbrach er sich und sah nach Bruno und dessen Mutter, brachte Bruno einen Espresso aus dem Automaten oder wechselte sich mit ihm an Marthas Bett ab, damit Bruno eine Zigarette rauchen konnte.

Nie wäre es Bruno in den Sinn gekommen, seiner Mutter einen schnellen Tod zu wünschen, nie hatte er in ihrem Sterben eine würdelose Tortur gesehen. Er, der als Kriegsphotograph von Schweinen und Hunden angefressene menschliche Körper gesehen hatte, der die Schreie der sinnlos Gequälten und Verletzten noch in den Ohren hatte, tat alles, um Martha ein schmerzfreies Sterben zu ermöglichen. Er hielt ihre Hand, er küßte ihre Stirn, verlangte nach dem Pfleger oder der diensthabenden Ärztin, wenn Martha zu stöhnen begann, damit man die Dosis der Opioide erhöhte.

Bruno ist der einzige Mensch, den Renata mitten in der Nacht aufsuchen kann; sie war schon um drei Uhr morgens vor seiner Tür gestanden, und er hatte Tee gekocht und ihr das Sofa ausgezogen, sie zugedeckt und ihre Hand gehalten, bis sie mit verschmiertem Gesicht und verklebten Haaren eingeschlafen war.

So plötzlich. So unvorhergesehen.

Ein schneller Tod überspringt den schmerzhaften körperlichen Verfall, aber er nimmt einem auch jede Gelegenheit, sich zu verabschieden, es bleibt die Reue, das Bedauern über all das Ungesagte, das Ungeordnete, die vergebenen Chancen.

Renata und Konrad hatten sich alles Wichtige gesagt, er hatte seine Angelegenheiten geordnet, seine Wünsche aufgeschrieben, aber ein Formfehler hatte ausgereicht, um ein Vierteljahrhundert Zweisamkeit rückwirkend zu annullieren. Das Recht war nur so lange auf der Seite der Liebenden, solange sie beide lebten. Mit dem Tod des einen oder anderen löste es sich in Nichts auf, wenn der Trauschein oder ein korrektes Testament fehlten. Das gemeinsame Bett, der gemeinsame Tisch, die jahrelange gegenseitige Obsorge, die Hilfeleistungen, die Zukunftsentwürfe, seien sie noch so ehrlich und vernünftig – sie zählten ohne rechtlich gültigen Vertrag nichts mehr.

Doch was zählt wirklich? Zählen die CDs? Zählt ein japanisches Messer? Zählen schwere, hüfthohe Kerzenständer aus

Stahl, die Konrad selbst entworfen hat? Zählt seine Leica? Die Hasselblad? Zählen die Architekturkataloge, seine Entwürfe? Die Schuhe, die er getragen hat? Seine Motorradlederjacke? Seine Armbanduhr?

Die Uhr zählt jetzt eine andere Zeit, die Renata nichts mehr angeht.

Der verwitwete Latein-Nachhilfelehrer, der sich auf eine Zeitungsannonce gemeldet hatte, ein Pensionist aus Mailand, war, als sie sich das erste Mal im Bozner Café Laurin begrüßt hatten, aufgestanden, und hatte nach einem dritten, freien Stuhl gesucht.

Für meine Frau Rosetta, hatte er gesagt. Es macht dir doch nichts aus, daß sie uns zuhört?

Renata hatte ständig zu dem leeren Stuhl geblickt, denn der Lehrer redete von seiner Frau, als sei sie noch am Leben. Er gestand, daß er zu Hause den Tisch für sie decke, daß er sich freue, jetzt mit ihr in Südtirol Urlaub zu machen.

Renata lebt nicht zu zweit wie ihr Nachhilfelehrer damals, als sie eine Schülerin gewesen war. Sie legt auch kein zusätzliches Badetuch neben die Wanne, stellt keine Kaffeetasse für Konrad auf das Nachtkästchen.

Wenn aber Freunde von einer Reise erzählen und plötzlich für einen Moment über Konrad sprechen, dann aber sich wieder entschuldigen, winkt Renata nur ab.

Sie kann ihren Freunden nicht sagen, daß Konrad da ist, daß er nur kurz vor die Tür gegangen ist, um eine Zigarette zu rauchen. Sie kann ihnen nicht sagen, daß er gleich neben ihr sitzen und unterm Tisch seine Hand auf ihren Oberschenkel legen wird. Daß er in der Nacht im Bett über das schlechte Essen und die schreckliche Kunst an ihren Wänden lästern würde. Sie kann ihnen auch nicht sagen, daß alles ist wie immer, nur daß sie keinen Sex mehr haben.

Der Schmerz siegt über jedes Verlangen, jede Lust.

Renata gelingt es, sich den Toten als Lebenden, sich ihn in der Rolle des Erregten vorzustellen, aber sie selbst kann, wenn sie sich befriedigt, nicht an Konrad denken. Diese Liebe im Kopf bedarf eines realen Körpers, sie ist niemals rückwärtsgewandt, sondern richtet sich auf eine neue, mögliche Zukunft.

Ob es dem Nachhilfelehrer damals auch so ergangen war?

Nachdem sie sich nach der bestandenen Prüfung wiedergetroffen hatten, war der Nachhilfelehrer zur Feier des Tages mit Renata essen gegangen. Das Restaurant war bis auf einen kleinen Tisch voll gewesen. Der Mann hatte geduldig gewartet, bis ein größerer frei geworden war.

Rosetta habe sich so gefreut, daß Renata aufgestiegen sei, hatte der Nachhilfelehrer gesagt und dabei zum freigebliebenen Stuhl geblickt. Meine Frau möchte dir dieses Geschenk überreichen. Nicht wahr, Rosetta?

Renata hatte ein Seidentuch ausgepackt.

Aber nein, hatte der Nachhilfelehrer Renatas *Danke* abgewehrt, du mußt dich schon an meine Frau wenden. Er sah ganz verliebt zu deren Stuhl, und für einen Moment hatte auch Renata Rosetta gesehen: Sie war eine weißhaarige, zierliche Frau mit einem Dutt, die Renata freundlich zunickte.

*

Wie schnell Renata die Raupe auf dem Gartentisch vor Elsbeths und Leonhards Haus vom Tisch gewischt hat. Es war eine Instinkthandlung, getrieben vom Ekel vor diesem unansehnlichen Wurm mit den acht Bauchfüßen, diesem häßlichen Dauerfresser, der sich mehrmals häutet, weil er vor Verfressenheit nicht mehr in sein altes Kleid paßt.

Warum ist Renatas Abneigung vor der Raupe in diesem Moment so viel größer als die Neugier, so viel größer als die Geduld für das zu erwartende Schöne, für die künftige Metamorphose?

Nur ein paar Sekunden später setzt sich Leonhard zu ihr an den Tisch, er ist wieder einmal übermüdet, hat den Nachtdienst hinter sich, fragt Renata, ob sie eigentlich noch Konrads Vater gekannt habe, erzählt dann von Konrads Bewunderung für Manfred, daß der Alte sich am Geschmack einer Birne habe erfreuen können, am Geruch des Rauchs, der im Winter aus den Kaminen steigt, weil aus ihm die Wärme der Häuser spricht, das Glück, nicht frieren zu müssen, wie er gefroren hatte im Krieg. Konrad habe seinem Vater gerne bei der Gartenarbeit zugesehen, er sei ein Pflanzenliebhaber gewesen, habe Blätter und Blumen mit einer Zärtlichkeit berührt, als gehörten sie zu seinem Leben, zu seiner Familie.

Sie habe Konrad kennengelernt, nachdem Manfred gestorben war, im selben Jahr, sagt Renata, während sie auf dem Boden nach der weggewischten Raupe Ausschau hält. Manfred habe – das wisse sie von Konrad – sogar den Bäumen und einzelnen Vögeln einen Namen gegeben, zum Beispiel einem Finken, der so zutraulich geworden war, daß er ihm aus der Hand gefressen hatte.

Vater und Sohn waren sich ähnlich, sagt Renata. Konrad habe doch auch mit so viel Behutsamkeit und Konzentration das Material mancher Gegenstände befühlt, als wäre er im Begriff, sein Augenlicht zu verlieren, als müsse er ausprobieren, wie es sich in der Dunkelheit lebt.

Gleichzeitig seien ihm so viele andere Dinge gleichgültig gewesen.

Er vergaß, auf seine Kleidung zu achten, sagt Renata, so daß er mit einer schmutzigen Hose oder einem Hemd, an dem ein Knopf fehlte, zu einer wichtigen Besprechung aufgebrochen war, oder er versäumte es, die Autobahnvignette zu kaufen, vergaß Geburtstage. Sogar an den seiner Mutter mußte ich ihn jedes Jahr erinnern.

Nie aber, fällt Renata jetzt ein, habe sie in Konrads Beisein gefroren. Wenn sie auf einer Wiese saßen, breitete er unter Renata seine Jacke aus, und wenn sie ein Gasthaus betraten, achtete er darauf, daß sie mit dem Rücken zur Wand saß oder zumindest den Platz erhielt, der am wenigsten der Zugluft ausgesetzt war.

Wohin ist die Raupe gefallen? Noch immer sucht Renata das Tier. Sie kann sich an deren Farbe schon nicht mehr erinnern. Waren Raupen nicht Tarnspezialisten?

Dann erzählt Leonhard von Henriette, daß sie Konrads Vater wie einen Laufburschen, einen Zuträger behandelt habe, der sich ihren Anweisungen und Wünschen zu unterwerfen hatte, andernfalls schmollte sie. Er, Leonhard, sei als Jugendlicher nur selten bei Konrad zu Hause gewesen, er habe die Küche als beklemmend in Erinnerung, noch beklemmender die Verhöre von Henriette, die jeden, der das Haus betrat, zum Bleiben zwang, mit Kuchen und Torten anfütterte, um etwas über ihren Konrad in Erfahrung zu bringen, vor allem, um etwas über seine Freundinnen zu erfahren. Es sei keine gut genug gewesen.

Ich erinnere mich, sagt Leonhard, wie glücklich Konrad gewesen ist, als er dich kennengelernt hat, und wie sehr er sich davor gefürchtet hat, dich Henriette vorstellen zu müssen. Er wollte dich nur für sich haben, dich seiner Mutter vorenthalten. Er hatte Angst, daß Henriette auch dich aus seinem Leben hinausekeln würde, wie zuvor die anderen.

Das ist ihr bei mir nicht gelungen, sagt Renata. Sie erblickt die Raupe neben dem Tischbein im Gras.

Da warst du die erste und einzige. Leonhard streicht seine Haare nach hinten und schließt kurz die Augen, während Renata sich nach der Raupe bückt, aufsteht und sie auf einen Fliederast legt. Zumindest würde man das Tier hier nicht zertreten.

Einmal habe ich zu Henriette gesagt: Ich liebe deinen Sohn, wir müssen uns nicht lieben, sagt Renata.

Wie hat sie reagiert, fragt Leonhard.

Es hat ihr die Sprache verschlagen. Jetzt schikaniert Henriette Gunda, während sie auf Marcel nichts kommen läßt.

Marcel ist jetzt ihr Konrad, sagt Leonhard.

*

Den Vormittag verbringt Renata im Donauzentrum: Sie steht fast eine Stunde in der Schlange vor dem Schalter des Telekommunikationsunternehmens, bei dem Konrads Mobiltelephon angemeldet ist, danach kann sie sich nicht entschließen, nach Hause zu fahren. Sie bleibt noch eine Weile im Einkaufszentrum, nicht, weil sie etwas kaufen möchte, sondern weil das Wetter schlecht ist und sie das Treiben ablenkt. Sie schaut den Menschen zu, die Waren mustern oder in Läden gehen, um etwas zu kaufen, das sie brauchen oder von dem sie nur glauben, daß es in ihren Besitz wechseln sollte, obwohl sie auch ohne ein neues Shirt oder teure Sneakers so glücklich oder unglücklich weiterlebten wie bisher. Beim Anblick der vielen Menschen fallen Renata Stellen eines Buches ein, das sie vor mehr als zwanzig Jahren gelesen hat: Darin weigerte sich die schwer krebskranke britische Journalistin Ruth Picardie, die ein Jahr vor Erscheinen ihrer Tagebuchaufzeichnungen starb, sich in die Rolle der Patientin drängen zu lassen. Trotz panischer Hoffnung, die sie bis zum Schluß nicht verließ, widersetzte sich die Frau ihrem *Komplementär-Guru* und *Dr. Scharlatan* und gab sich der von ihr selbst entwickelten Behandlungsmethode der Konsum-Therapie hin, auf so exzessive Weise, daß ihre Kreditkarte gesperrt wurde – eine im Vergleich zu den Folgen einer Chemo-Behandlung als geringfügig einzustufende Nebenwirkung.

Marianne, fällt Renata ein, beschenkt sich nach Untersuchungen regelmäßig, egal wie das Resultat ausfällt. Häufig geht sie in den Gourmettempel der Stadt und bestellt am späten Vormittag ein Glas Champagner und ein Lachsbrötchen, manchmal kauft sie nur eine Packung französische Kekse, manchmal aber auch in einem italienischen Geschäft in der Nähe des Stephansdoms teure Schuhe.

Shopping als Trostbehandlung funktioniert bei Renata nicht. Sie steht nur da und fragt sich, ob man den Menschen ansehen kann, warum sie eingekauft haben. Von Leonhard weiß sie, daß sich bei Regen gelegentlich ältere Menschen in den Wartebereich der Frauen-Kopf-Klinik setzten, die sonst durch Innsbruck spazierten. Angesprochen, warum sie sich beim Schalter nicht anmeldeten, geben manche vor, auf jemanden zu warten.

Die meisten, die sich an einem normalen Werktag im Donauzentrum aufhalten, davon ist Renata überzeugt, kaufen aus Langeweile oder Verzweiflung ein. Und wer sich nicht leisten kann, etwas zu kaufen, tröstet sich damit, wenigstens nicht allein zu sein.

Die todkranke Journalistin ließ sich in einem Schönheitsstudio mit teuren Pflegeprodukten behandeln und kleidete sich neu ein, das hatte ihr zumindest für kurze Zeit nahezu Schmerzfreiheit beschert.

Ein alter Mann, dessen Hosenbeine etwas zu kurz geraten sind, so daß sogar der obere Rand und die Zunge der sauber geputzten, längst aus der Mode gekommenen Schuhe zu sehen sind, lehnt an der Wand neben dem Ausgang zur Parkgarage und beobachtet seinerseits die Vorbeigehenden. Er bemüht sich nicht einmal, es unauffällig zu tun, starrt eine junge Frau und deren weinendes Baby an. Es ist weder Genervtheit noch Entsetzen in seinem Blick, eher Mitleid.

Als Renata wenig später zum Ausgang geht, bleibt sie vor dem Mann stehen.

Sie tragen eine ähnlich schöne Jacke, wie mein Lebensgefährte sie getragen hat, sagt sie zu dem Mann, obwohl es nicht ganz stimmt. Konrad besaß zwar eine Lederjacke, aber keine Wildleder-Bomberjacke. Der Mann erschrickt unter Renatas Worten, als spreche er oft tagelang nicht und werde auch nie angesprochen. Er nickt etwas hilflos, überrascht, wünscht ihr, als sie schon fast an der Tür ist, einen schönen Tag. Dann schaut er ungläubig an sich herunter.

Für einen Augenblick ist es Renata gelungen, das dunkle Nie-mehr durch die Freude in dem Gesicht des alten Mannes zu vergessen.

Es hat aufgehört zu regnen. Im Himmel über der Reichsbrücke hat sich ein Lichtfenster geöffnet.

Zu Hause steht Renata vor dem Herd und hat keine Lust, zu kochen, der Anblick der Lebensmittel ist wenig appetitanregend: Der Belag auf der Butter ist inzwischen dunkelgelb, der Parmesan so hart, daß er sich kaum reiben läßt, die Selleriestangen sind verwelkt.

Selbst in schlechten Ehen, denkt Renata, gibt es noch immer die Illusion, es könnte wieder werden, wie es war, es könnte zumindest besser werden. Die Illusion öffnet irgendwann die Wohnungstür, setzt sich an den Küchentisch und riecht nach Rasierwasser, nach Schweiß und Atem. Sie bleibt greifbar, hat eine Stimme, und mit etwas Glück sieht sie im Gegenüber ebenfalls eine Illusion. Multipliziert man zwei Faktoren mit gleichen Vorzeichen, erhält man ein positives Ergebnis. In der Schule hatte Renata diese Regel einmal als *Illusionsformel* bezeichnet und war ausgelacht worden. Zwei, die erkennen, daß ihre Beziehung kaputt ist, trennen sich oder versuchen einen Neustart. Was war daran so komisch? Alles Liebesunglück, war Renata damals überzeugt gewesen, rühre daher, daß einer mehr und der andere weniger liebt, daß einer will und der andere nicht, daß sich keine Gleichzeitigkeit, keine Anerkennung des jeweils anderen einstellt.

Renata öffnet den Kleiderschrank, betrachtet Konrads Hemden, die nicht mehr seine sind, sie zieht das graue Sakko vom Bügel, das er nie mehr tragen wird, fängt an, alle seine Hosen, die T-Shirts, seine Unterwäsche, seine Socken auf den Boden zu werfen. Sie schnüffelt am Schritt einer alten Jeanshose, die sie im hintersten Fach gefunden hat, zieht ein Feuerzeug aus dem Hosensack. Es funktioniert nicht mehr. In der Gesäßtasche findet sie ein verwaschenes Stück Papier, hält es ins Licht. *Quanto mi manchi. C. Du fehlst mir so sehr. C.*

Sie hebt nun eine Hose nach der anderen auf, zieht nach und nach alle Jacken und Sakkos von den Kleiderbügeln, greift in die Taschen, doch mit Ausnahme von zerknüllten oder unbenutzten Taschentüchern, einer Fahrkarte und zwei weiteren Feuerzeugen ist da nichts.

C. wie Catarina, Causa und Casanova. C. wie Coup, Coitus und Charon, denkt Renata. Dieses C ist wie ein geöffneter Kreis. Als wäre ein Sprengsatz am Kreisrand explodiert.

*

Renata holt Marcel vom Hauptbahnhof ab. Er steigt aus dem Zug, hat einen großen Koffer dabei und einen riesigen Rucksack am Rücken. Ziehst du bei mir ein, sagt Renata und lacht.

Marcel dreht sich zur Seite, er geht darauf nicht ein. Er wolle mit ihr ein bißchen Zeit verbringen, hatte er am Telephon gesagt, vielleicht zwei, drei Tage auf dem Land, danach würde er ihr bei den Formalitäten und beim Ausräumen des Büros in Wien behilflich sein.

Während der Fahrt, erst auf der Südosttangente, dann auf der Donauuferautobahn, spricht Marcel kaum. Er erzählt nur einmal kurz von Gundas Ehe mit Martin, der Henriette zufolge Gunda nicht ebenbürtig sei. Henriette habe gehofft, daß Gunda Rudolph heiraten würde, *eine gute Partie*. Stattdessen hatte sie sich beim Geburtstagsfest einer Freundin in einen Installateursgesellen aus dem Oberland verliebt. Aus dem Gesellen war längst ein Meister geworden, aber das war in den Augen Henriettes noch immer zu wenig.

Er spricht nicht viel, aber wenn Martin etwas sagt, meint er es auch so, gibt nicht vor, jemand anderer zu sein. Vor allem macht er sich wenig aus dem Gerede der Leute, sagt Renata. Das gefällt mir an ihm.

Gunda habe sich aber in einen Kunden von Martin verliebt, der immer wieder in die Firma komme, um hinterher stundenlang in der Küche seiner Schwester zu sitzen, erzählt Marcel.

Alexander?

Du kennst ihn, sagt Marcel erstaunt.

Der sei doch bei Henriettes Geburtstag dabeigewesen.

Das habe ich vergessen, sagt Marcel.

Konrad und Renata waren zur Familienfeier nach Tirol gefahren und hatten sich gewundert, daß ein Fremder plötzlich zum engsten Kreis gehörte. Während des Essens im Weißen

Rössl, erinnert sich Renata, hat Gunda die meiste Zeit mit Alexander geredet, ihm das Brot gereicht, den Wein eingeschenkt. Martin saß auf der gegenüberliegenden Tischseite und beobachtete seine Frau, schwieg das ganze Essen hindurch.

Gundas Heiterkeit hatte etwas Kompromittierendes gehabt.

Renata biegt auf die Landstraße ab, läßt die Sichtschutzwände der Autobahn hinter sich.

Sie will Martin verlassen, sagt Marcel. Seine Worte gehen fast im Hupen des vor ihnen fahrenden Lastwagens unter. Renata steigt auf die Bremse, aber der Fahrer hat nur einen entgegenkommenden LKW-Fahrer gegrüßt, der wiederum mit Lichthupe reagiert.

Das will Gunda doch schon seit Jahren, sagt Renata.

Marcel bewegt sich ständig auf dem Beifahrersitz, zieht einmal das linke, dann das rechte Bein an, stützt sogar den Ellbogen auf der Mittelkonsole ab, was Renata nervös macht.

Links und rechts sind Getreidefelder zu sehen, ein paar vom Wind zerrupfte Bäume am Straßenrand. Auf den Leitpflöcken sitzen immer wieder Mäusebussarde, die Renata an ihren hellen Brustkränzen erkennt. Sie warten darauf, daß ihnen die Autofahrer das Jagen ersparen. Vor allem in der Nähe der Straßendörfer machen sie Beute, stürzen sich auf junge tote Katzen.

Marcel sieht geradeaus. Er hat Renata und Konrad nur ein einziges Mal auf dem Land besucht, kurz nachdem sie das Häuschen gekauft hatten. Die Gegend fand er damals öde und eines Tirolers nicht würdig. Serles, hatte Konrad damals lachend entgegnet, gäbe es hier keine.

Wenn Renata von Wien kommend in Innsbruck Richtung Brennerpaß abbiegt, ist die Serles der Wegweiser Richtung Süden. Allein schon wegen ihres Namens, der sich vom Ladinischen *Suredl* ableitet, was *Sonne* bedeutet, mag Renata den Berg.

Das sanft wellige Gebiet des Wagram könne es nicht mit den Alpen aufnehmen, hatte Konrad gesagt, aber das milde Klima lasse Wein, Marillen und Kirschen, an manchen Stellen sogar Edelkastanien wachsen. Und an den Abhängen fänden sich noch immer Meeressande, sei doch das Donaubecken einst mit Meerwasser gefüllt gewesen.

Vor Urzeiten, hatte Marcel damals entgegnet und Konrad ausgelacht. Er sähe kein Tröpfchen Wasser.

Ob er sich an diesen Dialog erinnern kann? Renata sieht kurz zu Marcel. Er hat nichts von seinem Bruder, weder die Statur, noch ähnliche Gesichtszüge. Nur die früh ergrauten Haare erinnern sie an den jungen Konrad.

Nach ihrer Ankunft sitzen sie vor dem Häuschen auf der Bank und blicken in die Apfelbäume.

Eigentlich wisse er nicht viel über Konrad, sagt Marcel nach einer Weile, der Altersunterschied sei zu groß gewesen.

Als ich ihn gebraucht hätte, war er schon zu dir nach Wien gezogen, sagt Marcel.

Ich war nicht der Grund, sagt Renata. Konrad war schon in Wien, als wir uns kennenlernten.

Kann sein, sagt Marcel, aber die Baustellen und seine Karriere sind ihm wichtiger gewesen. Und die vielen Reisen in den Agro Pontino, zur faschistischen Architektur. Dabei gibt es so viele schöne Orte in Italien, aber er fuhr in diese häßliche Ebene.

Konrad liebte die trockengelegten Pontinischen Sümpfe im Latium, den Berg der Kirke, diesen Rest einer versunkenen Kalkscholle, der eine natürliche Grenze im Süden bildet, die Lepiner Berge im Osten und die Ausoner im Südosten, den Fluß Sisto, der einst Ninfa hieß. Und Renata liebt diese an manchen Ecken hinterwäldlerisch anmutende, untouristische, kontrastreiche Gegend genauso, schließlich kam die Mutter ihres Vaters aus der Ciociaria. Ihretwegen waren sie und Konrad schon vor mehr als zwanzig Jahren im Latium unterwegs gewesen, hatten entfernte Verwandte in Frosinone besucht und dann die *città nuove* bereist, die fünf Neustädte, allesamt faschistische Vorzeigeprojekte, die Konrad schon vorher gekannt hatte. Das Attribut *faschistisch* stimmte nur begrenzt; sie waren auch Ausdruck eines prägenden Modernismus.

Die Debatte hatte Konrad schon einmal mit Marcel geführt.

Während Renata die Apfelbäume betrachtet, die Konrad noch im Winter geschnitten hat, muß sie an die Pinienalleen denken, an die Via Appia, die sich quer durch die Pontinische Ebene zieht. Ausgerechnet der blinde Appius Claudius Caecus, hatte Konrad einmal erzählt, war weitsichtig genug gewesen, um die erste moderne Straße Europas bauen zu lassen. Und das auch noch ohne Senatsbeschluß.

Ich habe diesen Hang zu den Mussolini-Bauten nie verstehen können, sagt Marcel.

Er sagt es voller Enttäuschung, vorwurfsvoll, denkt Renata. Konrad interessierte die unrühmliche Verbindung zwischen dem faschistischen Regime und der Moderne, daß mitten unter den neoklassizistischen Monumentalbauten immer wieder herausragende Werke des Rationalismus zu finden sind, sagt Renata. Sie merkt erst jetzt, wie müde sie ist. Ihre Beine schmerzen.

Wer für den Duce gebaut hat, war ein Faschist, sagt Marcel, egal was er gebaut hat. Ich möchte in solchen Gebäuden keine Nacht verbringen müssen.

Und die rote Villa Malaparte auf Capri? Du hast doch selbst mal gesagt, daß du dort gerne Urlaub machen würdest.

Was hat die mit den Pontinischen Städten zu tun?

Die Villa wurde von Adalberto Libera mitentworfen, er war Mussolinis künstlerischer Berater, auch der Kongreßpalast für die Weltausstellung E 42 in Rom ist von ihm. Libera war einer von Konrads Lieblingsarchitekten, obwohl er an der Ausstellung zum zehnjährigen Jubiläum der Machtergreifung mitgearbeitet hatte.

Damit hätte er sich in meinen Augen für immer und ewig disqualifiziert. Marcel steht auf, beschließt, sich ein Bier aus der Küche zu holen, fragt Renata, ob er ihr auch eines mitbringen solle.

Die Selbstverständlichkeit, mit der er sich bedient. Zumindest fragen könnte er, denkt Renata. Sie bleibt auf der Bank sitzen, sieht einer Amsel zu, die ins Gras pickt.

Warst du denn einmal in Sabaudia, fragt Renata, als Marcel zurückkommt.

Ich kenne die Photos von den Fascho-Städten, das ist doch alles widerlich. Beim Öffnen des Bieres tritt Schaum aus der Flasche, Marcel schnippt ihn mit dem Zeigefinger weg.

Mama hätte gerne ein paar Bilder von Konrad, sagt Marcel, hast du welche?

Du meinst Photos?

Photos auch. Nein, Bilder von ihm, Zeichnungen. Sie hat nur die Serles in der Küche hängen. Sie meinte, er habe Hunderte Landschaftszeichnungen besessen.

Aber nein, sagt Renata, da liegt Henriette falsch. Es gibt Photozeichnungen, die sich mit Architektur auseinandersetzen, Landschaften haben ihn schon lange nicht mehr interessiert.

Dann nehme ich ein paar Photozeichnungen mit, sagt Marcel.

Es wäre aber gut, wenn wir vorher ein Werkverzeichnis erstellten, sagt Renata.

Auf die zwei, drei Arbeiten kommt es nicht an. Mama leidet

schrecklich unter Konrads Tod, ich kann nicht mit leeren Händen nach Innsbruck zurückkommen.

Das Testament sieht aber –

Was das Testament vorsieht, spielt keine Rolle, weil es nicht gültig ist, sagt Marcel. Und um Renata zu beruhigen, fügt er hinzu: Wir werden eine Lösung finden.

Im Kühlschrank befände sich Käse, im Garten seien noch reife Paradeiser, sagt Renata, sie habe keinen Appetit und lege sich jetzt hin. Vielleicht esse ich später noch etwas. Bediene dich, sagt sie zu Marcel und steht auf.

Das *Bediene dich* kommt ihr wie eine nachträglich erteilte Genehmigung vor. Als sie das Haus betritt, sieht sie im Vorzimmerspiegel im Vorbeigehen ihr verwüstetes Gesicht. Es fühlt sich an, als habe es jemand mit einem Stanleymesser bearbeitet. Konrad hat sein Gesicht an den Tod verloren, und ich verliere jetzt meines, denkt Renata.

Was sie am meisten schmerzt: daß Konrad nicht geglaubt wird. Daß sie seine Unterschrift unter dem ausgedruckten Testament nicht zur Kenntnis nehmen. Weder Henriette, noch Marcel. Daß Renatas Einwände nicht zählen.

Nachdem Brunos Mutter innerhalb von wenigen Wochen gestorben war, empörte sich Bruno über die Geschwindigkeit der zellulären Zerstörung ihres Körpers, zumal seine Mama doch nie geraucht, nie Alkohol getrunken und sich nie ungesund ernährt habe. Als habe sich der Tod an der Langsamkeit und Bedächtigkeit ihres krankheitslosen Lebens mit einer beispiellosen Aufholjagd gerächt, hatte Bruno gesagt.

In Anbetracht des sekundenschnellen Zusammenbruchs von Konrad erscheint Renata der Tod von Brunos Mutter als ein Abgang in Zeitlupe.

Hätte Konrad wie Martha sterben können, wäre es ihm zumindest noch möglich gewesen, seine Wünsche regelkonform niederzuschreiben.

Doch nach dem Tod eines Menschen gilt nur mehr das Gesetz, das hatten weder Konrad noch Renata hinreichend bedacht, denn im Sinne des Toten läßt sich nichts verwirklichen, wenn die rechtlichen Erben dagegen sind. Und Marcel steht der Sinn nicht nach dem Sinn des Bruders, ebensowenig steht Henriette der Sinn nach dem Sinn ihres Sohnes.

Der Zettel, hatte Henriette gesagt, sei ein paar Jahre alt und also auch nicht aktuell. Daß er ein Testament ist, unterschlägt sie, auch daß er bei Konrads aktuellen Unterlagen auf dem Schreibtisch lag.

*

Ein paar Wochen nach dem Tod ihres Mannes sei der Kollegin am Gericht plötzlich eingefallen, daß sie nun eigentlich Single sei, Single und frei, hatte Elsbeth Renata erzählt. Die Augen dieser Kollegin hätten, während sie von der plötzlich entdeckten Freiheit schwärmte, geglänzt.

Es käme Renata wie Verrat vor, im Alleinsein so etwas wie wiedergewonnene Freiheit zu sehen. Und welchen Wert hat ein Gewinn, wenn er auf Kosten eines Todes entstanden ist?

Seit Konrad nicht mehr lebt, nimmt Renata die Witwen und Witwer um sich herum wahr. Schwangere Freundinnen berichteten, daß sie in den neun Monaten plötzlich unzählige werdende Mütter bemerkt hätten, selbst dort einen Schwangerschaftsbauch entdeckt hätten, wo keiner war.

Hilft es, Menschen auszumachen, die Ähnliches erfahren haben? Marianne verweigert jede Zusammenkunft mit Schicksalsgenossinnen. Um Selbsterfahrungsgruppen macht sie einen

Bogen. Sie belaste sich nicht mit den Krankheitsverläufen anderer, das eigene Leiden sei schon schwer genug auszuhalten.

Renata hingegen schaut gebannt auf die Zurückgebliebenen, die Nach-Fassung-Ringenden, die Apathischen und Gleichgültigen, die vom Tod der Ehefrau oder des Lebensgefährten überrascht wurden. Jeder sucht einen Weg aus dem Schmerz: Die einen räumen das Zimmer des Verstorbenen aus, die anderen verrücken keinen einzigen Gegenstand und leben in der gemeinsamen Wohnung weiter, als sei nichts geschehen. Renata weiß von einem Mann, der noch Jahre nach dem Tod seiner Ehefrau deren Schuhe im Eingangsbereich stehen hatte, als sei seine Frau soeben von der Arbeit nach Hause gekommen. Andererseits hatte er schon einen Monat nach dem Ableben seiner Frau ein Verhältnis mit einer ihrer früheren Schülerinnen angefangen, einer jungen, bieder anmutenden Kunstlehrerin, die inzwischen an derselben Schule unterrichtet wie die verstorbene Ehefrau. Der Mann, der keinen Führerschein besitzt, vermachte der neuen Gefährtin den Mercedes seiner verstorbenen Frau. Vielleicht trägt die Neue mittlerweile sogar deren Schuhe.

Er konnte so seine alten Gewohnheiten beibehalten, er mußte sich nicht einmal an neue Namen gewöhnen, denn das Lehrerkollegium seiner verstorbenen Ehefrau ist nun auch das Kollegium seiner neuen Gefährtin.

Und Renata weiß von einer Witwe, die seit einem Jahr mit dem Mobiltelephon ihres verstorbenen Mannes lebt. Sie hört dessen Musik, blättert in seinem Photoalbum, liest seine SMS, durchsucht stets von neuem seine Daten, um noch ein weiteres Stückchen seines früheren Lebens zu erhaschen. Gleich nach seinem Tod hatte sie aufgrund der gespeicherten Bewegungsdaten die Schrittfolgen und Längen der Pausen während seiner allerletzten Bergwanderung rekonstruieren können. So hatte sie in Erfahrung gebracht, um welche Uhrzeit ihr Mann zu der Tour aufgebrochen war, und an den immer häufigeren Pausen und der stetig abnehmenden Schrittzahl erkannt, daß ihr Mann sich völlig verausgabt hatte, daß es nicht stimmte, was seine Bergsteigerkollegen gesagt hatten: Sie seien früh aufgebrochen, und ihr Mann habe keine Probleme beim Aufstieg gehabt. Sie waren viel zu spät, erst gegen neun Uhr, losgegangen und hatten sich in der Mittagshitze auf den Gipfel gequält. Kurz vor dem Kreuz war der Mann schließlich zusammengebrochen.

Wenn Renata Witwen oder Witwer kennenlernt, ist sie neugierig auf deren Erfahrungen, denn keine, keine einzige, gleicht einer anderen. Jede Betrübnis, jede Bekümmertheit ist anders.

Es gibt die, welche über ihre Toten sprechen, und jene, die Tabus errichten, und denjenigen, die ein Wort über den Verstorbenen verlieren, über den Mund fahren, als könnten sie mit dem Wegwischen des Namens das Leid vertreiben. Aber das Entsetzen bleibt meistens im Raum, bleibt in der Stille hängen.

Renata spricht von Konrad, wann immer ihr danach ist, sie läßt sich nicht von Sätzen wie *Laß uns von etwas weniger Traurigem reden* beeinträchtigen, sie übergeht Freunde, die ihre eigenen Gesetze haben und anderen Anwesenden mit hochgezogenen Augenbrauen oder Kopfschütteln zu verstehen geben, daß Konrad kein adäquates Tischgesprächsthema sei.

Konrad gehört zu meinem Leben, hatte Renata unlängst in einer Runde, die es gerne lustiger gehabt hätte, gesagt, er gehört zu mir, auch wenn er tot ist. Wenn euch das nicht paßt, dann gehen wir.

*

Ob es nicht langsam an der Zeit sei, die Bilder von Konrad, die in der Wohnung rumstehen, wegzuräumen, hatte Renatas Freundin Clara unlängst gefragt. Die schreckten doch jeden potentiellen neuen Mann ab. Clara war vorbeigekommen, um sich die Eismaschine für das Geburtstagsessen ihrer Tochter auszuleihen.

Steckt in deiner Tochter nicht auch ein Teil deines geschiedenen Mannes, hatte Renata gefragt.

Die Lebensspuren seien immer irgendwo zu sehen, man trete jeden Tag in sie, könne die Fährten gar nicht umgehen. Renata wolle und könne ihnen auch nicht ausweichen. Schließlich habe sie keinen Altar errichtet, wie sie ihn im Haus von Ezra Pound in Venedig gesehen habe. Es sei ganz im Gegenteil ein bescheidenes Arrangement einiger weniger Konrad-Photographien auf dem Bücherregal.

Damals, Ende der achtziger, Anfang der neunziger Jahre, war Renata in Begleitung ihrer Freundin Clara in das Haus der Pound-Witwe Olga Rudge eingeladen worden, in dem vorübergehend eine Freundin von Clara eingezogen war, damit es nicht leerstand. Die Pound-Witwe war auf die Brunnenburg nach Südtirol übersiedelt.

Haus ist ein zu großes Wort, denkt Renata, es war eher ein Häuschen in der Nähe der Accademia, das aus drei übereinanderliegenden kleinen Zimmern bestand.

Doch muß Renata sich eingestehen, daß sie in den ersten Monaten nach Konrads Tod auf dem Beistelltischchen neben der Couch auch so etwas wie eine Verehrungsstätte errichtet hatte. Jeden Abend zündete sie vor den gerahmten Bildern eine Kerze an und sorgte regelmäßig für frische Blumen. Als sie aber merkte, daß sie anfing, Konrads Lieblingssteine und sein silbernes Zippo-Feuerzeug dazuzulegen, baute sie alles wieder ab.

*

Um endlich einschlafen zu können, hatte Renata gegen ein Uhr CBD-Tropfen eingenommen. Im unteren Stock des Landhäuschens war noch immer Licht zu sehen gewesen. Renata hatte Marcel telephonieren gehört. Offenbar scheint er doch eine Partnerin zu haben, denn mit wem sonst hatte er nach Mitternacht so lange gesprochen?

Nachdem er das Gespräch beendet hatte, sah sie Marcel im Zimmer herumgehen und photographieren. Es rührte sie, daß er Erinnerungsbilder an das Landhäuschen, in dem sein Bruder so viel Zeit verbracht hatte, mit nach Hause nehmen wollte. Sie selbst hatte als Kind die Angewohnheit gehabt, durch Großmutters Bozner Wohnung zu laufen und mangels eines Photoapparats den rechten Zeigefinger auf einen imaginären Auslöserknopf zu legen und Klick! zu rufen, sich auf diese Weise das Oma-Paradies besser einzuprägen und zu bewahren.

Kurze Zeit später tat das Cannabidiol seine Wirkung, und Renata fiel mehrere Stunden in einen tiefen Schlaf, der durch nichts unterbrochen wurde, nicht einmal durch das Krähen der Hähne des Nachbarn.

Nun scheint bereits die Sonne, und es riecht nach Kaffee, fast so, als sei ein normaler Tag angebrochen. Ein Tag, der irgendwie vergangen sein würde – ein Tag mit vielen *vielleicht*, ein leichter Tag –, wann würde Renata ein solcher Tag wieder geschenkt werden? Sofort fällt ihr das gestrige Gespräch mit Marcel ein. Seine Äußerungen über die Fascho-Städte waren aggressiv gewesen, er hasse die vulgäre Rhetorik des italienischen Neoklassizismus, hatte er zu Renata gesagt, er verabscheue den politischen Opportunismus dieser Architekten, im Übrigen auch der gegenwärtigen. Die hätten sich doch alle prostituiert, um an öffentliche Aufträge zu kommen. Er finde Konrads Beschäftigung mit diesen Siedlungsstädten, in denen heute noch Dankbarkeits-Faschisten lebten, um es höflich auszudrücken, befremdlich.

Was weiß er schon von dieser Gegend, denkt Renata, von den Menschen, die man dorthin gekarrt hatte, zehntausend pro Jahr, arme Schlucker, die im Agro Pontino auf ein besseres Leben gehofft hatten, in denen vorher nur Tümpel, Morast und Fließsand, Malariamücken und Schlangen zu finden gewesen waren.

Vor der Urbarmachung hatten sich – wenn überhaupt – nur ein paar Bergbauern mit ihren Büffeln und Pferden in die Ebene gewagt, und das nur im Winter, wenn es weniger Mücken gegeben hatte.

Gegen den Trockenlegungsplan an sich konnte man nichts haben, im Gegenteil, denkt Renata, außerdem hatten schon vor Mussolini die Volsker das Gebiet urbar gemacht. Aber die Römer, welche die Volsker unterjocht hatten, ließen hernach deren Drainagesystem verfallen und trugen zur *allgemeinen Verlotterung* bei, wie Konrad einmal erzählt hatte. Später, als das Gebiet Teil des Kirchenstaates gewesen war, hatten ein paar Päpste daran gedacht, die Sümpfe trockenlegen zu lassen, aber mit wenig bis gar keinem Erfolg. Es gab eine Menge gescheiter und obergescheiter Köpfe, auch Durchreisende wie Goethe, die wasserbautechnische Ideen hatten, allein es fehlte an der Umsetzung, an den finanziellen Mitteln.

Renata hatte einmal für Konrad, der damals erst ein paar Brocken Italienisch gesprochen hatte, die Memoiren einer Friulanerin gelesen und mündlich zusammengefaßt, die zu den ersten gezählt hatte, die mit ihrer Familie in die Pontinische Ebene übersiedelt waren. Man könnte auch sagen: umgesiedelt worden waren.

Wer ein bißchen Ahnung von dieser Gegend gehabt hatte, von den feuchten, unwirtlichen Verhältnissen, der konnte nur die Hände über dem Kopf zusammenschlagen und die Einladung zur Umsiedlung ablehnen. Aber Leute wie diese Maria Santarossa und die mit ihr reisenden Angehörigen, die nicht einmal alle zur Familie gehörten, sondern sich mit gefälschten Papieren zu Verwandten gemacht hatten, waren so arm gewesen, daß sie letztlich nur gewinnen konnten. Sie waren in ihrem früheren Leben Halbpächter gewesen, deren Pachtverträge nicht verlängert worden waren, Tagelöhner, verarmte Scherenschleifer, Schuster, denen niemand mehr Schuhe abgekauft hatte – mit welchem Geld auch nach dem verheerenden und auszehrenden Krieg.

Als die Santarossas angekommen waren, nach einer ewig dauernden Zugfahrt durch halb Italien, auf den harten Bänken der dritten Klasse sitzend, mit den Resten ihres Hausrats, der nur aus ein bißchen Kleinvieh, alten Matratzen, Werkzeug und angeschlagenem Geschirr bestanden hatte, war das Land noch nicht einmal zur Gänze entwässert worden. Man hob noch die Kanäle aus.

Die Opera Nazionale Combattenti, die nationale Frontkämpfervereinigung, die man als Hilfswerk für die drei Millionen aus dem Ersten Weltkrieg heimgekehrten Kriegsopfer ins Leben gerufen hatte, übernahm die Arbeitsbeschaffung für die Überzahl an Landarbeitern, so auch für die Santarossas aus dem Norden, denen vom König vor dem Krieg Land versprochen worden war. Das wiederum hatte die ONC entweder zu Spottpreisen den Besitzern abgekauft oder gleich enteignet. Mussolini jedenfalls war sehr geschickt gewesen, er hatte es verstanden, den Veteranenverband für seine Interessen einzuspannen. Das Unternehmen Agro Pontino wurde propagandistisch ausgeschlachtet und in eine Art soldatische Aktion transformiert, dieses Mal nicht in einem zermürbenden Stellungskrieg gegen Österreich, sondern gegen die Natur. Das Schwert wurde durch den Pflug ersetzt, die Schützengräben durch Entwässerungskanäle.

Während Renata an Maria Santarossa denkt, von der sie vor allem das Bild einer früh gealterten Sechzigjährigen vor Augen hat, welcher der zunehmende Wohlstand in den sechziger und siebziger Jahren ein paar Kilos zu viel beschert hatte – Bewegung im Sinne von Sport war für ihresgleichen undenkbar gewesen, Kalorien wurden einzig und allein bei der Arbeit verbraucht –, hört sie das Parterrefenster unter ihr in den Angeln rucken. Das ist der Moment, in dem Renata aufsteht, das Schlafzimmerfenster öffnet und in den Nußbaum schaut.

Die Morgen, erinnert sich Renata, waren ritualisiert gewesen: Konrad war normalerweise als erster aufgestanden, hatte anstelle von Renata das Fenster geöffnet, hatte *Blick ins Glück* gerufen oder *Zeit fürs Himmelschwimmen*, wenn der Himmel – so wie heute – blau gewesen war, und war dann nach unten gegangen, um Kaffee aufzusetzen, während Renata sich ins Bad begeben hatte.

Jetzt zieht sich Renata den Bademantel über, befreit eine Wespe, die sich zwischen den alten Doppelfenstern im Flur verfangen hat, und geht nach unten.

In der Photozeichnung, die im Treppenaufgang hängt, hat Konrad dem Rathausturm von Sabaudia einen anderen Turm übergestülpt. Er hat etwas von einer plumpen Rakete, denkt Renata beim Vorbeigehen. Aber sie weiß natürlich von Konrad, daß dieses gezeichnete *Holzpräservativ*, wie sie es damals genannt hatte, als Konrad ihr die Arbeit das erste Mal gezeigt hatte, ein

Bat-Tower ist, ein *pipistrellaio*, was man mit *Fledermausturm* übersetzen könnte. Ein texanischer Arzt namens Campbell hatte ursprünglich die Idee zu diesen künstlichen Fledermauswohnstätten gehabt, die ein italienischer General der Luftwaffe in Italien hat nachbauen lassen, nachdem so viele seiner Soldaten an Malaria erkrankt und verstorben waren. Er sah in diesen über zehn Meter hohen Fledermausholztürmen, die auf Betonfüßen standen, die einzige natürliche Methode, um die Anopheles-Mücke zu bekämpfen, ihren Bestand radikal zu reduzieren. Santarossas hatten auch einen solchen Turm in der Nähe ihres Hofes gehabt, doch zwei aus der Familie erwischte es dennoch, sie wurden – wie weitere zehn Prozent der Landarbeiter des Agro Pontino – von der Malaria dahingerafft. Kein einziger *pipistrellaio* ist erhalten geblieben. Konrads Photozeichnung mit dem Titel *Schlechte Luft* ist der Versuch einer überdimensionierten Rekonstruktion. Marcel hatte sich gestern über genau dieses Bild echauffiert, es sei in seiner Verharmlosung, die auch im Titel zum Tragen komme, eigentlich eine Zumutung.

Renata war schon über Marcels respektlose Neugierde verärgert gewesen und hatte aus Entsetzen über seine allgemeine Unverfrorenheit den Mund nicht aufgekriegt, denn Marcel hatte in ihrem Beisein einfach Schubladen und Kästen geöffnet, wohl um nachzuschauen, was in den zukünftigen Besitz seiner Mutter und damit auch in seine und seiner Schwester Hände gelangen würde.

Nur einmal hatte Renata – nicht sehr laut – gesagt, er verstehe von alledem nichts. Hätte sie Marcel erklären sollen, daß *Schlechte Luft* die Übersetzung von *Malaria* ist? Daß noch Goethe an die Dämpfe aus den Sümpfen geglaubt habe, die alles verpesteten, und daß man auch bei Stifter lesen könne, daß das Fieber verschwunden war, nachdem ein reicher Mann das Moor *verfüllt* hatte, von den eigentlichen Verursachern, den Mücken, hatten die beiden – und erst recht die Ungebildeten – keine Ahnung gehabt. Hätte Renata diesem dreisten jungen Herrn erklären sollen, daß die kleinen Töpfe und Wannen am unteren Bildrand, die Konrad mit einem X durchgestrichen hatte, auf die strengen Maßnahmen hinweisen sollten? Die Frontkämpfervereinigung schickte ihre Verwalter aus, die jedes im Freien vergessene Glas Wasser, jeden unausgeleerten Behälter meldeten; alle stehenden Gewässer waren potentielle Brutstätten dieser Mücke. Wer das nicht begreifen wollte, wurde samt seinem Klan in die alte Heimat zurückgeschickt.

Renata hätte Marcel am liebsten ebenfalls dorthin verfrachtet, woher er gekommen war. Aber dann, er hatte wohl Renatas Unmut bemerkt, war Marcel plötzlich freundlich geworden. Der Überwachungsturm – Marcels Interpretation des Fledermausturms – sei immerhin kritisch und politisch, hatte er einzulenken versucht, und über das Ganze hätten wohl Berufenere zu befinden, als sie beide es waren.

Und die Berufeneren, hatte Renata gedacht, würden dann von ihm berufen? Von Henriette gar?

Renata findet Marcel am Küchentisch sitzend vor, er ist bereits angezogen, streicht sich ein Butterbrot. Der Teller liegt auf dem Tischset aus Filz. Er hat sogar an die Serviette gedacht, fällt Renata auf. Essenskultur bedeute ihm sehr viel, hatte er einmal bei einem Weihnachtsessen in Sadrach erklärt, und Henriette hatte sofort seinen Sinn für das richtige Geschirr, für die richtigen Tischfarben gelobt.

Konrad hatte es vorgezogen, von wenigen Gegenständen umgeben zu frühstücken, nicht einmal eine Untertasse wollte er haben, da er auf Zucker ohnehin verzichtet und also auch keinen Löffel abzulegen hatte.

Renata betrachtet Marcels Anordnung der Dinge. Die Gabel liegt noch unangetastet einen Daumen breit über der unteren Tischkante, Wasserglas und Tasse stehen rechts, die Serviette liegt links. Allein, es fehlt Renatas Gedeck.

*

Zum ersten Mal nach Konrads Tod folgt Renata einer Einladung. Die Geburtstagsparty findet auf dem Badeschiff auf dem Donaukanal statt. Sie zieht das dunkelgrüne Kleid an, streift sich den breiten silbernen Armreifen über, den ihr Konrad vor Jahren aus Paris mitgebracht hatte; unter dem Reifen hat sie sein Rasierwasser aufgetragen. Mit Make-up verdeckt sie die Ringe unter den Augen, malt die Lippen karminrot an und denkt dabei an die zerquetschten Schildläuse.

Weil Renata während des Anziehens und Schminkens genügend Weißwein getrunken hat, schafft sie es, die Wohnung zu verlassen. Auf dem Weg zum Schiff hört sie über die Kopfhörer Skunk Anansie, *Charlie Big Potato*. Sie liebt Skins Stimme, die alles vereint, was ein Leben ausmacht: Zärtlichkeit, Schmerz, Wut, Leidenschaft – Skin singt einmal leise, zart, dann wieder rauh und laut.

Auf der Brücke bleibt Renata stehen, hält ihr vom Alkohol erhitztes Gesicht in den Nachtwind. Wenn man sie bloß mit Fragen verschonte.

Heute hat sie sich zum ersten Mal nach Konrads Tod für ein Kleid entschieden – es ist in der Farbe des noch unreifen Getreides, des Meeres, der Flüsse, es ist in der Farbe der Nereïden. *Meeresnymphe*, hatte Konrad Renata in diesem Kleid einmal genannt, aber in derselben Nacht hatte er sie, nachdem sie mit seinem Freund Paul geflirtet hatte, als *Seehexe* bezeichnet.

Wäre sie nur eine der fünfzig Töchter von Nereus gewesen, Renata hätte in die Zukunft blicken und Konrads Tod rechtzeitig abwenden können.

Das Wasser unter der Brücke ist nachtschwarz, kein Boot, kein Schiff bewegt es. Auf der Uferseite der Mazzesinsel entdeckt Renata die Umrisse zweier Männer, die eng umschlungen kanalaufwärts spazieren.

Sie gibt sich einen Ruck, überquert den Kanal und steigt die Treppe hinunter zur Anlegestelle.

Auf der Schiffsbrücke steht Bruno und raucht, neben ihm Marianne. Renata ist erleichtert darüber, keine Bekannten zu treffen, die von dem Unglück noch nicht wissen oder erst davon erfahren haben und in ihrem Erschrecken glauben, sofort reagieren zu müssen.

Ich frage dich nicht, wie es dir geht, sagt Marianne, als Bruno im Schiffsrumpf verschwindet, um für Renata ein Glas Wein zu besorgen.

Renata sieht in Mariannes aufgedunsenes Gesicht. Die Schwellungen sind die Folge einer starken Kortison-Therapie.

Ich dich auch nicht, sagt Renata.

Sie fangen beide an zu lachen.

Aber du siehst schon besser aus.

Ein Tag nach Vollmond, sagt Marianne.

Immerhin abnehmend. Sie lachen wieder.

Bruno schaut durch die offene Eingangstür nach draußen, deutet auf sein leeres Glas und dann auf Marianne.

Nachschub ist immer gut, ruft Marianne.

Worüber habt ihr gelacht, will Bruno, der wenig später mit zwei vollen Weißweingläsern zurückkommt, wissen.

Über mein Vollmondgesicht und meinen Büffelnacken, sagt Marianne.

Renata trinkt zu viel, läßt sich auf einen Stuhl fallen, nachdem sie ein paarmal zu Musikstücken von The Cure und Klaus Nomi getanzt hat.

Kann man sich in einen alten, fremden Körper verlieben, fragt sie sich, während sie mit ihren Blicken den Bewegungen ihr unbekannter Partygäste folgt.

Ihren alten Konrad betrachtend, hatte Renata immer auch den jungen Mann vor Augen gehabt, seinen festen, wohlgeformten Hintern, die einladenden aufrechten Schultern, die fast schon verletzlich zarte Haut. Der in die Jahre gekommene Konrad war stets von dem ersten Bild mitgeprägt gewesen, in das sie sich Hals über Kopf verliebt hatte. Wie sollte sie sich nun in einen ihr fremden Mann ihres Alters verlieben, dessen Jugend nicht einmal zu ahnen ist?

Sie dachte an die Photos der Männer auf der Dating-App, die sich außerdem noch in einem ungünstigen Licht photographiert hatten, die sich nicht gescheut hatten, sich vor Badezimmerspiegeln abzuknipsen, in denen die Toilette und die Waschmaschine zu sehen sind, oder unter Neonleuchten, welche das Graue, Bleiche, Abgelebte zusätzlich betonen.

War es nicht das Vertraute – die Stimme, der Geruch, die Form eines Leberflecks, das Tal zwischen den Schulterblättern, wenn Konrad die Arme am Rücken durchgestreckt hatte – gewesen, das über die Häßlichkeit des Verfalls, über hängende Mundwinkel, das Doppelkinn, die Tränensäcke, die großporige Nase, die struppigen weißen Haare hinwegzutäuschen vermocht hatte?

Der liebende Blick ist nicht blind, er nimmt den von der Zeit veränderten Körper wahr, aber in dem, was der andere geworden war, entdeckt er noch die Schönheit der ersten Jahre, leuchtet etwas auf, das nur zu sehen imstande ist, wer einander seit langem kennt.

Worauf soll sich denn das Begehren bei den hier anwesenden Herren richten, fragt sich Renata. Auf die faltige Haut am Hals? Auf die dünn gewordenen Arme und Beine? Auf die Hornhaut an den Fersen? Die zunehmende Trinkfreudigkeit? Auf ihr sägendes Schnarchen, das darauffolgt?

In jungen Jahren hatte Renata einmal ein Verhältnis mit einem verheirateten Parlamentarier aus Tirol gehabt. Sie hatte noch studiert, er war zwanzig Jahre älter gewesen als sie, hatte mehr Renatas Kopf als ihren Körper befriedigt und regelmäßig ihren Kühlschrank leer gefressen, ohne zu bedenken, daß Renata mit wenig Geld hatte auskommen müssen. Er war jedesmal gegen ein Uhr nachts aus Renatas Bett direkt ins Taxi gestiegen, um ins Hotel zurückzufahren, damit er den Morgenanruf seiner Ehefrau hatte entgegennehmen können. Damals hatte Renata zum ersten Mal den Unterschied bemerkt, daß der Körper des Geliebten im Gegensatz zu den Körpern Gleichaltriger etwas auffällig Weiches hatte, daß der Mann trotz seiner noch vorhandenen sexuellen Potenz, seines Überschwangs und seiner ungewöhnlichen Ideen sein eigentliches Alter nicht hatte verbergen können: Die verflossene Lebenszeit hatte sich, wie es Renata schien, in dem zerfließenden Körper manifestiert – der Mann hatte längst seine alte Körperform verloren, und nichts konnte sie wettmachen, keine Verrücktheit der Welt.

Mit Konrad hätte sich Renata selbst auf solchen Partys vergnügt, sie hätten sich über die an ihnen und an anderen sichtbar gewordenen Jahre lustig gemacht, hätten die Schwächen der anderen auf sich übertragen: Wirst du mich noch lieben, wenn ich einen Bauch wie dieser Mann dort bekomme? Wirst du die Mondkrater auf meiner Nase akzeptieren? Die Hängelider?

Renata hätte jedesmal geantwortet: Ja, ja, ja. Oder: Niemals! Und Konrad hätte sie in den Hintern oder in den Oberarm gezwickt.

Einmal, erinnert sich Renata, hatten sie in einem Gastgarten in Gallipoli zu Abend gegessen, ein beliebter Bischof war mit großem Pomp beerdigt, der Sarg an ihrem Eßtisch vorbeigetragen worden, und ihnen beiden waren vor lauter Hören und Schauen die Nudeln im Teller kalt geworden. Die gesamte Stadt war an jenem Julitag 1999 auf den Beinen gewesen, um dem Mann, einem Gelehrten der Heiligen Schrift, den der Tod ohne Vorankündigung dahingerafft hatte, die letzte Ehre zu erweisen.

Zweite Reihe, dritter von links, hatte Konrad gesagt. Könntest du den lieben? Wie mochte der als junger Mann ausgesehen haben?

Die Signora daneben, mit den angeschwollenen Knöcheln, den ausgetretenen Schuhen, wie sah sie aus, als sie eine junge Frau war?

Und wir, wie werden wir aussehen?

Wie hätte Konrad ausgesehen, wäre er alt geworden, fragt sich Renata jetzt, während die mit kleinen Spiegeln verkleidete Diskokugel Hunderte Lichtpunkte über die Körper der Tanzenden jagt.

Obwohl Renata sich nicht bewegt, dreht sich alles. Sie nimmt ihre Brille ab, steckt sie in die Tasche. Unschärfe macht Menschen schöner, insofern ist schlechteres Sehen im Alter eine Gnade.

Der Mann an der Bar mit dem grauen Haarschopf sieht fast schon jugendlich aus, auch die Bartborsten, die Renata vorhin noch hat silbrig glänzen sehen, fallen nun nicht mehr auf.

Jetzt geh schon rüber, sprich ihn an, sagt Marianne, die sich neben Renata gestellt hat.

Ich bin noch nicht auf dem Stand der früheren Lebenslust, sagt Renata.

Die Lust stellt sich dann schon ein. Oder eben nicht.

Ich habe *Lebenslust*, nicht *Liebeslust* gesagt.

Ist das nicht das Gleiche, sagt Marianne.

*

Soll ich nicht besser gehen? Renata pflückt ein kurzes krauses Haar aus ihrem Mund. Die ins Gesicht fallenden Haarsträhnen sind verklebt.

Was sie sieht, mag sie: weiße, dünne Vorhänge, durch die das Licht der Straßenbeleuchtung dringt, Stapel von Büchern und Schallplatten auf dem Boden vor der Bücherwand, auf dem Tischchen links vom Fenster zwei Gläser, eines davon zur Hälfte mit Rotwein gefüllt.

Sie spürt eine Hand, die, von hinten kommend, ihre Brust umfaßt. Bleib noch, sagt die Stimme, die nicht von Konrad ist.

Der Unbekannte – *Joseph mit ph*, hatte er sich vorgestellt – fängt an, seinen Körper an ihrem Rücken zu reiben, und Renata merkt, daß sein Schwanz hart wird. Beim ersten Versuch, nachdem sie beide in seiner Wohnung angekommen waren und noch Wein getrunken hatten, war es ihm nicht gelungen, in sie einzudringen.

Später, hatte er gesagt, später klappt es bestimmt.

Es hatte schon nach einer Stunde geklappt, in der sie beide kurz und tief geschlafen hatten.

Drei Mal, in unserem Alter. Wie lange ist es her, denkt Renata, daß sie in einer Nacht drei Mal mit Konrad geschlafen hat?

Gegen sieben Uhr steigt Joseph aus dem Bett, nachdem er sich zu Renata hingedreht und sie auf den Mund geküßt hat. Ich mache Kaffee. Danach, sagt er, muß ich die Spuren verwischen.

Vergiß meine Haare nicht, sagt Renata.

Sie wäscht sich im Bad das Gesicht, legt etwas Make-up auf, malt die Lippen an, bringt das zerzauste Haar in eine passable Ordnung.

Sie weiß fast nichts über den Mann, nur daß er ein Tontechnikstudio besitzt und mit einer Zahnärztin liiert ist. Daß seine Mutter in Brody aufgewachsen ist, bis sein Vater, ein österreichischer Germanist, der über Joseph Roth promoviert hatte, bei einem Besuch von Roths Gymnasium in Brody die Bekanntschaft der jungen ukrainischen Lehrerin gemacht hat.

Ich bin ein Joseph-Roth-Kind, ohne ihn wäre ich nicht entstanden, ohne ihn hieße ich auch nicht Joseph, hatte er an der Bar erzählt.

Sein achtzehnjähriger Sohn, von dessen Mutter Joseph seit zehn Jahren geschieden ist, heißt Franz Ferdinand.

*

Zu Hause angekommen, findet Renata ein Paket vor, das die CDs aus dem Wagen enthält. Außerdem zieht sie einen an Konrad adressierten Brief des Finanzamts aus dem Postkästchen.

Darin steht, er habe es verabsäumt, seine Einkommen- und Umsatzsteuererklärung einzureichen.

Hört denn die Maloche nicht einmal im Jenseits auf?

Lebt Konrad noch?

*

Könntest du es dir aussuchen, sagt Marianne am Telephon, nachdem sie Renata vergeblich über Joseph ausgefragt hat, wo würdest du gerne sterben?

Wie kommst du darauf?

Die meisten Menschen denken an das Wie, sagt Marianne, sie hoffen, ohne Schmerzen und schnell zu sterben. Sie denken an das Grab, in dem sie liegen möchten oder an den Ort, an dem ihre Asche verstreut werden soll, doch selten an den Raum, in dem sie das letzte Mal atmen, an die Landschaft, in die sie das letzte Mal sehen. – Ich hätte gerne ein Fensterbett im Krankenhaus, sagt Marianne, die Wahrscheinlichkeit, daß ich dort sterbe, ist groß.

Ich würde gerne die Luft spüren, den Gegenwind. Am liebsten fiele ich vom Himmel oder von einer hohen Brücke oder raste mit einem schnellen Motorrad oder Auto in den Tod. Es gefiele mir, den Tod zu überraschen.

Aber er rechnet doch immer mit dir, unterbricht Marianne Renata.

Vielleicht nicht in dieser Geschwindigkeit, sagt Renata.

Konrads Tod, denkt Renata, hatte an einem Unort stattgefunden, mitten auf einem Parkplatz, unter all den Abfallbehältern, Toiletten, Bänken, Ziersträuchern und Bäumen, deren Zustand und Aussehen niemanden interessiert, weil alle hier Stehenbleibenden ein anderes Ziel vor Augen haben, das niemals dieser Ort ist, weil sie an so einem Zwischenort nur ihre Grundbedürfnisse befriedigen, sich erleichtern oder kurz ausruhen, sich die Beine vertreten, um die Reise möglichst bald fortsetzen zu können. Keiner verweilt hier länger als notwendig, für keinen ist dieses Niemandsland, dieser Zwischenort von irgendeiner Bedeutung, die meisten merken sich nicht einmal seinen Namen. Wir haben irgendwo kurz vor Innsbruck angehalten, erzählen sie zum Beispiel nach ihrer Fahrt.

Irgendwo wurde zum Komplizen von Konrads Verschwinden. Plötzlich wird das Irgendwo zum Endpunkt einer Biographie, denkt Renata, wird ein Abfallbehälter zum letzten in Konrads Leben, ein Stück ungepflegten Rasens sein letztes Grasgrün, und die Bänke tun weiter so, als käme Konrad wieder und setzte sich auf eine von ihnen.

Es tut Renata leid, daß sie die Schüssel im Vorzimmer zu schnell leer geräumt hat. Als sie damals am Strand von Torre Canne Muscheln sammelte, neben oder hinter ihr ging Konrad, dachte sie schon, daß die Muscheln sie später, zu Hause, vielleicht sogar in einer kalten Winternacht oder an einem verregneten Herbstnachmittag, an diesen Moment erinnern würden.

Zur ausgewaschenen Muschelfarbe fällt ihr nun das dunkle Rot der Ferrovia-Kirschen ein, die sie auf dem Markt von Ostuni gekauft hatten. *Ciliegie in rosso vermiglio* hatte sie damals zu Konrad gesagt, das deutsche Wort *Zinnober* für *vermiglio* war ihr nicht eingefallen, weil sie gedanklich in der Etymologie der italienischen Farbbezeichnung hängengeblieben war. Vermiglio, vermiculus, wurmrot. Bei Boccaccio ist das Gesicht eines Mädchen wurmrot aus Scham.

Bei der Kirschenfarbe komme ihm gestocktes Blut in den Sinn, hatte Konrad gesagt, doch nicht das Quecksilbersulfat.

Nur Verrückte wie wir fahren bei fünfunddreißig Grad in diese Ebene. Der Basso Tavoliere, hatte Konrad erzählt, sei bloß ärmliches Agrargebiet, voll von Kriminellen, die Autos aufbrechen und Leute überfallen. Doch Renata hatte in Cerignola das Grab eines Freundes besuchen wollen, eines von ihr verehrten Übersetzers aus dem Deutschen ins Italienische, das Grab des größten Hölderlin-Spezialisten Italiens, und Konrad hatte nicht weit davon ein Architektur-Ensemble ins Auge gefaßt, den Borgo Segezia, der während der faschistischen Agrarreform entstanden war, ein neu gegründeter Ort, den ein mit den intellektuellen Größen seiner Zeit befreundeter Architekt namens Concezio Petrucci entworfen hatte. Wieder einmal handelte es sich um Bauten an der Schnittstelle von Faschismus und Rationalismus.

Konrad hatte sich auf der Fahrt zum Borgo über die Müllsäcke am Straßenrand empört, vor allem die Ausweichstellen waren zu Deponien verkommen.

Die Muscheln rufen, obwohl Renata sie längst weggeworfen hat, bis heute die Bilder des menschenleeren Borgo wach, auf dessen Piazza ein streunender Hund ein Stück Papier zerfetzte, das der Maestrale über den Platz gefegt hatte – doch wie lange noch?

*

Marcel, erzählt Renata am Telephon, habe in Konrads Unterlagen den Text von Joy Divisons Song *Love Will Tear Us Apart* gefunden. Sie faßt für Bruno den Inhalt des Liedes zusammen.

Ich verstehe nicht, sagt Bruno, warum erwähnt er das?

Er nimmt das Lied als Beleg für die längst zerrüttete Beziehung seines Bruders.

Mit solchen Aktionen versucht Marcel, sein Gewissen zu erleichtern, sagt Bruno.

Ich bin nur die Freundin, sagt Renata, als sei ich eine nicht ernst zu nehmende kurzzeitige Geliebte gewesen. Er verwandelt ein Vierteljahrhundert in ein Episödchen.

Die Gier frißt selbst die Zeit, sagt Bruno.

*

Als Renata und Konrad das Landhäuschen kauften, roch es darin nach modrigem Holz, nach feuchtem Stoff, nach Staub und Schimmel. Daran muß Renata denken, während sie mit dem

Besen eine Nacktschnecke vom Türpodest fegt und dann ins Haus tritt.

Als Kind sammelte sie Weinbergschnecken. Sie fand sie hinter der Siedlung in den angrenzenden Obstwiesen, die heute alle verbaut sind. Meist lebten die Schnecken unterhalb der Baumstämme, versteckt im Laubstreu zwischen den neuen Trieben. Renata sammelte sie ein und baute ihnen ein Haus überm Haus in einer Kartonschachtel, deren Boden sie mit Blättern auskleidete. Stundenlang konnte sie die Tiere beobachten, die Wege ihrer Schleimspuren verfolgen. Sie berührte die ausgestreckten Fühler, weil es ihr gefiel, wie schnell die Schnecken sie wieder einzogen, wie schnell sie sich ganz ins Gehäuse flüchteten oder wie lange sie – umgekehrt – sich beim Kopulieren damit betasteten, wenn sie aneinander hochkrochen.

Renata hätte damals ihr Taschengeld aufbessern und die Schnecken in der Stadt verkaufen können, doch sie, die von ihrem Vater lumachina, kleine Schnecke, genannt worden war, hätte dabei das Gefühl gehabt, einen Teil von sich selbst preiszugeben. Ihr Vater aß keine Schnecken, weil er Renatas Schneckenliebe respektierte, und ihre Mutter hatte einmal bei Vaters Schwester ein Schneckengericht serviert bekommen und sich vor den babbaluci, wie Giovanna sie nennt, derart geekelt, daß sie behauptete, davon Mundherpes bekommen zu haben. Wenn sie etwas nicht essen will, sagt sie noch immer: Davon kriege ich Herpes.

Wenn Renata heute die Tür des Wagramer Landhäuschens öffnet, ist die Luft trocken; es riecht nach Holz. Aber es ist der erste Herbst, in dem Renata keine Parasole und Steinpilze im Backrohr trocknet. Es ist der erste Herbst ohne Krause Glucke, ohne Eierschwammerln – wie Konrad die Pfifferlinge nannte –, ohne Herbsttrompeten und den Duft von eingekochten Quitten, der sich mit Konrads Rasierwasser vermischte, wenn er sich von hinten Renata näherte, ihr Haar mit der Hand zur Seite schob und an ihrem Ohrläppchen knabberte. Es ist der erste Herbst, in dem Freunde aus der Nachbarschaft das Ernten übernommen haben oder Obst und Beeren der Natur erhalten bleiben.

Nachdem Renata das Auto neben dem Nußbaum geparkt hatte, flog ein Starenschwarm über sie hinweg, verdunkelte den Himmel. Sogar die Traubenräuber profitieren von Konrads Tod. Er war manchmal in den Weinberg gelaufen und hatte die Vögel mit einer Schreckschußpistole vertrieben.

Das Haus erscheint ihr beim Betreten so leer, daß Renata zu atmen vergißt. Schon nach wenigen Sekunden bemerkt sie, daß die Leere nicht allein Konrads Verschwinden geschuldet ist: Der Marcel-Breuer-Stahlrohr-Sessel mit der Sitz- und Rückenfläche aus Rohrgeflecht ist nicht mehr da, wo er immer gestanden ist, und über der Anrichte blicken Renata nur mehr zwei Staubrahmen entgegen. Das linke Bild war eine Schwarzweiß-Photographie der Photokünstlerin Margherita Spiluttini gewesen. Die Arbeit hatte Renata Konrad zum fünfzigsten Geburtstag geschenkt. Beide, Spiluttini und Konrad, hatten über das Verhältnis von Architektur und Landschaft nachgedacht.

Auf dem fehlenden Photo von Spiluttini waren die Silvretta und die Staumauer auf der Bielerhöhe zu sehen gewesen, auf dem zweiten, linken Bild, jenem von Konrad, das Donau-Kraftwerk Altenwörth im Nebel. Es war eine frühe Photoarbeit von Konrad gewesen, die sich trotz perspektivischer Schwächen auf Spiluttinis Bild bezogen hatte. *Nutzung der Landschaft* hatte Konrad seine frühe Arbeit genannt und sich ähnlich wie Spiluttini mit menschlichen Eingriffen in die heile Natur auseinandergesetzt, später intressierte er sich mehr für politische Umwälzungen, nutzte die große Schärfentiefe der Photos, um den Blick auf ideologische

Details freizugeben. Wo diese nicht zu erreichen war, setzte er den Zeichenstift an.

Renatas Hände zittern, als sie vor der Anrichte steht und die Nägel betrachtet, die noch in der Wand stecken. Das Zittern läßt sie nicht mehr los. Es zittert ihr Kinn, und es zittert in ihrem Brustkorb. Es zittern die Knie, und es zittern die Augenlider.

Sie greift nach dem Mobiltelephon, ruft Bruno an. Und während sie ihm von dem fehlenden Sessel und den fehlenden Photos erzählt, vermißt sie weitere Gegenstände: die hellblaue Vase aus böhmischem Glas auf der Kredenz, das große Schneidbrett aus Walnußholz hinter dem Toaster. In der Vitrine fehlen die japanischen Teetassen, und aus der Lade in der Kredenz sind die von Renatas Großmutter bestickten Servietten verschwunden, die nun eindeutig Renata gehört hatten und im Hausrat der Grasmanns nichts zu suchen hatten.

Der Mann hat Geschmack, sagt Bruno. Wie sie Marcel nur habe den Schlüssel des Landhäuschens überlassen können! Ob Renata noch immer nicht begriffen habe, daß sie von dieser Familie Abstand halten müsse, daß sie im Zustand ihrer Aufgewühltheit nur stabile, ehrliche Personen an sich heranlassen solle, keinen solchen Schmierentragöden, dem es letztlich nur um Profit gehe.

Hör auf, bitte, sagt Renata, während sie Schubladen aufzieht und Kästen öffnet. In ihrer Aufregung streift sie mit dem Ärmel eine Sektflöte, die zu Boden fällt.

Das Skizzenbuch ist weg, sagt Renata. Sie läßt die Lade offen, läßt die Scherben liegen und läuft nach oben, ins Schlafzimmer, greift mit der flachen Hand hinter die Schrankwand. Die große Zeichenmappe ist noch da, die hat er nicht gefunden.

Die Motorradjacke ist weg. Der Ledergürtel mit der besonderen Schnalle. Der Montblanc-Füller, ein Geschenk von Ricarda.

Mehrere Kunst- und Architekturbücher sind nicht mehr da. Es fehlt das große Ölbild von Laura, von Hannahs an Krebs verstorbener Zwillingsschwester. Laura hatte irgendwann angefangen, Grundrisse von Kathedralen, berühmten Villen und Palästen in Öl zu abstrahieren, San Marco, San Francesco di Assisi, La Rotonda von Palladio. Konrad hatte sich die andere Rotonda ausgesucht, das Pantheon.

Das sechseckige Beistelltischchen, eine Arbeit des Künstlers Fabian Fink, steht nicht mehr neben der Couch. Die alte Leica-Kamera ist verschwunden. Die Bose-Boxen wurden abmontiert. Das kleine Bild mit den Nüssen von Markus Vallazza fehlt. Auch der goldfarbene Reliquienrahmen, in den Renatas Großmutter einen Spiegel hatte montieren lassen, ist nicht mehr an seinem Platz.

Es fällt Renata schwer, ganze Sätze zu sprechen. Bruno versucht, sie zu beruhigen. Es seien nur Dinge, ersetzbare Dinge.

Aber sein Notiz-, sagt Renata, aber sein, aber, das Buch.

Trink ein Glas Wasser, sagt Bruno. Leg dich hin, das Bett wird doch hoffentlich noch da sein.

Die Kojoten-, die Decke, sagt Renata.

Eine Kojotendecke? So etwas habt ihr besessen? Ich kann es nicht glauben. Bruno bläst hörbar den Rauch seiner Zigarette aus.

Hannah hatte sie ersteigert, und Konrad hatte sie ihr abgekauft, weil mich so schnell friert. Es gibt nichts Wärmeres, sagt Renata.

Die Leselampe mit dem Sensordimmer fehlt. Der Erzbergische Nußknacker. Der neue Motorradhelm Marke *Held*. Das Blutdruck-Meßgerät. Renata fängt an zu lachen. Sie ist sich nicht sicher, ob sie lacht. Es hört sich jedenfalls wie Lachen an, obwohl es in der Brust und nicht im Bauch zieht.

Der Auftragserbe ist mit Liste vorgegangen, sagt Bruno. Hat Henriette Blutdruckprobleme? – Sperr die Tür hinter dir zu und komm zurück nach Wien. Nein, ist keine gute Idee. Jetzt solltest du nicht Auto fahren. Ich komme raus, und wir überlegen gemeinsam, was zu tun ist.

Als Renata nach der Alessi-Cafettiera sucht, ist auch diese nicht zu finden. Die alte Aluminium-Bialetti tut es auch, denkt Renata, dreht sich nach Westen, wo sie den Auftragserben vermutet, schließt die Hand und streckt den Mittelfinger aus.

Wenig später nimmt sie die Caffettiera vom Gasherd, bevor der Kaffee zur Gänze hochgekocht ist. Als sie den Espresso in die Tasse gießt, spritzt er aus der Kanne, und Renata verbrennt sich die Hand.

*

Was Renata rettet: Sie hat nie ihren Freundeskreis ausgetauscht, weil eine Beziehung zu Ende gegangen ist. Die meisten Menschen, die Renata durch eine Liebe dazugewonnen hat, sind ihr auch nach dem Ende der Beziehung als Freunde geblieben. Bei manchen Freundschaften hatte die Intensität nachgelassen, manche aber waren erst nach dem Abbruch einer Beziehung aufgeblüht.

Renata war umgeben von Lebensgeschichten, die weiterhin paßten, wie elegante Kleidung von guter Qualität. Was war Eleganz anders als die richtige Wahl, als Herausgelesenes?

Menschenkenntnis ist in Renatas Augen die Fähigkeit, andere zu lesen. Dazu bedarf es aber des korrigierenden Blicks. Konrads Augen sehen noch immer, weil Renata in ihn hineinzuschlüpfen vermag. Sie übersetzt seine Blicke, das hilft gegen voreilige Unvernunft.

Bei Marguerite Duras steht, daß eine auf sich allein gestellte Person immer schon vom Wahnsinn gezeichnet sei, da sie nichts vor dem eigenen Delirium schütze.

Doch da sind immer noch die Bildblitze, sagt sich Renata. Da sind Konrads Kleidungsstücke mit seinem Geruch, der selbst lang zurückliegende Ereignisse und Szenen hervorruft, da ist noch immer die erinnerte Stimme, da sind außerdem Aufnahmen seiner Vorträge und Reden. Und manchmal spricht Renata zu Konrad, manchmal verwendet sie dabei die italienische Sprache und nennt ihn – wie ehemals ihr Vater ihn genannt hatte – *Corrado*, manchmal aber sagt Renata auch *Corrado-Ricordo* zu ihm, als habe er zeitlebens einen Doppelnamen getragen. Im Italienischen wird der Verlorene beim Erinnern ins Herz zurückgeholt. Im Deutschen bleibt der Ort, das Innere, vage.

Als Renatas Nonna gestorben war, hatte Renata, damals noch ein Mädchen von elf Jahren, das Gefühl gehabt, daß die Nonna nur in den *ricordi* gut aufgehoben sei, dort würde sie es warm haben, und der regelmäßige Rhythmus des pochenden Herzens würde die tote Nonna beruhigen, während Renata beim Wort Er-*innerungen* an eine umherirrende Seele hatte denken müssen, die nicht zur Ruhe kommt. Die Großmutter, hatte sie sich vorgestellt, sei einmal in Renatas Kopf, dann in einem ihrer Arme oder gar in ihrem Knie. Die Nonna hatte im Deutschen keine Adresse erhalten und war nun auf ewige Zeiten gezwungen, in der kleinen Renata herumzuwandern.

Jetzt gefällt Renata der Gedanke, daß Konrad, jedesmal, wenn Marcel die ungefragt an sich genommenen Gegenstände verwendet, ihm an unvermuteten Stellen einen Erinnerungstritt verpaßt, ihn boxt oder im Inneren beißt.

Du kannst auch Gewissensbisse dazu sagen. – Nur, einer wie Marcel kennt keine Reue, sagt Bruno.

Schließ ab, hatte Bruno schon nach wenigen Wochen gesagt, und Elsbeth meinte, Renata solle den Deckel draufgeben.

Renata weiß nicht, welcher Teufel sie geritten hat, aber anstatt den Topf zuzulassen, hat sie den Deckel ein wenig angehoben, Marcels Namen auf Google eingegeben und ist dabei prompt auf eine *willhaben*-Seite gestoßen, auf der er unter seinem vollständigen Namen inklusive seiner Innsbrucker Wohnadresse Gegenstände zum Verkauf anbietet. Renata findet die japanischen Teetassen und die italienische Motorradjacke auf dem Online-Marktplatz, außerdem die zwei hüfthohen Kerzenständer, die Konrad selbst entworfen hatte. Marcel verkauft sie zum Preis von zwanzig Euro das Stück – gegen Selbstabholung. Der Versand hätte wohl bei weitem den von ihm festgelegten Preis überstiegen. Ob er weiß, daß es Einzelstücke sind? Sie findet außerdem den antiken Wandspiegel zum Billigpreis von einhundertfünfzig Euro. Konrad hatte ihn bei einem Antiquitätenhändler in der Wiener Innenstadt für sechshundert Euro erworben, er ist mindestens tausend Euro wert, weil es sich um einen unbeschädigten barocken Florentinerspiegel handelt, um jenen Vorzimmerspiegel, den Renata nach Konrads Tod nicht verdeckt hatte, weil die Nonna einmal gesagt hatte, der Tote, der zu Hause herumgeistere, dürfe sich nicht im Spiegel sehen, sonst nehme er jemanden mit. Konrad ist nicht gekommen, um Renata mitzunehmen.

Wo ist der Marcel-Breuer-Stuhl? Hat Marcel ihn behalten? Und was macht Henriette mit der Savoy-Vase, wo sie doch keine echten Blumen mag, weil sie Dreck machten?

Weißt du was, sagt Elsbeth zu Renata am Telephon, ich kaufe

die Kerzenständer für dich zurück. Ich schicke Bartholomäus vorbei, den Freund meiner Tochter. Den kennt Marcel nicht.

*

Im letzten Moment hat sich der Verlag gemeldet, es gäbe einen weiteren Essay von Pontoni zu übersetzen, der unbedingt noch ins Buch müsse. Ob Renata das schaffe. Sonst verschiebe man das Erscheinungsdatum.

Renata kommt kaum voran. An einer Stelle des Essays ist von Schlafzimmern die Rede, wie wichtig sie seien, nicht zuletzt, weil die meisten Menschen zu Hause in ihren Betten stürben.

Kann man noch im selben Bett schlafen, in dem der geliebte Mann zu atmen aufgehört hatte?

Renata steht auf und greift nach dem Etymologischen Lexikon, sie will plötzlich wissen, welcher Herkunft das italienische Wort letto ist. Die Wurzel ist nicht klar. Das Wörterbuch verweist auf das lateinische lectus, Bett, Lager. Lectus doloris. Letto di morte. Letto di spine. Letto di rose.

Wenn man – wie die Römer – liegend esse, seien die Rosen so nah, daß man glaube, man sei auf ihnen gebettet, hatte der Lateinlehrer in der Schule gesagt.

Und wenn man nichts ißt? Wenn man sich wälzt vor Schmerz?

Die Betten eines Lebens – wieviele waren es bei Konrad in Summe gewesen, die Hotelbetten nicht dazugezählt? Vielleicht fünf Betten und zehn Matratzen?

Renata war, weil Konrad es sich gewünscht hatte, ein- bis zweimal im Jahr über Nacht mit ihm bei seiner Mutter geblieben, hatte mit Konrad in dem viel zu kurzen Bett im Gartenzimmer geschlafen.

Seit Jahren wollte Konrad ein neues kaufen, durfte er aber

nicht, weil in den Augen seiner Mutter ein neues Bett die einheitliche, glänzend lackierte Sperrholz-Einrichtung der fünfziger Jahre gestört hätte. Henriettes Festhalten an dem zu kurzen Bettgestell und den ebenso kurzen Bettdecken führte zu regelmäßigem Schlafentzug; auch Renatas und Konrads Lust auf Sex war auf den alten, weichen Matratzen, die auf Gestellen auflagen, welche bei der geringsten Bewegung knatterten und quietschten, gebremst. Die Bettstatt war eine Unruhestätte mit einer Ritze in der Mitte. Um sich die Füße zu wärmen, öffnete Konrad die Knöpfe des Überzugs und zog die Bettdecke ein Stück weit heraus, so hatte er für seine Schultern zumindest ein daunenloses Stück Stoff, das ihn bedeckte, wenn Renata nicht da war.

Die Nonna hatte als Kind nicht einmal ein eigenes Bett besessen. Sie schlief auf der Bank in der Küche. Danach durfte sie in die Kammer der Brüder, die in den Krieg gezogen waren. Sie habe auch geheiratet, um endlich ein eigenes Bett zu besitzen, hatte sie immer erzählt und von ihrem Frisiertisch mit dem aufklappbaren Spiegel geschwärmt, den sie sich erst mit fast fünfzig Jahren hatte anschaffen können.

Als Marcel das Wagramer Landhäuschen leer räumte, hatte Henriette auf das Doppelbett bestanden. Sie brauche es für das Gartenzimmer. Renata, hatte sie ausrichten lassen, habe ohnehin keinen Platz für ein zweites Boxspringbett und derzeit wohl auch keinen Bedarf.

Der einzige Gast des Sadracher Gartenzimmers war Konrad gewesen. Wer sollte jetzt dort schlafen? Übersiedelte Rudolph nun vom Hof- ins Gartenzimmer? Wird Henriette den Anblick jenes Möbels ertragen, in dem Renata mit Konrad gevögelt hatte?

Ich wette, daß Konrads Mutter darin schläft, hatte Marianne gesagt.

Die Wette konnte Renata nicht eingehen, denn sie würde das

Haus der Grasmanns niemals mehr betreten und daher nichts über den Verbleib und die Verwendung des von ihr erworbenen Wagramer Doppelbetts erfahren.

*

Ich habe drei Kilo abgenommen, als mein Bruder gestorben ist. Ich weiß, wovon Sie sprechen. Die junge Kunsttheoretikerin Claudia Amendola trägt das Haar so kurz, daß man die Kopfhaut durchscheinen sieht.

Links von Renata hat sich ein junges Paar niedergelassen, das sich an beiden Händen festhält und schweigt.

Ich habe auf ein Ziel vertraut, das es jetzt nicht mehr gibt. Das sich als falsch herausgestellt hat, sagt Renata.

Sagen Sie so etwas nicht. Die junge Frau drückt auf den in Papier eingeschlagenen Zuckerwürfeln herum und legt sie zurück auf die Untertasse.

Konrads Hang zur Selbstzerstörung war von Anfang an erkennbar gewesen. Ich habe es nicht wahrhaben wollen. Renata winkt den Ober herbei und bestellt zusätzlich zur Melange ein Mineralwasser.

Sie sind trotzdem geblieben, sagt Claudia.

Liebe, sagt Renata, und pure Selbstüberschätzung. Ich habe wohl geglaubt, Konrad vor sich selbst retten zu können. Zuletzt rauchte er zwei Schachteln pro Tag. Renata sieht zum Nebentisch. Ich beneide die beiden um die Zeit, die sie vor sich haben, um die Möglichkeit, sie zu verschwenden. Sagen Sie jetzt bitte nicht, ich solle an die schönen Erinnerungen denken.

Claudia sieht ebenfalls zum Paar hinüber. Ich doch nicht, sagt sie. Essen Sie noch etwas? Wollen wir uns einen Apfelstrudel teilen?

Als das Paar sich küßt, schaut Renata zu. Sie vergißt, wo sie hinsieht.

Mein Bruder, sagt Claudia Amendola, ist in kleinen Schritten gestorben. Es paßt zu Konrad, daß er auf der Stelle tot war.

Wie gut hat sie Konrad gekannt, fragt sich Renata. Woher will sie das so genau wissen?

Konrad und Claudia waren sich das erste Mal bei einer Ausstellung futuristischer Künstler in Bozen begegnet und hatten dann jahrelang losen Kontakt gehabt, sich unter anderem über Zeichnungen von Uberto Bonetti ausgetauscht. Wie kann die Frau zu solchen Schlüssen kommen?

Renata hatte Claudia nach Konrads Bestattung angerufen und sie um ein Gespräch gebeten. Konrad habe sie, wie sie von ihm wisse, in seinem Testament genannt. Er habe sich gewünscht, daß sie sich um seine Photozeichnungen kümmern möge. Doch dann hatte Renata Claudia Amendola schreiben müssen, daß das Testament nicht rechtsgültig sei, vorerst einmal gar nichts passiere, daß Konrads Mutter von nun an alle Entscheidungen träfe, daß sie Marcel mit der Abwicklung der Verlassenschaft betraut habe.

Nun war Claudia nach so vielen Wochen nach Wien gereist. Bei Konrads Verabschiedung in Innsbruck hatte Renata sie unter all den Menschen nicht wahrgenommen. Es wäre auch keine Zeit gewesen, um mit Claudia über den zukünftigen Verbleib der Photozeichnungen zu sprechen.

Es passe zu Konrad, daß er auf der Stelle tot gewesen sei. So ein Blödsinn, denkt Renata. Es paßt nicht zu Konrad, daß er tot ist!

Claudias Schrift, die Renata in einem von Claudia herausgegebenen Katalog unter Konrads Büchern entdeckt hatte, sieht jener auf dem verwaschenen Zettel, den Renata in Konrads Jeans entdeckt hatte, nicht ähnlich. Die Widmung *Für Konrad, viel Spaß beim Schauen und Lesen* ist unverfänglich, und Claudias Haarschnitt, das Burschikose, paßt auch nicht in Konrads Beuteschema. Renata kann dieses Wort nicht ausstehen, dennoch kommt es ihr in den Sinn. War er denn überhaupt ein Jäger gewesen?

Zu Lebzeiten hatte Konrad nie Anlaß zu Eifersucht gegeben. Warum begann Renata nun, an seiner Treue zu zweifeln? Weil das endgültige Schweigen auch Verschwiegenes einschließt, das nie mehr aufgebrochen werden kann? Weil die körperliche Nähe fehlt, die einzige spürbare Wahrheit, die vorübergehend alle Zweifel auszuräumen versteht?

Claudia spricht begeistert von Konrads Photozeichnungen, wie sie schwärmt! Was Bonetti, auch ein Architekt, in der Malerei hingekriegt habe, sei auf Konrads Photozeichnungen wiederzufinden, sagt Claudia. Er habe den neuen Stil mit der Kamera festgehalten und die Bauten gleichzeitig mit wenigen Strichen zeichnerisch auseinandergenommen. Man bekomme einen anderen Blick auf die Zeit. Und um Dynamik und Rhythmus zu erzeugen, habe Konrad nicht einmal Farben benötigt.

Renata erinnert sich, daß Konrad überrascht gewesen war, daß ihm Bonettis futuristische Ölbilder bis zur Ausstellung in Bozen entgangen waren. Dabei hatte dieser Maler, der vom Regime herumgeschickt worden war, um künstlerisch zu dokumentieren, was in der Pontinischen Ebene, auf dem Tavoliere in Apulien und in dem Kohlenrevier in der Region Sulcis auf Sardinien gebaut worden war, Kontakt mit Persönlichkeiten wie Luigi Pirandello und Curzio Malaparte gehabt, war durch Vermittlung eines Freundes in Antignano bei Livorno mit den Geschwistern Alberto Savinio und Giorgio De Chirico zusammengekommen. Außerdem teilte Konrad Bonettis Vorliebe für den Bologneser Architekten Angiolo Mazzoni, trotzdem hatte Konrad diesen Bonetti übersehen.

Man könnte sagen, Bonetti setzte auf futuristische Dekompositionen, Konrad dekomponierte den Futurismus, besser: den Faschismus, sagt Claudia.

Sie hört nicht auf, von Konrad zu reden, seine Arbeiten zu würdigen. Es erscheint Renata übertrieben, wie Claudia Konrads Italienischkenntnisse lobt. Für einen Österreicher, findet Renata, sprach er nicht schlecht, aber Konrads Aussprache war bis zuletzt viel zu hart gewesen. Spätestens beim Q brach das Nordtirolerische durch, der Buchstabe Q geriet ihm nicht, wie vielen Deutschsprachigen, fälschlicherweise zu einem Kw, er wurde zu einem Kchw. Selbst wenn Konrad sich bemühte, vernahm man dieses leise Röcheln, das jedes aufgeregte oder müde K begleitete. Wenn Renata ihn manchmal verbessert hatte, was sie nur selten tat, um ihn nicht zu demotivieren, sagte er: Ich gurgele wieder!

Ist Claudias Begeisterung für Konrad eine Idealisierung post mortem? Will sie Renata damit trösten, in der Hoffnung, daß der Stolz, den man auf seinen Partner haben kann, glücklich macht?

Renata achtet genau auf Claudias Gesichtsausdruck, auf die Wahl ihrer Worte. Die junge Frau erwähnt sogar Konrads Lieblingsspeisen, erzählt von einem gemeinsamen Abendessen nach der Bonetti-Ausstellungseröffnung.

Und wenn dieses C. auf dem verwaschenen Zettel nun doch in irgendeiner Weise mit Claudia zu tun hatte?

Ein einziger Buchstabe, denkt Renata, zerstört unser Lebens-, unser Liebesalphabet.

Claudia redet nun von Konrads Sammelleidenschaft und kommt auf die Wunderkammern der Renaissance zu sprechen. Sie spricht von *akribischem Schauen*, von *systematischem Vorgehen*, als stünden die Retortenstädte hinter Glas in einer Vitrine. Renata kann ihr nicht ganz folgen, meint zu verstehen, daß es Konrad nie um Schnappschüsse gegangen sei, ebensowenig wie den berühmten Bechers aus Düsseldorf beim Photographieren der Industriebauten, der Wassertürme, Hochöfen und Getreidesilos.

Was hatten Konrads Arbeiten mit jenen von Hilla und Bernd Becher zu tun? Konrad wollte nicht den wissenschaftlichen Vergleich, es ging ihm nicht darum, Mussolinis Retortenstädte oder einzelne Gebäude miteinander in Beziehung zu setzen, es ging ihm um das Zer-zeichnen, das Über-zeichnen.

Einmal hatte Renata Konrad den Vorschlag gemacht, von *Zer-Zeichnungen* zu sprechen, die Photozeichnungen, die er in einer Gruppenausstellung im Klick hatte zeigen dürfen, unter diesen Titel zu stellen, aber er wollte keine Wortneuschöpfung als Überschrift für seine Bilder. Am Ende machen die Leute aus dem Wort *Zer-Zeichnungen*, *Zerr-Zeichnungen*, hatte Konrad gesagt. Besser gefiele ihm *Licht und Stift*. Er war bei *Photozeichnungen* geblieben.

Eher schon hatte Konrad bei Gabriele Basilico, dem Mailänder Architekturphotographen, Anleihen genommen als bei dem Düsseldorfer Paar, denkt Renata. Auf Konrads Aufnahmen sind keine Menschen zu sehen, nur die von ihnen geschaffenen Bauten zeugen von ihrer Existenz, von ihren ideologischen Verirrungen, von ihren Inkonsequenzen und Widersprüchen. *Widerstriche* wäre auch ein schöner Titel für Konrads Bilder gewesen, fällt Renata ein. Alles kommt jetzt zu spät.

Aber dann fängt Claudia an, von ihrem Freund zu erzählen, und Renata will sie nicht mehr unterbrechen. Er sei um einiges älter, ein verhinderter Schriftsteller – man müsse eher sagen, *ein sich selbst verhindernder* –, der seinen Unterhalt mit Reiseberichten und Essenskritiken verdiene und von seiner Frau getrennt lebe. Ganz stimme das nicht, denn die Frau wohne einen Stock über ihm, und die beiden träfen sich jeden zweiten Tag zum Kaffee und sonntags zum Mittagessen. Weihnachten und Silvester feiere er auch mit seiner Ex, die noch immer seine Ehefrau sei.

Es war schön gewesen in den ersten Jahren, als ich ihm die Trennung geglaubt habe, sagt Claudia. Sie greift wieder nach den verpackten Zuckerwürfeln, dieses Mal schält sie die Würfel aus dem Papier. Als wir noch Wünsche hatten, Vorstellungen. Regelmäßigen Sex.

Irgendwann, sagt Claudia, hat er, der immer schon ein Trinker war, auch die Empfänglichkeit für die schönen Dinge des Lebens verloren. Er hängt ganze Vormittage und Nachmittage am Markt herum und schwadroniert. Je mehr er trinkt, desto sentimentaler werden seine Geschichten. Im Grunde reicht ihm längst die rohe Struktur seiner kaputten Ehe, das Wissen, daß die Ehefrau da ist, für ihn gelegentlich kocht und ihm zuhört, alles andere kostet ihn bereits zu viel Energie. Ich bin vor ihm geflüchtet, sagt Claudia nach einer kurzen Pause, jetzt wissen Sie den wahren Grund, weshalb ich in Wien bin. Meine Erwartungen, die ich an ein Leben mit ihm geknüpft hatte, hängen nun in der Luft.

Dann lassen Sie sie dort hängen, sagt Renata. Mit verheirateten Säufern ist noch weniger zu gewinnen als mit unverheirateten.

Später – vor dem Fenster hatte es zu schneien begonnen, und Renata hatte Claudia das Du angeboten – erfährt Renata, daß Marcel Claudia kontaktiert hatte, daß er sie hinter Renatas Rücken gebeten hatte, sich um Konrads Photozeichnungen zu kümmern. Daß Claudia Marcel als erstes gefragt habe, ob Renata mit im Boot sei, Claudia kenne nämlich Konrads Testament. Als Marcel verneinte, habe sie jede Kooperation abgelehnt.

Du hast mit ihm gelebt, sagt Claudia zu Renata, du hast ihn und seine Arbeit am besten gekannt. Es wäre absurd, dich nicht einzubeziehen.

Was Claudia nicht weiß: daß Marcel nicht nur den Großteil der Photozeichnungen an sich genommen hat, daß Renata auch das Wagramer Landhäuschen verloren hat und daß die Daten der Rechnungen für die Investitionen in das Bauernhaus mit Ausnahme des Rechnungsdatums der Küchenmöbel schon zu weit zurückliegen, so daß keine Abschlagszahlungen mehr an Renata erfolgen müssen.

∗

Wie sehr, fragt sich Renata, hätte sich Konrads Leben verändert, wenn sie an seiner Stelle gestorben wäre? Es fällt ihr auf, daß ihr am Ende des Monats mehr Geld bleibt, daß sie mit einer Flasche Wein mehrere Tage auskommt, daß das Waschbecken im Badezimmer auch noch nach drei Tagen ansehnlich und der Wäschekorb erst nach über einer Woche voll ist, während sie früher jeden zweiten Tag gewaschen hat.

Wäre sie tot und Konrad am Leben, verschimmelte das Brot in der Lade und das straßenseitige Fensterglas wäre bald so schmierig und grau, daß die verschiedenen Meisenarten in den Platanen nicht mehr zu erkennen wären, allenfalls die Schatten ihres emsigen Geflatters von einem Fruchtkügelchen zum nächsten.

Wäre Renata tot, wer korrigierte dann Konrads Vorlesungen? Wer formulierte seine Baukonzepte um? Jeder seiner Texte passierte Renatas Schreibtisch, oder Konrad schickte die Entwürfe als Mail an sie weiter, und sie sandte die korrigierten Fassungen zurück.

Wäre Renata tot, Konrad hielte die leere Wohnung nicht aus, er säße bei Freunden zu Hause oder in einem Café, wanderte dann weiter in Nachtlokale und Bars, tränke sich in den Zustand der Vergessenheit und Gleichgültigkeit.

Ich würde dir hinterhersterben, hatte Konrad einmal zu Renata gesagt, als bezöge er seine Lebenskraft aus Renata. Vielleicht aber fände auch er, wie jener Bekannte, der sich sofort Ersatz im Umfeld seiner verstorbenen Frau gesucht hatte, schon nach wenigen Wochen eine Neue? Vielleicht besuchte Konrad sofort Claudia oder kontaktierte Catarina oder eine andere Frau, der Renata nie begegnet ist, eine ihr fremde Bewunderin seiner Photozeichnungen, eine Kundin, der er die Wohnung umgebaut hatte? Vielleicht fände er ebenfalls jemanden aus dem Freundinnenkreis, die sich um ihn kümmerte und die er aus Dankbarkeit in sein Leben ließe?

Was Liebe denn für Renata sei, hatte Konrad einmal wissen wollen.

Sie könne das nicht in Worte fassen, hatte Renata geantwortet. Vielleicht zeige sie sich darin, daß man ohne Grimassenziehen ertrage, daß der Partner die gleichen Geschichten vor verschiedenen Freunden zum Besten gebe? Daß man es nicht verlerne, in der Wiederholung Neues zu entdecken?

Im Gegensatz zu Bruno, den es zeitlebens von einer Eroberung zur nächsten getrieben hatte, dem die Verführungskunst mit all den nachfolgenden Blessuren, die aus falsch verstandenen Hoffnungen resultierten, mehr bedeuteten als der *Liebesfrieden* – das Konrad-Wort für *Seelenfrieden* –, hatte Konrad auf Vertrauen und Kontinuität gesetzt.

Ich finde das schwere Leben mit dir leichter, hatte er zu Renata einmal gesagt. Gibt es eine schönere Liebeserklärung? Das schwere Leben Konrads hatte zuweilen hinter dunklen Vorhängen stattgefunden, für deren Lichtundurchlässigkeit vor allem seine Mutter gesorgt hatte, von der Konrad, kurz bevor Renata sie kennenlernen sollte, gesagt hatte, sie sei ein schlechter Mensch. Henriette habe Hannah gequält, und sie werde Renata quälen und damit ihn selbst. Er sei weggezogen, lebe fünfhundert Kilometer von seiner Mutter entfernt, aber es sei trotzdem so, als säße sie im selben Haus.

Jahrelang hatte Henriette Konrad und Renata auf die wirklichen, nicht vorhandenen Vorhänge in der Küche und im Wohnzimmer angesprochen, die sie nähen wollte, damit es endlich *heimelig werde in der kalten Wohnung*. Von den anderen Vorhängen hatte sie nichts mitbekommen oder nichts mitbekommen wollen.

Renata ist sich sicher, daß Konrad den Schlußstrich, den Renata unter ihr Verhältnis zu den Grasmanns gezogen hatte, gutheißen würde. Wäre man mit Konrad so umgesprungen wie mit Renata, hätte Konrad ähnliche Übergriffe erlebt, er wäre nicht so freundlich, nicht so lange verhandlungsbereit geblieben. Seine Verachtung wäre so groß gewesen, daß Renata den Namen seiner Mutter, aber auch den Marcels und Gundas nicht mehr hätte nennen dürfen. Und die, die sich weiterhin mit Henriette oder seinen Geschwistern getroffen hätten, hätte er des Verrates beschuldigt. Als Mindeststrafmaß hätte er *Totschweigen* gefordert.

Totschweigen, hatte er einmal erklärt, sei Mord, ein nicht ahndbarer Mord. Totschweigen verhindere auch die Möglichkeit, sich in Opferhierarchien zu begeben, sich jenen auszusetzen, die für den Toten glauben, sprechen zu können. Konrad hätte das. Konrad hätte jenes. Konrad hätte nie. Die sich mit den Worten des Toten die Realität zurechtbiegen. Totschweigen ist Ruhe. Totschweigen ist Schonung. Der Schmerz ist schon groß genug.

Versprich mir, daß du dir wieder jemanden suchst, sollte ich sterben, hatte Konrad einmal gesagt. Ob sie jetzt schon üben solle, hatte Renata geantwortet. Er hatte sie in den Bauch gezwickt, und sie war durchs halbe Haus vor ihm davongelaufen, bis er sie erwischt hatte.

Die Fenster des Wagramer Landhäuschens waren weit geöffnet, es roch nach Lindenblüten. Renata versuchte, über das Küchenfenster nach draußen zu flüchten, aber Konrad hielt sie am Kleid fest. Von hinten hatte er sie gegen die innere Fensterbank gedrückt, das Kleid nach oben und den Slip zur Seite geschoben und sie so gefickt. Sie kann sich noch an den Grünspecht im Kirschbaum erinnern, der von ihrem gemeinsamen Lachen aufgeschreckt und davongeflogen war.

Konrad war danach noch lange hinter Renata stehengeblieben; er hatte sie umarmt, ihren Nacken naßgeleckt und ihr ins Ohr gesagt, daß er keine Frau vor ihr so sehr begehrt habe wie sie.

Versprich mir, daß du dir wieder jemanden suchst …

Hatte sie es Konrad versprochen?

Renata war immer gefunden worden, sie hatte keine Erfahrung mit dem Suchen. Da sie die Dating-App noch nicht gelöscht hat, öffnet sie die Partnervermittlungsseite; sie kann sich die vielen Likes nicht erklären, schließlich hatte Antonia auf Renatas Wunsch hin nur zwei Photos reingestellt, auf dem einen ist sie von hinten zu sehen, ihr langes Haar, der Oberkörper bis zur Taille, auf dem anderen Bild spiegeln sich Waldbäume in einem Pool. Außerdem hatte Renata nur angegeben, daß sie nicht rauche und an Kultur interessiert sei. Neugierig geworden, wer die Männer nun sind, die sie gelikt haben, tippt Renata auf das erste Photo.

Es zeigt einen Palmenstrand, gefolgt von einem Photo von einem Wasserfall und dem eines Sonnenuntergangs über einer Hügellandschaft, die mit Weinreben bepflanzt ist. Alfons, ohne Altersangabe, bevorzugt zwar Frauen mit Harmoniebedürfnis, doch vor den hochgewachsenen Palmen liegen Baumstämme, die aussehen, als seien sie von einem Sturm entwurzelt worden.

Der Wasserfall hingegen ist abgeschnitten, und in die toskanische Landschaft ragt ein brauner Schatten, vermutlich der Finger des Photographen. Der Mann selbst ist nirgendwo zu finden.

Lars, vierundsechzig, verspricht, daß er seine Wohnung in Ordnung hält. Mann mit Hundeblick im Hundeglück, denkt Renata, während sie den Weißhaarigen betrachtet, der seinen Springer Spaniel so fest umarmt, als ob der Hund seine letzte Rettung wäre.

Walter schreibt, er sei ohne Worte, aber *mit der Absicht nach besonderen Taten.* Die Art der Taten will er aber nicht verraten.

Signor Amore ist gutaussehend, steht aber in einem Miniswimmingpool in einer Schrebergartensiedlung – nichts deutet auf Sinn für Ironie.

Christian sitzt in einem Gartensessel. Das Photo wurde aus der Bodenperspektive aufgenommen, man sieht seine Beine und seinen Schritt in Großaufnahme, der Kopf verschwindet im linken oberen Eck. Hat ihn sein Hund photographiert?

Götz hört *Frei.Wild.* Ob er sich auch so fühlt? Und er ist – sein Umfang hat es schon verraten – ein *leidenschaftlicher Amateur Cook.*

Das Interior, das hinter Reinald sichtbar wird, erinnert Renata an ihre vor zwei Jahren verstorbene achtundneunzigjährige Nachbarin, die nicht mehr die Kraft und die finanziellen Mittel hatte, ihre Wohnung zu renovieren. Die Wände sind von vergilbten Tapeten überzogen, die Parkettböden mit alten Teppichen belegt. Reinald, fünfundsechzig, steht zwischen Schrankuhr und einem Biedermeiersessel mit Schonbezug. Er hält eine Reproduktion von Klimts *Kuß* in Händen. Ist seine Mutter gestorben, oder lebt er noch mit ihr? Renata hat beim Anblick der Innenausstattung sofort den Geruch von Mottenkugeln in der Nase, und sie muß an einen, in der Schweiz lebenden, deutschen Dichter denken, dessen Name ihr entfallen ist. Sie hatten sich Ende der achtziger

Jahre bei einer Übersetzertagung kennengelernt. Er rühmte sich seiner revolutionären Vergangenheit, war angeblich im Juni 1967 bei der Demonstration gegen den Staatsbesuch des iranischen Schahs in West-Berlin dabeigewesen, hatte Benno Ohnesorg gekannt.

Renata hatte sich in seine Stimme verliebt, in seine Erzählungen, seinen trockenen Humor. Am letzten Abend der Tagung hatte der Dichter ihr in der Hotellounge seine von ausladenden Kastanien, alten Fichten und Akazien umgebene Wohnung am Bodensee beschrieben, auf deren überdachtem Balkon angeblich Lorbeer und Ficus wuchsen; er hatte Renata, gleich nachdem sie beide von der Tagung abgereist waren, mit Anrufen voller lichter Gedanken gelockt, so daß sie sich nur eine Woche nach ihrem ersten Zusammentreffen in den Zug gesetzt hatte und nach Westen gereist war. Doch alles, was sich Renata, genährt von seinen Beschreibungen, vorgestellt hatte, war in dem Moment, als sie seine Wohnung betrat, die von Biedermeiermöbeln vollgestellt, von Zinntellern und Vasen auf Deckchen bestückt und von Rüschvorhängen abgedunkelt gewesen war, schlagartig erstickt worden.

Von Siegfried ist zu erfahren, daß er Sommer-Fan ist, mehr nicht.

Von Max, daß er lachen möchte.

Von Toni, daß er Krebs ist.

Und von Hermann, dessen Tattoo am Oberarm aussieht, als würde er noch heute als Söldner in den Krieg ziehen, daß er nach seinen letzten Erfahrungen keine feste Beziehung mehr suche.

Sepp schreibt: *Ich muß gar nichts.*

Dirk: *Schön wäre es, eine einsame, verheiratete Frau zu treffen.*

Hans: *Die Ewigkeit ... muß das denn sein?*

Holger: *Suchst du jemand zum Pferdestehlen? Bei mir bist du richtig.*

Was, fragt sich Renata, macht man mit einem Sommer-Fan im Winter? Was mit einem Pferdedieb? Renata wischt mehrere Dutzend Interessenten nach links, auf Nimmerwiedersehen. Sie geht in die Küche und schenkt sich ein Glas Wein ein. Erst beim zweiten Anlauf stößt sie auf ein gutes Portrait, auf ein freundliches, faltenreiches, offenes Gesicht. Der Mann namens Matthias ist jünger, als er aussieht, vielleicht stimmt die Altersangabe nicht? Das zweite Photo zeigt ihn in einem Leinenanzug vor dem Semper-Depot. Er ist vierundfünfzig, liebt es, in Ausstellungen und Konzerte zu gehen. Unter *Mein Song* stehen Monteverdis *Madrigali erotici* und Schostakowitschs *Symphonie Nr. 7 in C major, Op. 60 ‹Leningrad›*.

Versprich mir, daß du dir wieder jemanden suchst …

Renatas Blick ruht auf Konrads Photo.

Zufrieden?

∗

Marcel sei im Klick gewesen und habe die noch in der Galerie lagernden Photozeichnungen seines Bruders abgeholt, erfährt Renata von Bruno.

Sie spazieren durch den Prater, vor ihnen quert ein kleines Mädchen unangekündigt die Hauptallee und wird von einem Rennradfahrer angebrüllt.

Marcel habe die sorgfältig, mit Lichtschutz versehenen Arbeiten Konrads sofort aus den Schachteln und Kuverts gerissen und durchgeblättert, ohne die weißen Handschuhe überzuziehen. Du kannst sicher sein, daß auf einem Teil der Photozeichnungen nun seine Fingerabdrücke zu sehen sind, sagt Bruno.

Renata weiß nicht einmal, wieviele Photozeichnungen in der

Galerie verblieben sind, sie kann sich nur erinnern, daß ein Schwerpunktthema dieser späten Arbeiten die Architektur Concezio Petruccis gewesen war.

Ich hätte besser geschwiegen, fährt Bruno fort, ich rege dich nur unnötig auf. Marcel hat natürlich auch bei den Bauten in Segesta –

Segezia, unterbricht Renata Bruno.

... in Segezia sofort die Fascho-Embleme entdeckt und sich vor der Galerie-Praktikantin über seinen faschophilen Bruder lustig gemacht.

Faschophil war wohl der Architekt, sagt Renata, protegiert von Parteibonzen wie Di Crollalanza und Giovannoni, oder opportunistisch – das läßt sich im nachhinein schwer ausmachen. Petrucci war nicht einmal vierundvierzig Jahre alt, als er starb. Sein Tod gibt bis heute Rätsel auf. Er wurde in Rom beim Rudern auf dem Tiber von einem Stein getroffen, den irgendein *ragazzaccio* vom Ponte Regina Margherita geworfen hat.

Renata erinnert sich, daß sie mit Konrad diskutiert hatte, wie *ragazzaccio* zu übersetzen sei. Mit *böser Bub* oder *böser Junge*? Mit *Rowdy*? *Bad boy*?

Petrucci gehörte nicht zu den bedingungslosen Modernisten, er wollte den Kompromiß zwischen den neuen Architekturideen und der italienischen Tradition, sagt Renata, und er hat fraglos von seinen Beziehungen, vor allem zu Di Crollalanza, profitiert.

Was für ein Name, unterbricht Bruno, *Crollalanza*! Die Deutschen hatten ihren Speer, die Italiener ihren zerbrochenen Speer.

Und die Engländer ihren Shakespeare, sagt Renata. Es gibt Gerüchte, seine Mutter sei eine Crollalanza gewesen, mit sizilianischen Wurzeln. – Aber der Crollalanza, von dem ich spreche, war weder Schriftsteller noch Architekt, sondern der Präsident des Nationalen Veteranenverbands. Später wurde er Bürgermeister von Bari, ein knallharter Faschist. Er hat Petrucci eigenmächtig mit dem Generalbebauungsplan Apuliens betraut. Deswegen hat Petrucci auch den Borgo Segezia, nicht weit von Foggia, entworfen, aber er war auch bei einigen Retortenstädten in der Pontinischen Ebene vorne dabei.

Laß uns auf den Nebenweg ausweichen, sagt Renata, hier sind zu viele Radfahrer unterwegs. Sie greift nach Brunos Arm und zieht ihn Richtung Wiese.

Petrucci war ohne Zweifel ein lieb Kind der faschistischen Strippenzieher, sagt Renata. Meiner Ansicht nach war er ein Gesinnungsakrobat, ein kalkulierender Mitläufer, das macht das Ganze nicht besser. Aber er hatte – und das kann Marcel nicht wissen – unter all den faschistischen, modernen italienischen Architekten eine Biographie, die eben zeigt, daß in Italien einiges möglich war, was im Deutschen Reich undenkbar gewesen wäre.

Dein lieber Schwager könnte immerhin begreifen, daß er nicht im Besitz der nötigen Hintergrundinformationen ist, sagt Bruno. Was wird Marcel jetzt mit all den Arbeiten machen?

Vielleicht verscherbelt er sie auf *willhaben*, wie die anderen Dinge auch? Sie schaut Bruno an, zieht die Augenbrauen hoch. Wird Marcel natürlich nicht, sagt sie. Er hofft bestimmt, er kann alles teuer anbringen.

Deshalb liegen die Zeichnungen noch in der Galerie, weil man sich um sie reißt, sagt Bruno kopfschüttelnd.

Ich hoffe, daß er die Arbeiten nicht zerreißt. Das wäre ihm durchaus zuzutrauen, sagt Renata.

In einer antifaschistischen Performance? Bruno bleibt stehen, steckt sich eine Zigarette an. Du ärgerst dich doch hoffentlich nicht, daß ich dir von Marcels Galerie-Besuch erzählt habe?

Bruno zupft eine Fluse von Renatas Schulter und streicht ihr mit der Hand flüchtig über den Rücken.

Renata sieht zur Jesuitenwiese, wo Jugendliche Fußball spielen. An so einem Mannschaftsspiel hat Marcel nie teilgenommen, sagt sie. Er ist noch immer das hochgezüchtete, zartbesaitete Nesthäkchen, das von nichts eine Ahnung hat.

Tief durchatmen, sagt Bruno, der bemerkt, daß Renata beide Schultern hebt und nach Luft schnappt. Ich mag dich sehr, und es tut mir leid, daß dich das alles so schmerzt. Ich kann mir kaum vorstellen, was es für dich bedeutet, daß fast alles von Konrad verschwunden ist und immer noch mehr verschwindet. Bruno schaut in den Himmel, folgt mit den Blicken dem Flug einer Krähe.

Komm, sagt Renata, es ist doch nichts im Vergleich zu dem, was du mit deiner Kamera gesehen hast. Ich muß oft an das Mädchen mit dem Aluminiumteller denken, das du photographiert hast. Oder an den Fünfjährigen im Irak, der in dem Bombenkrater, in dem seine Eltern umgekommen waren, mit einem kleinen Auto spielte. Was aus denen wohl geworden ist?

Der Bub müßte jetzt Mitte zwanzig sein. Bruno hängt sich bei Renata ein. An das tschetschenische Mädchen denke ich auch oft. Ich habe nie vergessen, wie die junge Frau sich nach mir umgedreht und mich angeschaut hat – ich dachte, die springt mich jetzt gleich an. Dieser Gesichtsausdruck, irgendwo zwischen Erschrecken und Wut. Aber sie hat sich photographieren lassen. Andere haben versucht, mir die Kamera aus der Hand zu schlagen. Ich glaube, die wollte, daß ich ihren Überlebenswahnsinn dokumentiere und diese von den Russen bis auf die Grundmauern vernichtete Stadt. – Es ist gut, daß du Abstand gewonnen hast, sagt Bruno, nachdem sie ein paar Schritte weitergegangen sind. Was war mit diesem Petuzzi?

Petrucci, sagt Renata, Concezio Petrucci. Es gibt eine auto-
biographische Erzählung von seiner Tochter Flaminia Petrucci,
ich habe sie damals, Mitte der zweitausender Jahre, für Konrad
gelesen, weil es keine deutsche Übersetzung gab und meines
Wissens noch immer nicht gibt. Flaminia Petrucci war mit Enzo
Siciliano verheiratet. Du kennst ihn von seinem Buch über Pasolini, er hat auch als Schauspieler in Pasolinis *Das 1. Evangelium –
Matthäus* mitgespielt. Die kannten sich alle, die Sicilianos, Pasolini, Moravia usw. – aber das ist jetzt nicht wichtig. Was ich
erzählen will: Concezio Petrucci hat 1934 in Amalfi eine Deutsche kennengelernt, Hilde Brat, die aus Berlin geflüchtet war. Sie
war Jüdin, hatte ihren Sohn Gert aus erster Ehe bei ihrer Mutter
zurückgelassen. Warum, weiß ich nicht. Jedenfalls ging aus der
Ehe Petrucci-Brat 1938 Flaminia hervor. Bis zum Einmarsch der
Amerikaner wurde dem Mädchen gesagt, die Frau an der Seite
ihres Vaters sei eine Französin, erst mit Kriegsende erfuhr Flaminia, daß es sich bei der Frau um ihre aus Berlin stammende
jüdische Mutter handelte.

Man stelle sich mal Troost oder später Speer mit einer
jüdischen Ehefrau vor, sagt Bruno.

Einfach war es auch in Italien nicht. Flaminia beschreibt die
wechselnden Aufenthalte, einmal versteckten sie sich zu dritt im
Atelier eines Bildhauer-Freundes ihres Vaters, stiegen in den
Bauch einer Pferde-Skulptur. Danach sagte man dem Kind, es sei
ein Spiel gewesen.

Ich kann mich an eine Photozeichnung von Konrad erinnern,
auf der eine abstrahierte Fledermaus zu sehen gewesen ist, sagt
Bruno.

Renata grüßt Beppe, er steht in Begleitung eines Mannes auf
der anderen Seite der Hauptallee, winkt herüber.

Ist das nicht Mariannes Ex, fragt Bruno.

Ja, der war mir der liebste von allen, sagt Renata.

Es gab doch auch einen Fledermausturm, sagt Bruno.

Die Arbeit hing im Treppenaufgang im Landhäuschen, sagt Renata. Die hat Marcel auch mitgenommen.

Bruno fährt sich mit der Hand durchs Haar, bleibt kurz stehen. Daß du aber auch gar nichts rechtzeitig an dich genommen hast.

Ich bin nicht davon ausgegangen, daß sie mir alles wegnehmen werden, daß ich nach einem Vierteljahrhundert Zusammenleben keine einzige Photozeichnung behalten darf. Renata macht eine abwehrende Handbewegung.

Die Fledermaus, die du erwähntest, hat Konrad auf eine Erzählung der Petrucci-Tochter bezogen. In ihrem Buch berichtet Flaminia Petrucci unter anderem von einer Reise, die sie zu dritt an die Adria unternommen hatten. Da die Stechmücken in dem kleinen Hotel, in dem sie abgestiegen waren, so lästig gewesen waren, hatte der Vater vorsorglich das Licht ausgeschaltet. In dem Moment war eine Fledermaus ins Zimmer geflogen. Flaminia solle auf ihren Kopf aufpassen, hatte der Vater gerufen, die Fledermaus verfinge sich sonst in ihren Haaren, dann müßten ihre schönen Locken daran glauben. Das Mädchen stellte sich ein kleines, klebriges, Gift speiendes Monster mit großen Ohren und zahlreichen Beinchen vor und war sofort unter dem Leintuch verschwunden.

Am Morgen danach, die Fledermaus hatte das Zimmer längst verlassen, am Himmel war keine einzige Wolke zu sehen gewesen, waren sie zum Strand aufgebrochen. Mit Ausnahme eines Mannes, der von ein paar jungen Herren und Damen umgeben war, die sich ein paar Meter von ihnen entfernt niedergelassen hatten, war niemand da.

Mit einem Eimerchen in der Hand wurde Flaminia von ihrem Vater zu dem nicht sehr großgewachsenen Mann geführt, der in seiner schwarzen Badehose, breitbeinig, die Arme am Boden abgestützt, auf seinem Frotteehandtuch Hof zu halten schien.

Das Mädchen hatte den Mann nie zuvor im Freundeskreis ihres Vaters gesehen. Es merkte sofort, daß dem Vater die Begegnung unangenehm war, daß der Vater mit aufgesetzter Freundlichkeit sprach und ihm von dem käsigen fremden Mann nicht richtig zugehört wurde. Außerdem war dem Vater und Flaminia nicht angeboten worden, Platz zu nehmen. Architekt, das ist Ihre Tochter? Sie ist sehr schön mit ihren blonden Löckchen – Gott segne sie, soll der Mann gesagt haben. Dann wollte er noch von Flaminia wissen, wie sie heiße.

Es sei der Name einer antiken Patrizierin, der Name der römischen Konsularstraße, die an der Piazza del Popolo beginne, erläuterte der Mann und lobte das Mädchen, als habe es den Namen selbst ausgesucht. Er berührte kurz Flaminias Wange, dann bekam das Kind noch von einem Buben, der sich auf eine Geste des Mannes hin genähert hatte, eine kandierte Feige gereicht. Flaminias Vater bedankte sich ehrerbietig, und sie verabschiedeten sich, packten ihre Badesachen zusammen und verließen den ansonsten leeren Strand.

Dieser Mann, sagt Bruno, der den Vater eingeschüchtert hatte, war aber nicht der Duce gewesen?

Erraten. Mussolini hatte sich abseits der Ministerien und Architektenversammlungen mit Concezio Petrucci treffen und vergewissern wollen, daß Petruccis Tochter in Rom geboren war, daß sie einen römischen Namen besaß und getauft war. Nur deswegen hatten die Petruccis diese Reise an die Adria unternommen.

Dem Mädchen aber war vor allem die Fledermaus in Erinnerung geblieben, es dachte mit Grauen an die Horrornacht, daran, daß sich an jenem Ort die Fledermäuse in den Haaren verfangen und darin gefangen bleiben.

Vielleicht liege es am iPhone-Format, sagt Renata, daß sie an die Quartett-Spielkarten in ihrer Kindheit denken müsse, wenn sie Tinder aktiviere. Sie beginne, die Männer in Sätzen von zusammengehörigen Spielkarten zu denken: Da gebe es zum Beispiel Hundebesitzer, Sonnenbrillenträger, Meerurlauber, Sportler, Autofetischisten, Zungenzeiger, sogar Trinker, die sich mit vollen Gläsern oder Flaschen zeigten.

Sie ordne die Männer in ihrem Kopf nach ihren Symbolen. Sie wische diese Bilder nach links und warte nur darauf, daß endlich ein Bild auftauche, das nicht in eine dieser Kategorien paßt.

Und, fragt Elsbeth, bist du fündig geworden?

In wenigen Minuten schaffe ich es, vier Sonnenbrillenträger, vier Autofetischisten, vier mit Hunden schmusende Herrchen und so weiter abzulegen. Ich gewinne jedes Liebesquartett!

Na, dann, sagt Elsbeth. Erzähl schon, wie heißt er.

Glück im Spiel, Pech in der Liebe, sagt Renata.

Elsbeth hatte so lange am Telephon nachgebohrt, bis Renata von Matthias erzählt hatte. Daß sie ihn aufgrund der Tinder-Bilder beim ersten Treffen kaum erkannt habe. Daß er geschmacklos gekleidet gewesen sei und sich schon in der ersten halben Stunde seiner tantrischen Fähigkeiten gerühmt habe. Daß sein Hemd so zerknittert gewesen sei wie seine Haut und daß er in Wirklichkeit nicht vierundfünfzig, sondern vierundsechzig gewesen sei. Auf diese Lüge angesprochen, sei ihm keine bessere Ausrede eingefallen, als zu behaupten, er habe sich beim Ausfüllen der Tinder-Maske vertippt.

Die Übermittlung falscher Signale liege in der Natur, hatte

Elsbeth geantwortet. Der Frosch verwandele sich auch und tue, als sei er eine Pflanze oder Erde, um nicht von seinen Feinden gefressen zu werden.

Je kleiner das Gehirn bei Fröschen, desto größer die Fähigkeiten zur Camouflage, hatte Renata geantwortet. Solche Exemplare haben weniger Freßfeinde. Gibt es hingegen viele Beutegreifer, entwickeln die Tiere muskulöse Hinterbeine für die Flucht, sie können es sich leisten, aufzufallen, und sind intelligenter. So einen Frosch würde Renata küssen oder gegen die Wand werfen! Allein schon wegen der kräftigen Hinterbeine!

Daß sie am liebsten einen Pfeilgiftfrosch küssen würde, hatte sie Elsbeth gegenüber nicht erwähnt. Sein Nervengift würde zu einer schlagartigen Muskel- und Atemlähmung führen. Auf diese Weise wäre es Renata endlich möglich, jenen Mann wiederzusehen und zu küssen, nach dem sie das größte Verlangen hat: Konrad.

In Wirklichkeit hat Renata nicht vor, freiwillig die Welt zu verlassen, aber der Gedanke, jederzeit verschwinden zu können, den einen, sicheren Ausgang aus dem Labyrinth zu kennen, erscheint ihr noch immer tröstlich.

Wann ist dein Mann gestorben, hatte Matthias gefragt. Hast du ihn sehr geliebt? Er habe bereits seine Erfahrungen mit Witwen und keine Lust auf die ständigen Vergleiche mit dem toten Ehemann, keine Lust auf die wiederkehrenden Erinnerungen.

Renata hatte unterdessen an Corrado-Ricordo gedacht und sich bei ihm entschuldigt, daß sie das Versprechen nicht halten könne.

Ob sie eine Putzfrau habe, hatte Tinder-Mann Matthias mit Blick auf Renatas lackierte Fingernägel noch wissen wollen. Warum Renata die Haare nicht offen trage. Wie ihr Verhältnis zu ihren Eltern und zu ihrer Familie sei. Keine Kinder? Das sei schon mal gut.

Das Schlimmste an ihrem Witwenstand, hatte Renata zu Matthias gesagt, sei ihr überanstrengter Geduldsfaden. Die frühere, lange Liebe habe ihn stark und unempfindlich gemacht, doch inzwischen sei er ziemlich zerschlissen und gerade jetzt dabei, abzulaufen.

Matthias hatte nicht gleich verstanden. Erst als Renata aufgestanden war, hatte er sie gefragt, ob er etwas Falsches gesagt habe.

Es war alles goldrichtig, hatte Renata geantwortet und ihm ihre schmucklose Hand gereicht.

*

Daß sie das Hufeisen vermisse, das am Garderobenständer hing, erzählt Renata. Konrad habe es bei einem Spaziergang im Prater gefunden.

Sie steht mit Marianne am Ufer des Neusiedlersees. Hier, an der Mole West, sind Renata und Konrad oft gewesen.

Marianne schüttelt den Kopf. Hat Marcel das auch mitgehen lassen?

Es hing ohnehin falsch, sagt Renata. Ich hätte es mit den Enden nach oben befestigen müssen, damit das Glück hineinfallen kann. – So ist es am Ende herausgefallen.

Marianne greift nach Renatas Hand. Sie blicken aufs graue Wasser.

Die Bootsmasten mit den eingezogenen Segeln bewegen sich kaum. Es ist fast windstill.

Konrad geht mir verloren, sagt Renata. Ich kriege ihn kaum noch zu fassen.

Die Toten fordern unsere Phantasie heraus, sagt Marianne. Man muß sie in die Fremde überführen.

Doch wo ist dieses Fremdland, fragt sich Renata.

*

Elmar trägt eine Trachtenjacke und blickt auf eine Maß Bier, dahinter wedeln die Dirndlröcke tanzender Frauen, ihre Körper sind nur bis zur Taille zu sehen. Das zweite Bild zeigt eine Garage, in der ein neuer BMW steht.

Walter, vierundfünfzig, schreibt, er sei pflegeleicht und waschbar bis vierzig Grad.

Goran zeigt sich nicht, es ist nur zu erfahren, er sei verheiratet und arbeite nicht für die Geisterbahn.

Ekkehard photographiert sich vor einem Spiegel, das Mobiltelephon verdeckt Kinn und linke Wange. Hinter ihm, auf einem Regal, stehen ein Kruzifix und eine Madonnenstatue. In einem Silberrahmen ist das Bild einer älteren Frau zu sehen – seiner Mutter?

Igor trägt einen graumelierten Dreitagebart mit Konturenschnitt, er hält eine Kamera in der Hand, ist einen Meter achtundachtzig groß und verrät, daß er gerne schwimmt, kocht, liest, ins Kino geht. Das zweite Bild zeigt ihn am Pool sitzend von hinten. Sein Rücken ist von einer seltenen Schönheit, kräftig, durchtrainiert, unbehaart.

Zwei Stunden später, Renata hat Igor ebenfalls gelikt, fragt der fremde Mann nach einem kurzen SMS-Wechsel, ob er Renata anrufen dürfe, weil er nicht gerne schreibe.

Igors Stimme klingt angenehm. Würde er singen, läge sie zwischen Bariton und Bass. Er unterrichtet an einer Höheren Technischen Lehranstalt, ist alleinstehend, kinderlos. Seine letzte Beziehung, erzählt er, habe eineinhalb Jahre gedauert, dann sei die Frau nach Australien ausgewandert. Die vorletzte Frau, eine Dänin, sei nach einigen Monaten nach Odense zurückgekehrt.

Ob Renata auch vorhabe, Österreich zu verlassen? Schon nach zehn Minuten Small talk will Igor wissen, was Renata frühstücke.

Sie frühstücke nicht viel, in dieser Hinsicht liebe sie es italienisch: Eine Tasse Kaffee und ein Croissant würden reichen. Ein Stück Brot mit etwas Marmelade tue es auch.

Aber wie sie den Kaffee trinke, will Igor wissen. Espresso? Mit Milch? Kalte? Warme? Milchschaum? Oder ohne? Mit Zucker? Ohne? Süßstoff?

Sie hätten einander doch noch gar nicht gesehen, versucht Renata, ihn einzubremsen.

Die Zubereitung des Kaffees am Morgen sei essentiell, sagt Igor, er müsse wissen, was seine Liebste bevorzuge.

Igor insistiert. Igor interpretiert. Igor instruiert. Er zählt Kaffeesorten auf, Zubereitungsarten, fragt die mehr und mehr verstummende Renata, ob sie den Kaffee ans Bett serviert haben wolle oder lieber in der Küche trinke. Sitzend? Oder doch lieber stehend?

Aber er wisse doch noch nicht einmal, wie sie aussehe, sagt Renata. Sie kennten einander noch gar nicht.

Sie hält das Mobiltelephon ans Ohr und schaut aus dem Fenster, während Igor von arabischen Sufimönchen spricht, die sich mit Kaffee bis zu den Mitternachtsgebeten wachhielten, von kunstvollen Zeremonien, in denen die Bohnen auf offenem Feuer geröstet und das Getränk anschließend mit Zimt und Kardamom gewürzt werde, von seiner besonderen Vorliebe für äthiopische Kaffeebohnen aus naturbelassenen Waldgärten. Während er ihr verspricht, daß er sie mit Limu-Kaffee verwöhnen werde – Oh, den wirst du mögen! –, daß diese besondere Sorte ein wenig nach Traube und Zartbitterschokolade schmecke, daß er auch einen Kaffee mit Vanille-Note vorrätig habe, geht Renata zur

Wohnungstüre. Als Igor von einer Sorte mit Karamell-Geschmack zu schwärmen anfängt, die Renata unbedingt probieren müsse, öffnet sie leise ihre Wohnungstüre und drückt auf die Klingel, die vor wenigen Tagen repariert worden ist.

Sie würde allein bleiben, beschließt Renata. Sie würde auch ohne einen Mann ein gutes Leben führen. Was sollte sie auch mit Jeep-Fahrern, Naturgewalten, trinkfreudigen Verwahrlosten, mit Hundeküssern und Tantrismus-Anhängern anfangen? Was mit einem Kaffee-Fetischisten? Mit einem personifizierten Wagen? Sollte sie den etwa fragen, ob sie seinen Kotflügel streicheln dürfe?

Renata legt sich mit dem iPad aufs Bett und schaut sich Youtube-Filme an, langweilt sich, fingert an sich rum, wechselt auf die Pornoseite. Rein, raus, rein, raus. Doggy Style. Elefantenstellung. Löffelchen. Sex im Stehen. Missionarsstellung. Sex beim Duschen. Schnelle Schnittfolgen. Offene Münder. Verdrehte Augen. Jeder zweite Körper ist voller Tattoos. Rosen. Hundeköpfe. Löwen. Kruzifixe. Blumen. Drachen. Skorpione. Eulen. Sanduhren. Totenschädel. Ganze Comicserien auf einem einzigen Rücken. Haben diese Frauen und Männer keine anderen Ausdrucksmöglichkeiten mehr?

Eine Weile betrachtet Renata einen fickenden breitschultrigen Mann, auf dessen Brustkorb ein Tiger die Zähne fletscht. Welche Frau möchte auf Dauer als Beute unter einem Raubtier zu liegen kommen?

Renata schaltet das iPad aus, schließt die Augen.

Auf ihre Finger ist noch immer Verlaß.

Stiglit, didelit, stiglit, didlilit, tönt es von draußen.

Renata streicht die Tagesdecke glatt. Mit weichen Knien geht sie durch die Wohnung, aus der sich so viel verabschiedet hat:

Nicht nur Konrad ist daraus verschwunden und mit ihm ein Stück Lebenssinn, auch sein Hausrat und seine Arbeiten, die er zu Lebzeiten niemals aus Renatas Blickfeld hätte entfernen lassen, sind bis auf drei eindeutig Renata gewidmete Photozeichnungen nach Innsbruck verbracht worden.

Als Marcel das erste Mal nach Konrads Tod in Wien zu Besuch gewesen war, hatte er hinter Renatas Rücken – sie war entweder schon schlafen oder kurz einkaufen gegangen – das Inventar der Wohnung abphotographiert, um die Aufnahmen hinterher Henriette unterbreiten zu können. Diese hatte dann auf den ausgedruckten Bildern jene Möbel, Photozeichnungen und Gegenstände mit roten Kreuzen versehen, von denen sie behauptete, sie gehörten Konrad, er hätte sie schon vor der Beziehung mit Renata besessen.

Nachdem Marcel das Wagramer Landhäuschen leer geräumt hatte, war er wohl nicht mehr mutig genug gewesen, selbst vorbeizukommen, um die restlichen Wiener Photozeichnungen und Einrichtungsgegenstände abzuholen.

Er hatte einen Spediteur vorbeigeschickt, der in Begleitung von Rudolph aufgetaucht war, unangekündigt. Es sei – so Rudolph zu Renata – alles rechtens, und man ließe Renata ohnehin mehr, als ihr zustünde.

Dieser selbsternannte, pomadisierte Verlassenschaftsexperte, der zu Konrads Lebzeiten nie in ihrer gemeinsamen Wohnung gewesen war, der Konrad nie im Landhäuschen am Wagram besucht hatte, war am Ende wie ein Gerichtsvollzieher durch die Räume gegangen, hatte Bilder abgehängt und Vasen in Luftpolsterfolien gewickelt.

Hätte Konrad wie Renata mitansehen müssen, wie sich dieser Rudolph postmortal einen Platz sicherte, den er in Konrads Leben nie gehabt hatte, wie sich dieser ehemalige Schulfreund die Rolle des familiären Erbverteilers anmaßte, er hätte ihn hochkant rausgeworfen.

Gib den beiden alles mit, hatte Bruno gesimst, nachdem Renata ihn per SMS über den Besuch der beiden Wohnungsräumer informiert hatte. *Vergiß die 1980er-Jahre-Pornomagazine nicht, die du in dem alten Koffer gefunden hast!*

Renata betrachtet die bilderlose Wand über dem Sofa, auf der Konrad probeweise Arbeiten aufgehängt hatte. Er hatte es geliebt, die eigenen Photozeichnungen zeitverzögert zu kommentieren. Es war ihm wichtig gewesen, einen anderen, späteren Blick auf seine Bilder werfen zu können. Manchmal fertigte er sogar von der gleichen Photographie eine neue Überzeichnung an und verwarf die alte. In fast allen Photozeichnungen fanden sich ironische, kritische Details. Sogar die von Konrad bevorzugte Stadt Sabaudia, die von den linken Intellektuellen in den siebziger Jahren zum Feriendomizil auserkoren worden war, blieb nicht verschont. Durch die angrenzenden Naturschutzgebiete war Sabaudia nach dem Krieg weniger anfällig für unkontrollierte Bautätigkeiten gewesen, aber die Meinung, Sabaudia sei im Gegensatz zu den anderen Pontinischen Städten aus einer antifaschistischen Haltung heraus entstanden, hatte Konrad nie geteilt. Die Stadt stellte weder eine Unterbrechung der faschistischen Städtebaukultur dar, noch konnten berühmte Sabaudia-Urlauber wie Alberto Moravia, Pier Paolo Pasolini, Bernardo Bertolucci oder Dacia Maraini – die Badestätten waren allerdings erst nach dem Krieg ausgebaut worden – Konrad davon überzeugen, daß die Stadt eine Sonderrolle eingenommen hatte. Renata und Konrad waren erst wenige Wochen zusammengewesen, da hatte Konrad Renata eine Arbeit gezeigt, eine Kopie des Ausführungsentwurfs von Sabaudia aus dem Jahr 1933, den Konrad übermalt hatte.

Was Renata in der Grundform des Stadtplanes erkenne, hatte Konrad wissen wollen. Renata hatte erst gar nicht verstanden, was Konrad meinte. Venedig sehe aus wie ein Fisch, hatte er gesagt. Was siehst du in Sabaudia?

Eine einschlagende Granate?

Aber nein! Erkennst du das Herz nicht? Die Straßen als Venen und Arterien?

Konrad hatte sich damals auf seine Rom- und Latium-Reise vorbereitet, auf der Renata ihn nicht hatte begleiten können. Es war die Reise gewesen, bei der er Catarina getroffen hatte, ihr Gast gewesen war. Nur ihr Gast?

Wohin war diese Herz-Zeichnung verschwunden? Renata hatte sie nie wiedergesehen. War es gar eine Arbeit für Catarina gewesen? Stand da etwa auch auf der Rückseite: Für Catarina, mit großer Zuneigung?

Vorgestern hatte sie Bruno beim Spazierengehen im Prater von Gert erzählt, dem Halbbruder Flaminia Petruccis. Aufgrund seiner Privilegien als faschistischer Architekt war es ihrem Vater, Concezio Petrucci, gelungen, für seine Hilde arische und französische Papiere zu beschaffen. Die gemeinsame Tochter Flaminia durchlief, obwohl nach der Halacha jüdisch, die katholische Erziehung, um von den Folgen der Rassegesetze, die im November 1938 in Italien in Kraft getreten waren, verschont zu bleiben.

Die jüdische Berliner Großmutter war nach Spanien geflüchtet und hatte nicht mehr die Kraft gehabt, sich in dieser Hölle, die Berlin geworden war, um den kleinen Gert zu kümmern. Sie vertraute das Kind einem Cousin an.

Für Flaminias Mutter und damit auch für die spätere Ehe ihrer Eltern, aber auch für die Großmutter, die sich für den Rest des Lebens mit Vorwürfen quälte, war Gerts Tod eine Katastrophe gewesen.

Renata hatte Bruno am Mobiltelephon Petruccis Bauten am Lungomare von Bari gezeigt, dann, in ihrem eigenen Photoordner digitale Reproduktionen der Photozeichnungen Konrads von den Bauten Petruccis in Pomezia und Aprilia, zuletzt die Fassade der Kirche des Borgo Segezia, jene Vorderansicht, welche mit Majolica-Fliesen bestückt ist. Jede einzelne, hatte Renata Bruno erklärt, sei handbemalt, nach einer alten Tradition gebrannt. Daß Renata nicht mehr gewußt hatte, wieviele Fliesen es insgesamt waren, hatte sie nicht gestört, aber als Bruno nachgefragt hatte, ob Concezio Petrucci auch diese besonderen Fliesen bemalt und hergestellt habe, war Renata unsicher geworden.

Ich kann mich nicht mehr spontan vergewissern, hatte Renata zu Bruno gesagt.

Es waren diese Fliesen, über die Concezio Petrucci mit seinem Freund Alfredo in Amalfi gesprochen hatte. Hilde, Flaminias Mutter, war – wie jedes Jahr – für ein paar Tage an den Golf von Salerno gekommen, hatte diesen Alfredo bereits aus Salzburg gekannt – die Familien waren inzwischen öfters gemeinsam auf ein paar Tage in Meran gewesen –, und doch war dieses Mal nicht *jedes Jahr*. Hildes Ehemann, ein Textilfabrikant, hatte versprochen, nach Amalfi nachzukommen, aber der Kontakt nach Berlin war abgebrochen, und im Gespräch mit den beiden italienischen Herren auf der Terrasse eines Restaurants war Hilde Brats Interesse an dem jungen Architekten erwacht, zu dem sie sofort Vertrauen gefaßt hatte. Hilde hatte sogar ihren Noch-Ehemann fragen wollen, ob er einverstanden wäre, daß Concezio Petrucci eine Villa für sie in Amalfi entwürfe.

Bruno hatte nach Renatas Hand gegriffen und gesagt, er sei froh, daß sie endlich wieder Geschichten erzähle, sogar eine Liebesgeschichte, daß er sie zum ersten Mal aufgeräumt erlebe. Er hatte *aufgeräumt* gesagt, dieses nüchterne Wort, das Renata aber gefiel, weil ihr in diesem Augenblick bewußt geworden war, daß sie ihr inneres Chaos allmählich in eine neue Ordnung brachte.

Sie hatten nach dem Kaffee mehrere Gläser Grünen Veltliner getrunken, und in der Folge Bruno von ihren Nachforschungen erzählt, daß sie Tage zuvor stundenlang Konrads Dateien nach einer Frau durchforstet habe, deren Vorname mit C. beginne, vermutlich handele es sich um eine gewisse Catarina, eine italienische Architektin, mit der Konrad vor fünfundzwanzig Jahren Kontakt gehabt habe, aber bis auf zwei Babybilder, die besagte Catarina vor zig Jahren geschickt habe, sei nichts zu finden gewesen.

Erst am späteren Abend habe sie in einem Kuvert, am Boden der Photoschachtel, die Geburtsanzeige gefunden, die sie nie zuvor in Händen gehabt, die Konrad ihr – da sei sie sich sicher – nie gezeigt habe. Der Name des Kindes: Adina.

Bruno hatte sie fragend angeschaut.

Corrado, Konrad. Die weibliche Form sei Corradina. Adina.

Ob ihr Ordnungssinn und ihre Phantasie nicht doch zu ausgeprägt seien, hatte Bruno gefragt.

*

Nachts, im Traum, fährt Renata von der Autobahn ab. Das Licht ist gleißend, der Himmel erbarmungslos blau. Es hat draußen sechsunddreißig Grad, und es ist kaum jemand unterwegs. Renata ist sich nicht sicher, ob sie auf der richtigen Straße ist.

Sie hat leichte Kopfschmerzen, die kalte Luft der Entlüftungsanlage trifft vor allem ihr Gesicht, während sich ihr Rücken anfühlt, als klebe er am Sessel. Ihre Augen sind von dem grellen Mittagslicht müde, sie blickt abwechselnd auf die freie, gerade Straße, dann wieder auf ihre linke Hand, die das Lenkrad umfaßt. Die Hand kommt ihr vor, als gehörte sie ihr nicht, als hätte sie jemand anderer in dem Auto vergessen.

Du mußt stehenbleiben, sagt sie sich, aber hier? Wo sollte sie hier stehenbleiben? Endlich, ein Schild zeigt an, daß sie sich auf der Strada statale nach Foggia befindet. Sie ist wieder, noch einmal, auf dem Tavoliere delle Puglie. Am Straßenrand hat sie schon mehrere Prostituierte stehen sehen, eine hat einen Sonnenschirm aufgespannt, und schon aus der Ferne sieht Renata, daß die Frau, von der sie zunächst nur eine bewegte Silhouette erkannt hat, in der von der Hitze flirrenden Luft über dem Asphalt einen Stangentanz aufführt. Als Renata die Stelle mit dem Wagen passiert, hält sich die Frau mit beiden Händen an der Schirmstange fest und streckt Renata den Po entgegen.

Hinter der Frau ist nichts, nur Weizenfelder, Olivenhaine und Zuckerrübenfelder. Renatas Mund ist trocken, sie schwitzt, hat nichts zum Trinken dabei, bleibt plötzlich stehen, setzt den Wagen zurück, um die Frau zu fragen, wo sie in der Nähe Wasser kaufen könne. Aber sie findet die Frau nicht mehr. Sie fährt und fährt im Rückwärtsgang, immer schneller, mit nach hinten gedrehtem Kopf, um nicht von der Straße abzukommen. Sie wacht auf, verrenkt, verdreht, der Nacken brennt.

Fahr hin, hatte Bruno noch gesagt. Fahr nach Apulien. Ins Latium. Fahr in die Pontinische Ebene. Besuche die Retortenstädte, besuche diese Catarina, geh in Konrads Bildern spazieren, damit du siehst, sie sind noch da.

*

Marianne kommt mit dreißig Minuten Verspätung ins Café Korb, im Schlepptau Paul, der für ein paar Tage in Wien ist. Er ist wieder nach Rom gezogen, sitzt im Staatsarchiv und beschäftigt sich neuerdings mit den geheimen Nachrichtendiensten, mit Agenten und Spionen, wie diesem Karl Hass, der als SS-Sturmbannführer im März 1944 am Massaker in den Ardeatinischen Höhlen am Stadtrand von Rom beteiligt gewesen war. Für die dreihundertfünfunddreißig Toten in den Höhlen wurde Hass erst im März 1998 zu lebenslanger Haft verurteilt, in den Nachkriegsjahren arbeitete er unter anderem für den US-amerikanischen Militärnachrichtendienst gegen die italienischen Kommunisten.

Ist das der Mann, der als Bauernknecht in Südtirol untergetaucht ist? Den man zig Male gefaßt hat? fragt Marianne.

Er ist ihnen immer wieder entwischt, sogar aus dem Kriegsgefangenenlager in Rimini, sagt Paul. Er stemmt sich gegen die Lehne und streckt kurz seine Beine aus. Seit 1947 galt er als verstorben, was seiner Agententätigkeit zugutekam.

Paul erzählt detailreich von den einzelnen Stationen im Leben dieses Mannes, so daß Marianne, als Zeichen ihrer Genervtheit, die Stirn nach oben zieht.

Daß der Totgeglaubte in Viscontis *Die Verdammten* sich selbst gespielt hat, wußte ich nicht, sagt Renata. Ob Visconti wußte, daß er einem Mörder eine Rolle in seinem Film gegeben hatte?

Ein Arbeitsleben lang mit kranken Nazis und Faschisten Umgang haben – ich könnte das nicht, sagt Marianne zu Paul gewandt. Willst du dir nicht einmal ein anderes Thema suchen? Sie hebt das Seidentuch auf, das Renata von der Stuhllehne gerutscht ist.

Ich habe Konrad noch versprochen, einen Beitrag zu seinen pontinischen Photozeichnungen zu schreiben, sagt Paul, das hat sich nun, nach den neuesten Entwicklungen, wohl erübrigt. Mit dieser Familie will ich nichts zu tun haben.

Niemand hindert dich daran, sagt Renata.

Ich fand es schon erstaunlich, daß die Bewohner der Retortenstädte nach dem Ende des Zweiten Weltkriegs nichts, aber auch gar nichts unternommen haben, um sich der faschistischen Symbole und Inschriften zu entledigen. Kein Akt der Befreiung. Alle lebten weiter wie bisher, sagt Paul.

Eine Menge dieser Dekors, sagt Renata, blieb quasi als *Kunst am Bau* erhalten. Es gab meines Wissens eine gesetzliche Regelung, wonach Kunst von den Maßnahmen der Defaschisierung ausgenommen war.

Schon, aber unter Berlusconi und unter der erstarkenden Alleanza Nazionale kam es zu einer dezidierten Neuaufwertung, sagt Paul und bestellt einen zweiten doppelten Espresso.

Renata erzählt, Konrad habe ihr von einer Bürgerversammlung in Aprilia berichtet, in der Ende der neunzehnhundertneunziger Jahre jemand spaßhalber den Vorschlag gemacht haben soll, das von den Alliierten zerstörte Rathaus und die wegbombardierte *casa del fascio* neu aufzubauen.

Und die meisten waren dafür, sagt Paul, stimmt's?

Sogar der Bürgermeister.

Er habe gehört, daß Renata vorhabe, nach Rom und ins Latium zu reisen. Ich habe ein Gästebett, sagt Paul. Du kannst jederzeit bei mir übernachten. Tagsüber bin ich sowieso unterwegs, außerdem gibt es nicht einmal eine eifersüchtige Geliebte, der deine Anwesenheit nicht passen könnte.

Das glaubt dir keiner, sagt Marianne.

Ich bin seit einem Monat ohne, sagt Paul.

Hast du gehört, sagt Marianne zu Renata, der Arme ist seit einem Monat *ohne*!

Fährst du mit dem Wagen, fragt Paul.

Kennst du die Geschichte mit dem Saab? Erzähle ihm bitte die Geschichte, sagt Marianne zu Renata gewandt.

Ich werde das Auto nehmen, sagt Renata zu Paul, dort brauche ich es. – Konrad hat den Saab vor zehn Jahren mit einem Kilometerstand von knapp zweiundneunzigtausend für fünfzehntausend Euro gekauft. Zum Zeitpunkt seines Todes belief sich der Kilometerstand auf über zweihunderttausend. Das Auto wies beträchtliche Mängel auf und stand kurz vor der jährlichen Überprüfung. Aber vorher sollte es noch für die Verlassenschaftsverhandlung geschätzt werden, eigentlich Aufgabe der Erben, doch Henriette und Marcel besitzen keinen Führerschein und Konrads Schwester hat Angst vor großen Autos.

Also bin ich mit dem Saab in die Werkstatt des Österreichischen Automobilclubs gefahren und habe das Auto inspizieren lassen. Dreitausend Euro war es zu diesem Zeitpunkt noch wert gewesen. Die Investitionen, die anstanden, schätzte der Begutachter auf mindestens zweitausend Euro.

Klar, sagt Paul, schon nach drei Jahren ist sogar ein Neuwagen nur mehr die Hälfte wert.

Trotz dieser Informationen, sagt Marianne, haben die Grasmanns Renata den Wagen über einen Anwalt für sechzehntausend Euro zum Verkauf angeboten. Teurer als ihn Konrad gekauft hatte! Dabei verfügte er im Testament, daß er ihr zugesprochen werden soll.

Sie haben mir angeboten, ich könne den Betrag auch abarbeiten, sagt Renata.

Paul verschränkt seine Arme hinter dem Kopf. Du hast selbstverständlich abgelehnt, sagt er.

Was sonst. Am Ende habe ich den Saab für einen Euro bekommen, denn die Kosten für die Überstellung des Autos nach Innsbruck wären höher gewesen als der Gesamtwert des Autos. Sie mußten froh sein, daß sie die Karre losgeworden waren.

Das Brüderchen hat sich alles geschnappt, was sich in Geld verwandeln läßt, sagt Marianne.

Renata muß an die Muschelbruchstücke denken, die ihr ein Architektenfreund Konrads wenige Tage nach der Verabschiedung vorbeigebracht hatte, Abdrücke von Herz- und Venusmuscheln aus dem Eggenburger Meer, die er aus einer Sandgrube bei Obernholz geborgen hatte. Das Meer erstreckte sich vor zwanzig Millionen Jahren vom Indopazifischen Ozean bis zu den Küsten des niederösterreichischen Waldviertels. Was war dagegen ein japanisches Messer oder die Savoy-Vase von Alvar Aaalto? Beides konnte Renata nachkaufen.

Ich würde diesem Brüderchen die Autoreifen aufschlitzen, sagt Marianne.

Du kannst höchstens Konrads Fahrrad demolieren, das jetzt in Marcels Besitz ist. Marcel hat doch nicht einmal die Führerscheinprüfung geschafft.

Du tinderst? Paul, beim dritten Bier angelangt, macht große Augen.

Gelegentlich, sagt Renata, aber sie schrecke vor realen Treffen zurück. Paul fragte sie, nachdem Marianne heimgegangen war, was sich an der Männerfront tue.

Front klinge so kriegerisch, hat Renata geantwortet.

Seine einzige, länger währende Tinder-Beziehung sei letztlich daran gescheitert, daß sie sich nicht einigen konnten, welcher Art ihre Liebesgeschichte sein sollte. Ich war für die Wahrheit, sagt Paul, aber Francesca wollte nicht, daß ihre Freunde erfahren, daß wir uns das erste Mal digital begegnet sind. Sie bestand darauf, daß wir uns eine Geschichte aus dem echten Leben ausdenken. Meine Vorschläge gefielen ihr nicht. Sie waren auch nicht sehr einfallsreich: ein Gespräch an der Bar; eine kleine Kollision mit der Vespa ...

Und wie waren ihre?

Völlig unrealistisch. Romantisch, sagt Paul.

Kann ich verstehen, sagt Renata. Romantik kommt beim Durchblättern der überwiegend schlechten Photos nur sehr selten auf. Wenn ich nicht schon so beschäftigt wäre, hätte ich eine lukrative Geschäftsidee.

Die da wäre?

Gegen Bezahlung Liebesgeschichten erfinden, damit sich die Tinder-Paare unseres Alters – die jungen haben sowieso kein Problem damit – nicht genieren müssen. Oder den ungeschickten, ästhetisch wenig begabten Herren ein erträgliches Profil erstellen.

Ohne WC- und Aufzugsphotos? Paul lacht. Kriegen das die Männer auch nicht hin?

Vor allem sollten sie deutlich machen, was sie wollen. Eine Wochenendbeziehung? Eine Affäre? Eine Zweit- oder gar Drittfrau? Oder doch eine Partnerin, die man zur Beerdigung eines Elternteils begleiten oder im Krankenhaus besuchen würde, wenn es zu einem Eingriff käme? Ich habe den Verdacht, daß einige, die früher zu Prostituierten gegangen sind, es jetzt auf diesen Plattformen versuchen, weil sie sich den Stundensatz des Laufhauses ersparen wollen, sagt Renata.

Auf der Frauenseite hingegen tummeln sich jede Menge Professionelle, sagt Paul. Und viele Männer erkennen das in ihrer Bedürftigkeit und Naivität gar nicht. Aber was kann man in unserem Alter noch wollen?

Liebe oder Sex als willkommene Unterbrechung sind mir zu wenig, sagt Renata.

Francesca nannte es *Erlebnis ohne Ergebnis*, sagt Paul.

Renata erzählt von Andreas. Sie hatten vor zehn Tagen das erste Wochenende zusammen verbracht, waren durch den Wienerwald gestrichen, hatten sich Ausstellungen angesehen, waren im Kino gewesen, hatten miteinander geschlafen und gefrühstückt.

Andreas' letzte Beziehung sei an den verschiedenen Ansichten über die Erziehung des Golden Retrievers seiner Partnerin gescheitert. Ich habe mich gefragt, sagt Renata, ob er möglicherweise auf den Hund seiner Ex eifersüchtig gewesen sei. Andererseits teile Renata aus eigener Erfahrung Andreas' Abneigung gegen Hundehalter, die ihre Vierbeiner wie menschliche Wesen behandeln. Sie habe einmal einen solchen Hundebesitzer als Geliebten gehabt, erzählt Renata. Der Hund habe neben dem Doppelbett auf *Wolke 7* geschlafen, das sei der Name des Hundebetts gewesen, und habe ihnen beim Vögeln zugesehen. Ich habe mich nicht getraut, lauter zu werden, sagt Renata, weil ich Angst hatte, der Hund könnte die Situation mißverstehen und mich anspringen.

Paul lacht. Das kenne ich.

Während der Fahrt mit Andreas auf der Höhenstraße Richtung Stiftswald seien ihr, als sie sich nach ihrer Tasche gebückt habe, die vielen Hundehaare auf der Fußmatte und am Sitzrand aufgefallen. Ich habe mich gefragt, ob er noch Kontakt zur Ex hat oder ob diese Beziehung, von der er gerade gesprochen hatte, eben erst zu Ende gegangen war.

Es sei gewiß nicht der Hund allein schuld gewesen, habe sie zu Andreas gesagt.

Am Sonntagabend, nachdem er sich verabschiedet hatte, ging Andreas zum Auto hinunter, das er vor dem Haus abgestellt hatte. Ich habe mich in alter Gewohnheit zum Fenster gewandt, es geöffnet, um ihm noch zu winken, aber er vergaß, die Hausfassade hochzusehen. Ich sah durch die Frontscheibe des Autos, wie er das Mobiltelephon aus dem Sakko zog, an ihm rumdrückte, eine SMS verschickte und es dann an der Ladestation ansteckte. Dann zupfte er am Beifahrersitz einzelne Haare von der Kopfstütze und entsorgte sie über das Autofenster. – Es waren meine, sagt Renata. Ich verliere gerade viele.

Ich will lieben, ohne mir die Spurenbeseitigung dieser Liebe anschauen zu müssen. In der Nacht davor, Andreas hatte mich schlafend vermutet, leuchtete das Display seines Mobiltelephons auf. Er hatte mir den Rücken zugekehrt und las die Nachricht.

Ich habe keine Lust gehabt zu fragen, warum er wach sei, was dieser Nachrichtenwechsel mitten in der Nacht zu bedeuten habe. Wieso bringt mich einer in die Situation, daß ich mich schlafend stellen muß, weil ich sonst unangenehme Fragen stellen müßte?

Was ist dieser Andreas von Beruf, fragt Paul.

Mathematiker, mit Hang zum Vorrechnen.

Es bleibt immer etwas zurück, sagt Renata. Bei jedem neuen Liebesversuch, der nur ein Versuch bleibt, wird etwas ausgehöhlt, zerstört, bleibt etwas haften – und seien es nur Haare aus einem Hundepelz. Mit einer Dating-App lassen sich Leerstellen, Höhlen und Löcher schnell wieder füllen. Der Illusionskatalog Tinder sorgt für immer neue Lebens- und Liebesentwürfe. Die Hoffnungen nehmen aber nach jedem gescheiterten Anlauf Schaden. Auch der nächste Partner zeigt sich anfangs von der besten Seite, schon wähnt man sich in einer besseren Realität im Vergleich zur alten Liebesrealität. Aber die Eindrücke und Projektionen stimmen nach kurzer Zeit wieder nicht mehr mit der Lebensrealität der neuen Liebe überein.

Marianne verweigert sich Tinder, sagt Renata zu Paul. Ich kann sie verstehen. Beim Anschauen der Photos komme sie sich wie ein Casting Director vor. Mir geht es ähnlich. Aber vielleicht sind gerade unter den Weggewischten, den Aussortierten, den weniger Attraktiven die intelligenten, einfühlsamen, phantasievollen Männer zu finden, stattdessen wählen wir atavistisch und instinktiv, obwohl manche Frauen meines Alters keine Gebärmutter oder keine funktionierenden Eierstöcke mehr haben und viele ältere Männer längst unter Erektionsstörungen leiden. Wir halten uns bei breitschultrigen Typen mit großen Schwänzen auf, dabei waren zumindest in meinem Liebesleben die Adonisse diejenigen Männer gewesen, die wenig Ahnung hatten, wie man eine Frau anfaßt.

Warum hatten eigentlich *wir* nie etwas miteinander, sagt Paul.

Vielleicht weil es Konrad gab?

Du warst ihm ein Vierteljahrhundert treu? Das kann ich nicht glauben. Paul zeigt auf sein leeres Bierglas, der Ober macht ein Handzeichen, daß er verstanden hat.

Geständnisse haben wir gemieden, sagt Renata.

Die Monotonie der Autostrada, das Rauschen der Räder auf dem Straßenbelag, die vorgegebene Bahn mit eingezeichneten Linien, innerhalb derer sich Renata fortbewegt, beruhigen sie. Das Fahren erfordert Konzentration und läßt gleichzeitig nur so viel geistigen Spielraum, daß die Gedanken im Kopf flüchtig bleiben, leicht.

Renata erhascht da und dort einen Blick auf bäuerliche Kleinbetriebe, auf Felder und Hügelformationen, auf Baumreihen und ferne Bergketten.

Sie und Konrad waren damals, nach zwölfeinhalb Stunden Fahrt, in Colleferro abgefahren, um zu frühstücken, hatten auf ihrer Reise von Wien nach Sabaudia auf einen Zwischenhalt mit Übernachtung verzichtet, weil Konrad nur wenige freie Tage zur Verfügung gehabt hatte und jeden einzelnen für Recherchen in den Neustädten hatte nützen wollen. Konrad war dagegen gewesen, abzufahren, aber Renata hatte sich längst in dem Zustand befunden, in dem sie nicht mehr hätte sagen können, wie sie die letzten hundert Kilometer hinter sich gebracht hatte, in dem mit den gefressenen Kilometern auch die Erinnerung daran verschwunden war und Traum und Wirklichkeit ineinander überzugehen schienen.

Auch jetzt tut sie alles, um die Benommenheit, die sich nun mit aufkommender Morgensonne verstärkt, unter Kontrolle zu halten. Ich kann nicht mehr, hatte sie damals zu Konrad gesagt. Um jeden Widerstand Konrads zu unterbinden, hatte sie sogleich hinzugefügt: Und du kannst auch nicht mehr.

Also hatten sie in *Eisenhügel* – so hatte Renata *Colleferro* genannt – die Autobahn verlassen, und obwohl Konrad bald nach der Ausfahrt bei der erstbesten Bar mitten unter häßlichen Geschäftslokalen, Autowerkstätten und Handwerksbetrieben hatte stehenbleiben wollen, war Renata weitergefahren, immer dem Schild *Centro* nach.

Auf diese Weise hatte sie schon viele Orte entdeckt, doch es fanden sich weder ein historischer Kern, noch eine von Pinien beschattete Piazza, noch eine einladende Pasticceria. Sie gerieten vielmehr in ein Verkehrschaos, denn es war Wochenmarkt gewesen, einen Teil der Straßen hatte man deswegen gesperrt. Konrads Unmut, erinnert sich Renata, war mit jedem weiteren Kilometer gewachsen.

Der Ort Colleferro, hatte Renata, nachdem sie den Wagen an einer Straßenecke geparkt hatte, von einem älteren Herrn erfahren, war erst 1935 gegründet worden, die neu errichteten Zement- und Sprengstoffproduktionsstätten hatten die Expansion und den Zusammenschluß einzelner Siedlungen, die Ende des 19. Jahrhunderts aufgrund der neu erbauten Eisenbahnlinie von Rom nach Neapel entstanden waren, erst möglich gemacht.

Der Name *Morandi* war gefallen, aber Renata hatte keine Zeit mehr gehabt, nachzuhaken, denn Konrad, der noch im Auto den Latium-Führer durchgesehen und nichts über Colleferro gefunden hatte, war sofort aus dem Auto gesprungen und auf eine Bar am oberen Ende der Straße zugesteuert.

Was willst du hier in diesem Kaff? Halblaut hatte er die Frage beim Aussteigen vor sich hin gesagt und war dann davongeeilt. Die Bar, die Konrad ins Auge gefaßt hatte, war drinnen und draußen von Marktbesuchern besetzt gewesen, weshalb sich Konrad für die unverzügliche Weiterfahrt ausgesprochen hatte.

Renata hätte Konrad in Colleferro am liebsten wie einen Hund ins Auto gesperrt und gesagt: Hier wartest du jetzt, bis ich zurückkomme! Sie hatte ihn aber freundlich darauf hingewiesen, daß sie dringend auf die Toilette müsse, daß es gewiß mehr als eine Bar in diesem Stadtviertel gebe, hatte ihn überholt und war, ohne sich nach ihm umzudrehen, in die nächste Straße abgebogen.

Die schlichten Gebäude hatten Renata gefallen, was sie aber damals für sich behalten hatte, um Konrad nicht weiter zu provozieren.

Sie und Konrad hatten sich zu jener Zeit noch nicht lange gekannt, daß eine Andeutung genügte, um sich zu verstehen. Renata erinnert sich, daß sie Konrads Ungeduld und Rechthaberei gekränkt hatten, daß sie sich noch mehr über ihr Stillhalten geärgert und in diesen wenigen Minuten in Colleferro alles in Frage gestellt hatte: die Reise, die Zuneigung zu diesem Mann mit dem hart ausgesprochenen K, der später nie mehr so ungehalten und abweisend gewesen war wie während des kurzen Aufenthalts in dieser Kleinstadt südöstlich von Rom.

Hatte Konrad zu dieser Zeit noch engen Kontakt mit Catarina gepflegt, es gar bedauert, Renata zu den Retortenstädten Mussolinis mitgenommen zu haben?

Renata war sich fehl am Platz, sogar unerwünscht, ungeliebt vorgekommen. Marianne hatte ihr einmal von einem Mann erzählt, der seine intellektuelle Unterlegenheit durch unmotivierte, übertriebene Komplimente, die er anderen Frauen am Tisch machte, gerächt hatte. Vielleicht hatte Konrad Renata nicht für seine Unterlegenheit, aber für die in seinen Augen falsch getroffene Entscheidung bestraft? Von Anfang an war Renata das Gefühl nicht losgeworden, Konrad wäre lieber alleine gereist. Sie hätte sich ihm bloß aufgedrängt.

Sie waren in Colleferro an einer monumental wirkenden Kirche vorbeigekommen, an einer Fassade, die aus drei riesigen Rundbögen bestand. Renata hat den unverputzten Betonbau, hinter dem ein schmaler, zierlicher Kirchturm zu sehen war, noch vor Augen, ein Turm ohne Spitze und ohne Uhr.

Sie hätte Konrad damals gerne gefragt, was er von diesem Kirchenbau halte, der Renata gefallen hatte, aber Konrad war mit dem Durchblättern seines Führers beschäftigt gewesen oder hatte vorgegeben, darin vertieft zu sein, und Renata auf unfreundliche Weise zurechtgewiesen, die in Colleferro vertane Zeit hätten sie besser in Bomarzo oder Palestrina verbringen sollen, um sich den Renaissance-Monster-Park oder das Nil-Mosaik anzusehen. Er hatte etwas von *schlechter Siebziger-Jahre-Architektur* gemurmelt, von *billigen Kopien* des Razionalismus, und als Renata eingeworfen hatte, daß Colleferro 1935 gegründet worden sei, daß hier ein gewisser Morandi gebaut haben soll, hatte er nur ungläubig den Kopf geschüttelt. Morandi? Der Brücken-Morandi? Da hast du wohl etwas falsch verstanden.

Colleferro hatte nicht stattgefunden. Colleferro war ein Synonym für Genervtheit und Mißmut geworden, das in den darauffolgenden Tagen keiner mehr erwähnt hatte. Eineinhalb Stunden später, nachdem Konrad vor Angiolo Mazzonis Post- und Telegraphenamt in Sabaudia angekommen war, hatte Renata wieder ihren gutgelaunten Konrad an ihrer Seite gehabt, der ihr vor Freude über die aus rosarotem Marmor bestehenden Gesimse und die königsblauen Mosaikkeramikblättchen, die für die Verkleidung verwendet worden waren, den Nacken geküßt hatte.

Renata war auf der monumentalen Freitreppe im hinteren Teil des Postgebäudes stehengeblieben, die zur Wohnung des Amtsvorstehers führte, und hatte an Morandi gedacht, nicht an den Brücken-Morandi, über den sie nichts gewußt hatte, sondern an Gianni Morandi, den Schlagersänger, für dessen Lieder sie sich nie hatte begeistern können, nicht einmal für *Notte di ferragosto*, das jedes Jahr spätestens am 15. August landauf, landab in den Radios gespielt wird.

Die Schlaglöcher in den Straßen sind so groß und so tief, daß die Autofahrer um sie herumfahren; Renata fährt Slalom wie die Einheimischen. Sie rast im gleichen Tempo. Ein Mann pfeift ein Schlagerlied nach, das in einem Privatsender von Frosinone läuft, das Lied ist nicht von Gianni Morandi. Und es ist auch nicht Konrad, der pfeift. Es ist der Radio-Moderator, der so pfeift wie einst Konrad. Renata hat Mühe, den Blick scharf zu halten. Die Landschaft, gerade noch trocken, sommerlich, sieht plötzlich aus wie an einem nassen Novembertag. Der Wasserstand in den Augen steigt. Augenebbe. Augenflut. Daß ihr das noch immer passiert.

Sie hält am Straßenrand, an einer Stelle, wo Traktoren auf riesige Felder abbiegen. Etwa einen halben Kilometer entfernt erblickt sie ein schwarzes Pferd in der prallen Hitze. Es kommt

Renata so vor, als bewege es, um Kräfte zu sparen, den Schwanz in Zeitlupe, aber vielleicht schwirren auch die Fliegen bei diesen Temperaturen langsamer.

Schon auf dem Weg nach Sabaudia, vorbei an den schnell wachsenden Eukalyptuswäldern, die in der Zeit des Faschismus gepflanzt worden waren und heute noch als Windschutz dienen, hatte Renata beschlossen, der Geschichte mit Morandi nachzugehen.

Gleich nach der Ankunft, während Konrad Aufnahmen des Rathauses von Sabaudia gemacht hatte, war sie in eine Telephonzelle verschwunden und hatte Marianne angerufen, damit sie in der Bibliothek Bücher über Riccardo Morandi besorge. Vielleicht hatte der Brücken-Morandi in seiner frühen Phase noch etwas anderes als Spannbetonbrücken und Schrägseilbrücken gebaut? Auch wenn Renata damals, verunsichert durch Konrads Reaktion, eher an die Existenz eines namensgleichen, weniger bekannten Architekten gedacht hatte, war sie sich durch die Worte des seriös wirkenden Alten aus Colleferro doch sicher gewesen, daß die Kirche mit den Rundbögen aus den dreißiger und nicht aus den siebziger Jahren stammte.

Die Autos rasen an Renata vorbei, der Fahrtwind läßt den Saab wackeln. Renata trinkt einen Schluck Wasser, wischt sich mit einem Taschentuch die Augen aus, verfolgt eine Weile den Flug eines Bussards, dem sein Junges hinterherfliegt, und beschließt dann, weiterzufahren.

Konrad war Renata später beim Kaffee in der Bar Italia ins Wort gefallen, als sie ein weiteres Mal auf Morandi zu sprechen gekommen war. Jetzt fängst du wieder damit an!

Sie hatte dann, weil er sich in seiner Rechthaberei eingerichtet hatte, das Auto genommen und war nach Torre Paola gefahren, hatte sich auf die Terrasse des Ristorante Saporetti gesetzt, ein Eis bestellt und Konrad seine Sabaudia-Tour allein machen lassen.

In Torre Paola unterhalb des Monte Circeo waren damals nur wenige Leute gewesen, sie trugen ausnahmslos schlichte, in Beige und Dunkelblau gehaltene Kleidung. Die meisten Strandbesucher hatten Zeitungen und Bücher dabei, und keiner, kein einziger, war übergewichtig gewesen oder sah durch Schönheitsoperationen entstellt aus. Es herrschten Dezenz, Eleganz und Stille, als sei die Welt des Großbürgertums an diesem Ort konserviert worden und noch nicht untergegangen.

Am selben Abend, Renata hatte inzwischen von Marianne erfahren, daß nicht nur die Santa-Barbara-Kirche in Colleferro, sondern auch die Konstruktion von mehreren Wohnhäusern von Riccardo Morandi stammten, hatten Renata und Konrad heftig gestritten. Er hatte sich durch ihre Anrufe in Wien bloßgestellt gefühlt, reagierte wie ein trotziges Kind.

Morandisieren war für sie in der Folge zu einem Synonym für *Rechthaben* geworden.

Renata findet sofort zur Piazza Santa Restituta, obwohl sie vorher noch nie in Sora gewesen ist. Wenn man fünfundzwanzig Jahre mit einem Architekten zusammengelebt hat, bekommt man ein Gefühl für Straßensysteme, außerdem fungieren allerorts die Markennamen der innenstadtnahen Geschäfte wie Hinweisschilder.

Es ist schwül, außer ein paar Jugendlichen ist an diesem Sonntagnachmittag niemand auf dem Corso Volsci. In der Gelateria auf dem Hauptplatz serviert man Renata das Eis im Pappbecher, das Mineralwasser ohne Glas. Als sie um eines bittet, bekommt sie einen Plastikbecher.

Die Stadt vermittelt den Eindruck, als wüßte sie nicht recht, was sie aus sich machen soll: Einzelne Bürgerhäuser sind aufwendig renoviert, in der Prachtstraße dagegen viele Geschäfte leer. Dann kommt Catarina, mit fast zwanzig Minuten Verspätung, eine mittelgroße Frau mit kinnlangen grauen, leicht gelockten Haaren. Die Augenbrauen sind noch schwarz, wahrscheinlich gefärbt, denkt Renata und versucht herauszufinden, an wen sie die Frau erinnert. Die tiefe senkrechte Stirnfalte schwächt die Herzlichkeit, die das Gesicht ausstrahlt, auf den zweiten Blick ab.

Sie begrüßen sich, als kennten sie sich schon lange, dabei waren dieser ersten Begegnung nur ein paar Mails vorausgegangen. Catarinas Mutter war nach dem Tod ihres Ehemanns von Sabaudia nach Sora zurückgekehrt. Catarina selbst lebt noch immer in Rom, in San Lorenzo, verbringt aber vor allem die Wochenenden bei ihrer Mutter.

Sie stellt jetzt ihre Tasche und eine etwas unhandliche graue Sammelmappe auf dem leeren Sessel ab.

Racconta di Corrado, sagt sie, wie ist es passiert. Sie sieht abgehetzt aus, entschuldigt sich für die Verspätung. Ihre Mutter sei pflegebedürftig, die Hilfskraft heute ausgefallen. Jetzt sei ihre Tochter Adina bei der Mutter, aber allzu lange könne sie nicht bleiben. Adina lasse sich schnell ablenken. Il telefonino, sagt sie und verdreht die Augen.

Renata erzählt von Konrads Zusammenbruch, im Schnellauf von ihren gemeinsamen fünfundzwanzig Jahren, dem nicht gültigen Testament und von dem jüngeren Bruder, der Konrads Hab und Gut verscherbele. Von den verschwundenen Photozeichnungen hatte sie Catarina schon in einer Mail berichtet. Konrads Kalendernotizen spricht Renata nicht an, auch nicht die grellgelben Post-its, die sie in Architekturbüchern gefunden hat. Ti *aspetto alle ore 20, Catarina* oder – selbe Schrift – *Sei un vero tesoro. Ti amo a modo mio.*

Was für ein Unglück, sagt Catarina, sie ist sichtlich getroffen. Auch wenn wir uns kaum noch gehört haben, habe ich ihn nie vergessen. Ich weiß noch, als wir uns das erste Mal begegneten – es war in Latina. Corrado hatte seinen Wagen vor dem Stadion von Frezzotti geparkt, die Autotüre war offen und er skizzierte auf einem Zeichenblock.

Wann sah man zu der Zeit schon jemanden, der sich intensiv mit dieser Architektur beschäftigte? Und dann stieg er aus, bello, alto, diese Schultern. Ich hatte schon am Nummernschild gesehen, daß er kein Italiener war. Woher ich den Mut nahm, weiß ich nicht, aber ich habe ihn angesprochen. Die Zeichnung, auf die ich beim Vorbeigehen einen Blick geworfen hatte, war beeindruckend gewesen, ein paar schnell hingefetzte Striche – er erfaßte in Windeseile das Wesentliche, ohne ins Karikieren zu verfallen. Das Eingangsgebäude des Stadions – kennst du es? – hat etwas Größenwahnsinniges, Urbanes, das aber auf ein dörflich-ländliches Maß eingedampft wurde. Wir gingen zusammen zum Hauptplatz, und ich führte ihn dann zu Mazzonis Post- und Telegraphenamt, das hinter dem Hauptplatz steht, weshalb es häufig übersehen wird. Frezzotti hat so gut wie alles Wichtige in Latina gebaut, der wollte einen Konkurrenten wie Mazzoni möglichst aus dem Blickfeld haben. Sie lacht. Über die Animositäten und den Konkurrenzkampf der Mussolini-Architekten untereinander könnte man ein ganzes Buch schreiben, meine Großmutter hat mir viel von diesen Herren erzählt, sie war ja mit einem verheiratet. Verzeih, du willst sicher etwas anderes wissen.

Hat dir schon einmal jemand gesagt, daß du aussiehst wie Elsa Morante?

So habe ich meine erste Lebensgefährtin kennengelernt,

sagt Catarina. Im Ernst. Angela sah in mir wohl eine Art Wiedergeburt. In Wirklichkeit war ich ihr zu simpel, mein Architektinnendenken hat nicht zu ihren Vorstellungen von mir als Double-Morante gepaßt, sie hat mich bald verlassen und sich eine Philosophin geangelt. Denkgebäude wachsen schneller. Ist für eine Literaturwissenschaftlerin wie Angela bestimmt aufregender.

Wir stehen oft Monate auf unseren Baustellen, sagt Catarina, bis unsere Ideen sichtbar werden. Erst viel später wird erfahrbar, was wir durch unsere Architekturideen den Menschen schenken oder aufdrängen; vor allem läßt sich hinterher nichts mehr nachbessern.

Wir – schließt sie Konrad mit ein? Renata prüft jedes Wort, sieht auf Catarinas Hände, die ziemlich groß sind.

Ihr Gespräch wird vom Geschrei eines Kleinkindes unterbrochen, dem von seinem älteren Bruder die Rassel weggenommen wurde. Er steht zwei Meter entfernt und hält sie triumphierend in die Höhe.

Bald danach bin ich Maria Grazia begegnet, fährt Catarina fort, der großen Liebe meines Lebens, schön wie Geraldine Chaplin in jungen Jahren, wohlstandsverwahrlost, lange heroinsüchtig, AIDS positiv. Corrado hat sie kennengelernt, wir wohnten in der legendären Wohngemeinschaft in San Lorenzo, in der er uns zweimal besucht hat.

Hat Konrad nicht bei euch übernachtet?

Ja, obwohl ihn unsere Freunde nervten. Wir verkehrten damals fast nur in Lesben- und Schwulenkreisen, und die meisten meiner Freunde fuhren voll auf ihn ab. Sag ihnen, sie sollen ihre Finger von meinem Arsch lassen, rief er nicht nur einmal! Es hat ihm aber auch gefallen, so begehrt zu sein.

Und deine Tochter?

Adina? – Eine komplizierte Geschichte. Maria Grazia kam für eine Schwangerschaft nicht in Frage, also mußte ich unser Kind austragen. Dabei wollte ich nie, nie in meinem Leben ein Kind bekommen. Eine Tochter haben schon, aber gebären?

Wir sind in eine Kinderwunschklinik nach Tschechien gefahren, nur dort war damals auf die Schnelle eine Behandlung mit einer anonymen Samenspende möglich.

Sie hält inne, kratzt sich am Unterarm. Adina nimmt es uns übel, daß sie nicht weiß, wer ihr Vater ist. Ich kann es Adina nicht verdenken. Aber wie hätten wir sonst zu einem Kind kommen können? Catarinas Blick schweift ab, als suche sie irgendwo in der Luft nach dem nächsten Satz.

Unter unseren schwulen Freunden gab es kein Paar, das eines wollte, die waren alle mit der Befreiung aus ihren Zwängen beschäftigt. Verantwortung wollte keiner übernehmen. Und mich an eine Bar stellen und einen abschleppen – ich konnte das nicht.

Sie wirkt nervös, denkt Renata, sie greift ständig nach der Plastikflasche und gießt sich dann kein Wasser nach, obwohl die Flasche noch halbvoll ist. Wenn Catarina nie in einer tschechischen Kinderwunschklinik gewesen ist, wird sie jedenfalls ausreichend recherchiert haben, um mich in dem Glauben zu lassen.

Corrado –

Er heißt nicht *Corrado*, er heißt *Konrad*, sagt Renata schroff.

Scusami, wir haben ihn alle *Corrado* genannt – also *Konrad* hatte uns sogar eine Wiener Adresse genannt, aber auch bei euch waren anonyme Spender nicht erlaubt. Blieb also nur Pilsen. Dabei hasse ich Bier, sagt sie und lacht wieder.

Zeigst du mir ein Photo von eurer – Renata korrigiert sich –, von deiner Tochter?

Aber klar doch! Catarina holt das Mobiltelephon aus ihrer Tasche, klappt es auf, blättert eine Weile im Photoordner.

Sie könnte die Tochter von Gianni Morandi sein, der hat auch solche Schaufeln, denkt Renata. Er möge Frauen mit großen Händen, hatte Konrad einmal gesagt, da sei viel Platz zum Geben. Auch in Renatas Hände paßt vieles hinein.

Das war letzte Woche, sagt Catarina und zeigt aufs Display. Die blondbraunen Haare hat sie nicht von mir, die Statur auch nicht – am Gesicht ist schon zu erkennen, daß sie meine Tochter ist.

Und an den Händen, denkt Renata. Nichts, aber auch gar nichts hat sie von Konrad.

Erleichtert lehnt Renata sich zurück, denkt aber daran, daß es auch Nachkommen gibt, die weder ihrem Vater noch ihrer Mutter ähnlich sehen, die oftmals ihrer Tante oder dem Großvater aus dem Gesicht geschnitten sind. Aber Grasmannsche Gesichtszüge kann Renata auch nicht erkennen.

Sie betrachtet Catarina, versucht, sie sich auf einem dieser gynäkologischen Stühle vorzustellen, die Beine auf den schalenförmigen Halterungen abgestützt, hormonell aufgespritzt für die Insemination – es gelingt Renata nicht. Weil sie selbst so etwas abgelehnt hatte?

Weiß Catarina, daß Konrad nicht zeugungsfähig gewesen war? Daß sie beide deswegen kinderlos geblieben sind? Doch damals, als er im römischen San Lorenzo übernachtet hatte, vor der Geburt Adinas, war er noch zeugungsfähig.

Hannah hatte behauptet, Konrad habe sich in jungen Jahren untersuchen lassen, es sei alles in Ordnung gewesen.

Die verminderte Fruchtbarkeit war erst mit den Jahren gekommen; Renata und Konrad hatten zu lange nichts unternommen, weil es keine Störungen oder Probleme gegeben hatte und sie sich sicher gewesen waren, daß es irgendwann klappen würde. Erst als Renata geglaubt hatte, es liege an ihren unregelmäßigen Zyklen, daß sie kein Kind kriegten, ihre Gynäkologin aber nichts

Auffälliges hatte finden können, war Konrad auf Renatas Wunsch hin zum Urologen gegangen.

Konrad wäre entsetzt, wenn er sähe, wie manche seiner Lieblingsgebäude des Agro Pontino verfallen, sagt Catarina.

Warum wechselt sie plötzlich das Thema? Ist es ihr unangenehm, über Adina zu sprechen?

In Mazzonis Post- und Telegraphenamt in Sabaudia fehlt inzwischen das Fliegengitter, an manchen Stellen wurde die Mosaikfassade mit Grafitti beschmiert. Und den Balkon des Rathauses möchte ich auch nicht betreten müssen, sagt Catarina. Es ist alles eine Gratwanderung, denn Renovierungsarbeiten werden schnell falsch verstanden. Sie sind ja oft tatsächlich politisch motiviert.

Renata erinnert sich, daß die Inschrift zur Einweihung Sabaudias, die Mussolini als *Erlöser des Sumpfes* gefeiert hatte, nach dem Krieg entfernt und in den achtziger Jahren wieder angebracht worden war.

Anfang der zweitausender Jahre hatte Renata Konrad einen Zeitungsartikel übersetzt, in dem von dem Bürgermeister von Sabaudia die Rede gewesen war, der das Relief der Siegesgöttin über dem Rathauseingang wieder mit dem alten Wappen des faschistischen Regimes und des Königshauses versehen wollte. Das Denkmalamt zog im letzten Moment die Genehmigung zurück, weil ein paar linke Politiker davon Wind bekommen hatten und mit einer Parlamentsdebatte drohten.

Die Nostalgiker werden nicht weniger, sagt Renata.

Ich muß mir noch kurz die Füße vertreten, bevor ich zu meiner Mutter zurückkehre, sagt Catarina, kommst du mit? Ich würde dir gerne noch den alten Stadtteil zeigen.

Da trotz mehrmaligen Winkens keine Kellnerin kommt, steht Catarina auf und beschließt, an der Bar zu zahlen.

Du bist hier Gast und läßt dein Portemonnaie schnell wieder verschwinden, sagt sie zu Renata.

Ich werde sie nicht fragen, ob Adina nicht doch von Konrad ist. Ich mache mich lächerlich mit meiner Eifersucht post mortem, denkt Renata.

Vielleicht haben Catarina und Maria Grazia Konrad für seine Samenspende Geld angeboten? Maria Grazia stammt aus einer wohlhabenden römischen Familie, und Konrad hatte damals für sein neues Studio dringend Unterstützung gebraucht. Vielleicht sagt Catarina aber auch die Wahrheit, und die Liebesnachrichten an Konrad waren nur das Ergebnis einer kurzen Vernarrtheit gewesen?

Die ist für dich, sagt Catarina und reicht Renata die Mappe. Renata hat gar nicht gemerkt, daß sie an den Tisch zurückgekommen ist.

Schau dir das Ganze in Ruhe zu Hause an. Corrado hatte mir im Laufe der Jahre ein paar Reproduktionen seiner pontinischen Serie zukommen lassen und mehrere Original-Photozeichnungen. Ich habe zwei behalten, die anderen gehören dir. Das hätte Corrado, entschuldige Konrad, so gewollt.

Das kann ich nicht annehmen.

Dann nimm sie als Dauerleihgabe, sagt Catarina. Fällt es dir dann leichter?

Sie biegen kurze Zeit später in die Altstadt ab, deren Gassen neu gepflastert und mit Topfpflanzen vollgestellt sind. Viele Häuser hat man hergerichtet, eingestürzte nach den alten Plänen wiederaufgebaut, in der zentralen Gasse die Fassaden mit historischen Hinweisschildern versehen.

Als mich deine Nachricht vom Tod Konrads erreichte, kam ich gerade aus dem Krankenhaus, sagt Catarina. Maria Grazia waren die Eierstöcke entfernt worden, weil der Tumormarker erhöht war. Ich hatte mit dem Schlimmsten gerechnet. Daß es zu spät sein könnte, aber die Verwachsungen waren nicht bösartig gewesen. Ich war so erleichtert, so glücklich, als hätte man mir Maria Grazia an diesem Tag wiedergeschenkt. Zur Feier des Tages bin ich ins Zentrum gefahren und habe mir in einem Geschäft, auf das mich übrigens Konrad aufmerksam gemacht hatte, eine teure Lederjacke gekauft – ich wollte, daß mich etwas für den Rest des Lebens an diesen Glückstag erinnert. Danach habe ich in einer Cocktailbar einen Negroni bestellt.

Catarina bleibt kurz stehen, deutet mit der Hand auf ein Schild *In diesem Haus wurde am 7. Juli 1901 Vittorio De Sica, Schauspieler und Regisseur, geboren* und fügt hinzu, Marcello Mastroianni sei ebenfalls hier in der Nähe, in Fontana Liri, auf die Welt gekommen, dann fährt sie fort: Maria Grazia kann ein Ekel sein, mit der Treue nimmt sie es nicht so genau, aber ich liebe sie. Ich kann mir ein Leben ohne diese *pazza scatenata* nicht vorstellen. Ich saß also bei meinem Negroni und schrieb der halben Welt, daß Maria Grazias Operation gut verlaufen sei, daß sie in einer Woche wieder zu Hause sei, und da kommt mitten unter all den Genesungswünschen unserer Freundinnen und Freunde deine Mail von Konrads Tod.

Ist das der Preis für ein großes Glück?

Schon auf dem terrassenartig angelegten Felsvorsprung, den sie von der Altstadt aus über zahlreiche enge Gassen und Stufen erreicht hatten, sah es aus, als käme Regen. Jetzt türmen sich über den Monti Simbruini dunkle Wolken. Der Apennin am Horizont ist mächtig, er wirkt durch die unbewaldeten Höhengebiete zusätzlich abweisend. Nach dem Abstieg, vorbei an zahlreichen scheuen Katzen und mehreren vor der Haustür sitzenden alten Frauen und Männern, begleitet Catarina Renata zum Auto.

Als Renata die Mappe im Gepäckraum verstaut, hält sie plötzlich inne. Ich weiß, ihr habt euch geliebt, sagt sie.

Die Sonne brennt aufs Autodach, mit einer Hand noch an der offenen Gepäcktür, die andere im Nacken steht Renata da und blickt an Catarina vorbei zur Pinienallee am Flußufer. Da Catarina schweigt, sagt Renata noch einmal: Ihr habt euch doch geliebt, du und Konrad.

Der Gepäckraum ist noch immer nicht geschlossen, die Pinien stehen wie unbewegliche Schaulustige auf der anderen Uferseite, und obwohl Renata sich insgeheim ärgert, daß sie die beschrifteten Post-its nicht einfach hatte ignorieren können, spürt sie gleichzeitig so etwas wie Erleichterung oder Genugtuung, daß ihr nichts entgangen war, daß Konrad sie ins Vertrauen gezogen hatte, auch wenn es nicht stimmte, denn Renata weiß nichts, sie hat keine Ahnung, wie das Verhältnis zwischen Konrad und Catarina gewesen war, wertet aber die grellgelben Haftzettel, die er in seinen Büchern hinterlassen hat, wie ein verspätetes Bekenntnis.

Catarina, die den ganzen Nachmittag geredet hat, ist jetzt still, verdächtig still, denkt Renata, sie zieht nervös an der von Renata über die Mappe ausgebreiteten Decke, stopft den heraushängenden Zipfel zwischen die Gepäckstücke und sieht dann auf. Du weißt es, sagt Catarina.

Daß sie nichts wußte, daß sie wenig weiß, daß sie nur einen Verdacht hat, was gewesen sein könnte, das kann Renata jetzt nicht zugeben. Sie spürt einen Druck im Brustkorb, die Hände zittern.

Ich bin nie auf Männer gestanden, sagt Catarina, aber Konrad war schon besonders. Er wollte nicht. Ich habe ihn bekniet. Es war im Grunde ein Desaster. Es funktionierte nicht. Er wird es dir erzählt haben. Ich war in einem Dilemma. Vor allem Maria

Grazia wollte ein Kind. Und um sie zu halten, wollte ich dieses Kind auch.

Corradina, sagt Renata leise.

Catarina schüttelt den Kopf. Adina? Aber nein! Catarina tritt einen Schritt zur Seite, weil sie glaubt, Renata würde den Gepäckraum schließen, aber Renata zieht die Mappe wieder heraus.

Ich will diese Arbeiten nicht, sagt Renata und denkt an den übermalten Ausführungsentwurf Sabaudias, an die Herz-Zeichnung. Ich mag es nicht, wenn jemand mit der Wahrheit zurückhält.

Ich habe weniger gesagt, als ich sagen könnte, weil ich dachte, du wüßtest Bescheid, sagt Catarina. Corrado hat keinen hochgekriegt, das ist die Wahrheit. Er brauchte ein Pornoheft, damit es klappte. Was heißt *klappte* – ich wurde nicht schwanger, und einen zweiten natürlichen Versuch gab es nicht, den hatte er von vornherein ausgeschlossen. Er redete ja schon beim ersten nur von dir. Von seinem schlechten Gewissen. Daß er dich nicht verlieren will.

Einen künstlichen Versuch aber schon, sagt Renata.

Er hatte sich bereiterklärt, aber es stellte sich heraus, daß seine Samenqualität zu schlecht war.

Renata schließt den Kofferraum und öffnet die Fahrertür.

Nimm die Mappe, bitte, sagt Catarina.

Er hat die Zeichnungen dir geschenkt, sagt Renata und steigt ein. Gib sie Adina, wenn du sie nicht mehr haben willst.

Sie startet grußlos den Wagen, übersieht beim Ausparken fast einen Motorradfahrer, der sich kopfschüttelnd an den Helm tippt.

Die Sonne ist hinter den Wolken verschwunden; eine Weile fährt

Renata der Regenfront davon Richtung Südwesten, ohne genau zu wissen, wohin sie unterwegs ist.

Konrad hatte sie all die Jahre im Glauben lassen, sie könnten Kinder haben, obwohl er von Anfang an Bescheid gewußt hatte. Hatte er sich selbst belogen? Hatte er gedacht, irgendwann würde sich seine Fertilität von alleine verbessern?

Renata vergißt, den Schlaglöchern auszuweichen, es beutelt und schüttelt sie so stark, daß sie erschrickt.

Nicht einmal mit dem Rauchen und dem Kiffen hatte Konrad aufgehört, die Tabletten, die sie ihm einmal besorgt hatte, die die Spermienqualität verbessern sollten, waren unausgepackt in der Medikamentenlade liegengeblieben.

Es fängt an zu tröpfeln. Als Renata den Scheibenwischer einschaltet, verwischt die ohnehin schon schmutzige Windschutzscheibe noch mehr. Sie bleibt kurz am Straßenrand stehen, schaltet am Mobiltelephon den Navigator ein. Sie könnte sich das Geburtshaus Marcello Mastroiannis anschauen, wenn es schon hier in der Nähe ist, wie Catarina meinte.

Corrado, Corradina, Adina. Wie konnte Catarina der Tochter nur Konrads Namen geben, ein Leben lang erinnert er an Unerfülltes, an den Nicht-Vater.

Die Straßen sind längst keine Straßen mehr, vielmehr Feldwege, teilweise sind sie nicht geteert und die Ränder weggebrochen.

Auf den Navigator ist hier, abseits von größeren Ortschaften, kein Verlaß, der Internet-Empfang ist zu schwach, vielleicht ist Renata aber auch zerstreut, sie hat die Orientierung verloren, sich zu sehr auf das Gerät konzentriert, das nun ständig *Route wird neu berechnet* anzeigt, aber keine neue Route findet.

Irgendwann schafft es Renata allein aus diesem Gewirr an Feld- und Flurwegen heraus und fährt bergwärts.

Es hat zu regnen begonnen, so heftig, daß der Scheiben-wischer die Spuren der an der Windschutzscheibe zerplatzten Insekten wegwischt. Immerhin ist die Sicht nun besser, aber es dauert nicht lange, und ein Starkregen setzt ein.

Einmal waren Renata und Konrad auf dem Weg zu einer Alm-hütte in den Regen gekommen. Renatas T-Shirt hatte wie eine zweite dünne, durchsichtige Haut ihren Oberkörper überzogen. Von Konrads Haaren hatte es getropft, sein Gesicht war naß ge-wesen, aber passiert war nichts, denn Konrads *Jetzt wird es geheim-nisvoll romantisch!* hatte sich nicht auf Renatas Wet-Look bezogen, sondern auf die sie umgebende Landschaft, das Gestein der Dolo-miten, die saftig-grünen Wiesen, die plötzlich ihre Farbe verloren.

Der Regen ist unterdessen so heftig, daß keine Horizontlinie und keine Bäume mehr zu erkennen sind, erst recht nicht Anfang und Ende des Straßenverlaufs.

Stellenweise – Renata fährt längst nur noch dreißig Stunden-kilometer – wachsen die Wassermassen auf der Straße zu Bächen an. An einer der steilsten Stellen – sie weiß nicht, wo sie sich jetzt befindet, irgendwo hat sie eine Abzweigung nach Monte Giovanni Campano gesehen, aber das ist schon eine Weile her – stellt sie sich vor, wie der Saab den Wassermassen nicht mehr widersteht, wie er sich in eine Art Schiff verwandelt und vom Wasser getragen von der schmalen Fahrbahn, inzwischen immer mehr ein reißender Bach, abgetrieben wird.

Wie lange funktioniert der Motor? Wie lange lassen sich die Räder noch lenken? Wieviel Wasser verträgt ein Auto?

Ein Ast und zwei Plastikflaschen kommen Renata entgegen. Sie traut sich nicht, an den Straßenrand zu fahren, sieht zu wenig. Als sie eine Weggabelung erreicht, bleibt sie stehen. Sie sitzt da und hält sich am Lenkrad fest, als ließe sich so auch der Wagen auf der Straße halten.

Als sie sich an die Wangen greift, sind sie naß.

Man würde mich hier weder suchen noch schnell finden. Kurz denkt sie daran, auszusteigen, den Wagen seinem Schicksal zu überlassen, aber wohin soll sie sich wenden?

Weit über ihr glaubt sie endlich, in einem graubraunen Fleck die Ansammlung von Häusern zu erkennen, einen dieser auf einem Hang klebenden Orte Latiums, die als *malerisch* bezeichnet werden, aber alles andere als *malerisch* sind. Zum Teufel mit diesen Käffern! Zum Teufel mit Konrad!

*

Gegen zehn Uhr erreicht Renata den Lido. Die Schranke zum Parkplatz ist noch geschlossen. Sie steigt aus und zieht sie hoch, fährt den Wagen an die Rückseite der sanitären Anlagen, parkt ihn unter den Tamarisken. Die geschlossenen Sandalen tauscht sie gegen Flipflops und geht zur Bar, um einen Schirm und eine Liege auszuleihen.

Sie ist hier, in der Nähe von Fasano, vor Jahren schon einmal mit Konrad gewesen, erinnert sich an die Sonnendächer, die aus gespannten Tüchern bestehen, an die Hängematten und schilfbedeckten Schirme auf der Wiese, die sich wie ein gebleichter Vorzimmerteppich hinter der Terrasse ausbreitet, bevor man zum Sandstrand gelangt.

In den bernsteingelben Segeln zittern die Schatten der Tamariskenzweige mit ihren dichten, ungestielten Blättern.

An der Bar steht keiner, obwohl Wochenende ist und am Rande der Terrasse jemand selbstgemachten Schmuck ausgebreitet hat. Aus dem Radio oder aus einer Anlage ist Michael Kiwanuka zu hören, *Solid Ground, Life can be so unkind ...*

Es wird ein heißer Tag, jetzt schon drückt die Hitze. Renata faßt ihr langes Haar zusammen und steckt es mit einer Klammer hoch, befühlt den feuchten Nacken. Der Flaum des Haaransatzes klebt an der Haut.

Der Papa komme gleich, sagt ein Bub, der plötzlich hinter der Theke hervorlugt. Er mag vielleicht zwölf sein. Seine Haut ist ungewöhnlich hell. Schon bald, denkt Renata, wird sein Aussehen ein anderes sein, werden sich seine Bewegungen verändern. Auch ihre Nichte Pauline verliert, seit sie in die Höhe geschossen ist, durch die plötzlichen Wachstumsschübe zeitweilig die Kontrolle über ihren Körper; die kindliche Harmonie ist verloren, die neue noch nicht gefunden.

Buon giorno, signora. Der Mann, der nun mit nacktem Oberkörper vor ihr steht, ist dunkel gebräunt, an den Armen tätowiert und unverkennbar der Vater des Kindes, das so schnell wieder verschwindet, wie es aufgetaucht ist.

Abgerechnet werde am Abend, sagt der Mann und notiert neben Renatas Namen den Preis für die Miete von Schirm und Liege.

Mit dem Abrißzettel geht Renata auf den Strand. Früher hat man solch farbige, nummerierte Zettel an der Theatergarderobe bekommen oder als Lose auf Schützenfesten. Als sie die Zahl sieht, fällt ihr Konrads Vorliebe für achteckige Bauten ein, für Castel del Monte, das Stauferschloß Friedrichs II., aber auch für San Vitale in Ravenna. Selbst auf Sizilien mußten sie bis nach Enna fahren, um den achteckigen Bergfried zu besichtigen.

In ihrem Kopf klingt Kiwanukas *Solid Ground* nach, *When it get's dark, I will know no fear* ... die Sonne scheint, das Meer ist ruhig. Sie strahlt den Bademeister an, gibt ihm das Zettelchen und zwei Euro Trinkgeld, nachdem er den Schirm mit Wucht im Sand versenkt hat.

Bis auf ein paar linsenförmige Wolken in der Ferne ist der Himmel blau. Solche Wolken sind Vorboten des Maestrale, aber von einem aufkommenden Wind aus Süd-West ist noch nichts zu spüren. Renata legt sich auf die Liege im südlichen Teil des schmalen Strandstreifens. Die Erosion scheint auch dieses Küstenstück aufzufressen. In den letzten fünf Jahren haben sich die italienischen Strände in ihrer Breite halbiert. Der Sand, der eigentlich ins Meer gehört, liegt hinter Staumauern, welche die Flüsse bändigen. An diesem Strandabschnitt hier haben auf der breitesten Stelle höchstens drei Reihen Schirme Platz, in ein paar Jahren wird es vielleicht nur mehr eine Reihe sein.

Renata ist an einem Dutzend Strandurlauber vorbeigegangen, die meisten sind älter, nur ein Paar ist mit einem Kleinkind gekommen.

Davide, setz dich. Davide, hör auf, mit Sand zu werfen! Davide, laß die Sonnencreme liegen! Die Mutter des Kindes hat alle Verantwortung an die ungnädige Großmutter abgegeben, sie liest derweil in einer Illustrierten.

Ich sollte ins Wasser, solange das Meer noch einigermaßen ruhig ist, denkt Renata, aber sie hat letzte Nacht wenig geschlafen und greift nach dem Kopfhörer, um sich von der Nonna abzuschirmen, die nicht aufhört, ihren Enkel zu maßregeln. Eine Weile probiert es Renata mit den von Keith Jarrett gespielten *Preludes* von Schostakowitsch, doch die Stimme der Alten läßt sich nicht aussperren, also beendet sie den Versuch, Musik zu hören, und gibt sich dem Lärm hin, beobachtet ein Liebespaar, das eng umschlungen auf einer einzelnen Liege liegt, einen Mann, der versteckt eine junge Frau filmt, die gerade aus dem Wasser steigt, eine Gruppe junger Frauen, die sich gegenseitig ihre Rücken eincremen und lachen.

Dahinter geht ein Mann vorbei, an dem Renatas Blicke hängenbleiben. Seine Haare sind weiß, seine Augen hinter einer schwarzen Sonnenbrille versteckt, der Kopf ist – so scheint es

Renata – ihr zugewandt. Sie wartet, bis er so weit von ihr entfernt ist, daß sie ihn in Ruhe betrachten kann.

Für einen Italiener ist der Mann groß gewachsen. Seine Beine sind nicht so dünn, stelzenartig, wie bei vielen anderen Männern, die Renata in den letzten Tagen gesehen hat. Renata zieht die *Repubblica* aus der Badetasche und beginnt, darin zu lesen. Als sie nach dem Weißhaarigen schauen will, steht er schon wieder auf ihrer Höhe am Wasser und blickt herüber. Sie versucht, sich auf den Zeitungsartikel zu konzentrieren, hört aber nur das leichte Flattern des Schirms, spürt den warmen Wind auf der Haut. Also stimmt es doch, die Wolken hatten den Maestrale angekündigt. Erst kommt er noch warm daher, Stunden später wird er kühler, manchmal stürmisch. Sie steckt die Zeitung in die Badetasche zurück und geht schwimmen, bevor die Wellen weiterwachsen.

Der Mann ist an seinen Platz und zu seiner Begleiterin zurückgekehrt, Renata sieht ihn unter dem weißgelben Sonnenschirm stehen, während sie in Rückenlage hinausschwimmt. Er trägt eine rote Badehose, aber es ist nicht nur die Badehose, die ihn von anderen abhebt. Seine Haltung ist aufrechter als die der anderen, und obwohl er gerade dasteht, mit leicht erhobenem Kopf, wirkt er nicht gockelhaft, sondern wie einer, der sich seines – trotz fortgeschrittenen Alters – gut erhaltenen Körpers bewußt ist. Er ist bestimmt schon über sechzig, denkt Renata, obwohl sie dies aus der Ferne gar nicht beurteilen kann.

In den letzten Tagen hatte sie mehrere ältere Männer beobachtet, die – so schien es ihr – keine Fragen mehr ans Leben haben, als begnügten sie sich mit dessen wunsch- und leidenschaftsloser Prolongierung, als nähmen sie die ihnen zur Verfügung gestellte Zeit als unendlich und unerschöpflich wahr, so wie sie selbst maßlos lebten. Hängende Schultern, ungepflegte Zehennägel, Hornhaut an den Füßen, Wampen, schlecht oder gar nicht rasierte Gesichter waren keine Seltenheit. Anders die Frauen: Die meisten achteten auf sich, ihre Hände und Füße waren fast immer gepflegt, die Haare gefärbt oder gut geschnitten – manchmal beides –, Beine und Achseln rasiert. Selbst die italienischen Tinder-Herren waren Renata attraktiver erschienen als die Touristen und Einheimischen, die ihr in Trani und in Monopoli entgegengekommen waren.

Renata schwimmt etwa fünfzig Meter vom Strand entfernt das Ufer entlang; früher, vor Konrads Tod, war sie manchmal aufs offene Meer hinausgeschwommen, doch Konrads unerwarteter Zusammenbruch hatte ihr Vertrauen in den eigenen Körper beschädigt. Wenn ihr Herz – so wie jetzt auch – durch die Anstrengung schneller pocht, wenn es gar stolpert, gerät sie leicht in Panik, was den Puls noch mehr erhöht. Sie muß dann anhalten, den Grund berühren können. Deswegen schwimmt Renata die hellen, sandigen Wasserstellen ab, meidet die von Felsen zerklüfteten, dunklen Abschnitte im Meer.

Sie weiß, daß ihr der Weißhaarige zusieht, als sie aus dem Wasser steigt, deswegen blickt sie absichtlich in die andere Richtung, geht schnell zu ihrem Schirm, wirft die Schwimmbrille auf die Liege, nimmt den trockenen Badeanzug aus der Tasche und geht Richtung Bar, hinter der sich die Duschen und die Umkleidekabine befinden.

Es ist schon öfter vorgekommen, daß sie einer angeschaut hat, das hatte Renata meistens gestört – doch bei dem Weißhaarigen, der in Begleitung seiner Frau Urlaub zu machen scheint, ist es anders. Sie fühlt sich angenehm berührt und schämt sich gleichzeitig für dieses Gefühl, das ihr nicht zusteht, wie sie glaubt.

Konrad besaß ein ausgeprägtes Gespür für Männer, die Augen für Renata hatten. Selbst diejenigen, die es nicht so direkt angestellt hatten wie der Weißhaarige, die glaubten, sich erfolgreich getarnt zu haben, hatte Konrad bemerkt. Dabei war nicht einmal Eifersucht im Spiel gewesen. Es hatte ihn gefreut, daß seine Frau, deren Zuneigung und Liebe ihm galt, auch von anderen gesehen und begehrt wurde.

Vor der Bar hat sich inzwischen eine kleine Menschentraube gebildet.

Renata duscht und zieht sich in dem Holzverschlag um. Schon die Morgensonne hat ausgereicht, um die Kabine aufzuheizen. Das Haar kringelt sich von der Nässe. Sie rubbelt es mit dem Handtuch ab, steckt es hoch, betrachtet sich kurz im Spiegel und tritt ins Freie.

Da steht er, direkt vor ihr, der Weißhaarige mit dem schmalen, fein säuberlich getrimmten Schnurrbart im Gentleman-Style, sieht ihr kurz ins Gesicht und geht an ihr vorbei Richtung Toilette.

Eigentlich mag Renata keine Bärte, doch der gepflegte Bleistiftbart steht ihm, auch der Ohrring konterkariert das akkurate Aussehen und verleiht dem Mann etwas Aus-der-Zeit-Gefallenes.

Zurück am Strand, legt Renata den nassen Badeanzug auf die Sonnenblende der Liege, schnappt sich die Zeitung und gibt vor, zu lesen. In Wirklichkeit wartet sie auf die Rückkehr des Weißhaarigen. Vielleicht hat sie sich ihr gegenseitiges Interesse, diese Neugier auf den anderen, nur eingebildet, vielleicht sieht Renata bloß einer Frau aus seiner Kindheit verblüffend ähnlich, oder der Mann hat Renata schon einmal irgendwo gesehen, weiß nicht mehr, wo, und sucht in ihrem Gesicht nach der Antwort.

Er kommt nicht.

Renata beobachtet unterdessen seine Begleiterin, die mit einer anderen Frau spricht; die beiden Schirme stehen nah beieinander, ebenso die Frauen – vielleicht sind sie miteinander verwandt oder befreundet.

Seine Begleiterin ist wohl die Ehefrau, alles spricht dafür: die gemeinsame Tasche, ihre Fürsorge für sein Badetuch, das sie gerade ausgeschüttet hat. Sie ist deutlich kleiner als der Weißhaarige, wirkt kompakt, hat kaum Taille. Ihren Gesichtszügen haftet etwas Künstliches an, doch aus der Ferne vermag Renata nicht zu sagen, was daran unnatürlich erscheint. Inzwischen gibt es kaum noch Italienerinnen aus der gehobenen Gesellschaftsschicht, die nicht mit Botox behandelt sind oder andere Schönheitskorrekturen haben vornehmen lassen.

Renata tippt auf eine freundlich-resolute Sechzigjährige, die beruflich erfolgreich ist.

Der Wind ist nun schon so stark, daß er den Badetuchzipfel umschlägt und wenig später Renatas hellblaues Hemdkleid vom Gestänge des Schirms fegt. Als sie das Leinenkleid aufhebt, sieht sie aus den Augenwinkeln, daß der Weißhaarige offenbar schon die ganze Zeit hinter ihr auf der Wiese gestanden ist und über den aus Sand, angeschwemmtem Holz und Gestrüpp bestehenden Wall Richtung Meer blickt, genauer zu ihrer Liege und damit zu Renata.

Merkt seine Frau nichts?

Konrad wäre mit Sicherheit von seiner Liege aufgestanden, um nach Renata Ausschau zu halten, wenn sie ähnlich lange weggeblieben wäre.

Fragt sich die Frau nicht, wo ihr Mann bleibt?

Vielleicht wäre Konrad Renata sogar ein Stück entgegengegangen, hätte ihr vorgeschlagen, noch einen Kaffee an der Bar zu trinken, hätte dabei mit den Fingerspitzen ihren Nacken berührt, ihr ein- oder zweimal über den Rücken gestrichen und sie sogar auf die Schulter geküßt.

Sieht man mir meine Zerrissenheit an, fragt sich Renata. Sieht man, daß ein Unsichtbarer an meiner Seite ist, daß er permanent mit mir spricht, mich berührt?

Das Spiel mit den Blicken geht den ganzen Tag weiter.

Der Weißhaarige bricht mit seiner Frau zu einem Strand-
spaziergang auf, bleibt hinter ihr zurück, um von ihr unbemerkt
zu Renata herüberschauen zu können.

Renata geht mehrmals ins Wasser, um ihrerseits den Weißhaarigen zu beobachten, während er wiederum mit seinen
Blicken jeder ihrer Schwimmbewegungen folgt. Und als Renata
zur Bar geht, um eine Kleinigkeit zu essen, erscheint der Mann
wenig später ebenfalls auf der Terrasse – im Schlepptau seine
Frau und das Paar, das den Liegeplatz neben ihnen belegt.

Renata gelingt es nicht mehr, den Bannkreis der gegenseitigen
Anziehung zu verlassen, es fällt ihr schwer, sich auf den Inhalt
ihres Buches zu konzentrieren oder einfach nur zu telephonieren.
Sie ist zerstreut. Er hat sie mit seinen Blicken so weit gebracht,
daß ihre Gedanken von ihm besetzt sind, daß sie sich trotz mora-
lischer Vorbehalte nur noch mit ihm beschäftigt. Wer ist er?
Woher kommt er? Womit verdient er sein Geld? Was findet er an
Renata?

Wenn er plötzlich aus ihrem Blickfeld verschwunden ist, spürt
sie eine leichte Enttäuschung.

Obwohl Renata nach dem Mittagessen Besuch von Bruno bekommt, der den Vormittag mit seinem Adoptivsohn in der Mas-
seria verbracht hat, die sie zu mehreren angemietet haben, läßt
sich der Weißhaarige nicht davon abhalten, Renata weiter, wenn
auch mit etwas mehr Vorsicht, zu beobachten. Bruno kriegt den
barone comunista, wie ihn Renata inzwischen bei sich nennt, weil
er eine rote Badehose trägt und etwas von einem aristokratischen
Salonlinken hat, sofort spitz.

Und du behauptest, du würdest allein bleiben?

*

Nach dem zweiten Glas Albana zweifelt Renata, ob sie den Namen des Hotels preisgeben soll. Die Flasche hatte sie noch schnell in einer Bar gekauft, irgendwo auf der Strada statale außerhalb von Ravenna, dazu eine Packung Chips; der Wein schmeckt Renata nicht, er ist zu fruchtig, zu aromatisch.

Sie sei morgens wortkarg und häufig in ihren Träumen gefangen, schreibt sie an Giancarlo. Wie sollte sie ihm morgen früh in einem solchen Zustand das erste Mal begegnen?

Mit der Strandrechnung hatte Renata vor sechs Tagen einen Aperol Spritz serviert bekommen. Er sei ein Geschenk des Weißhaarigen mit der roten Badehose, hatte der Strandbarbesitzer Renata wissen lassen. Die Ferien des Signore seien heute zu Ende gegangen, er sei abgereist und habe seine Telephonnummer für sie hinterlassen.

Einen Tag lang hatte Renata überlegt, dann war sie, nachdem sie im Beisein des nach wie vor abstinenten Bruno mehrere Gin Tonics getrunken hatte, übermütig geworden und hatte Giancarlo mit einer SMS für den Aperitivo gedankt. Seither sind sie in Kontakt.

Der Mann ist Anwalt, verheiratet, Vater eines erwachsenen Sohnes; er lebt in Lugo, war in den achtziger Jahren Mitglied des PCI gewesen, des Partito Comunista Italiano, hat sich gegen Berlusconi und Meloni engagiert und fährt einen Alfa Romeo Cabrio.

Nachdem Renata das Hotelzimmer in dem knapp dreißig Kilometer entfernten Ravenna betreten und über den Nachtkästchen die Porträts von Dante und Byron bemerkt hat, ist sie in Gelächter ausgebrochen. Drei Männer seien vielleicht doch zu viele, schreibt sie ihm.

Du wirst sehen, ich reiche, antwortet er. Er sei morgens ab acht in seinem Büro in Ravenna, heute könne er leider nicht mehr kommen, sie hätten Gäste zum Essen.

Noch gestern Nacht hat sich Renata gegen das Abenteuer entschieden, doch heute Abend ist sie, zumal sie ohnehin einen dreitägigen Zwischenstopp bei Marianne am Millstättersee eingeplant hat und in Etappen nach Wien zurückfahren will, in Ravenna abgefahren, und nun sitzt sie, über den eigenen Mut erschrocken, im Zentrum der Stadt in einem kleinen, schlecht ausgestatteten Hotelzimmer.

Das dritte Glas trinkt Renata nur zur Hälfte aus, sie fürchtet sich plötzlich vor einer schlaflosen Nacht, den Kopfschmerzen am Morgen, daß sie den Wecker falsch stellen oder nach durchwachter Nacht und einem unerwarteten Tiefschlaf am Morgen das Klingeln überhören könnte.

Giancarlo bettelt um den Namen des Hotels, schickt ihr ein Nacktbild von sich, mit eingezogenem Bauch.

Fast gleichzeitig schreibt ihr Claudia Amendola, ob man Renata schon informiert habe? Im KunstforumIBK seien zwölf Architekturphotographien Konrads ausgestellt – ausgewählt und kommentiert von Marcel Grasmann. *Und jetzt halte dich fest,* schreibt Claudia, *unter den Grasmann-Bildern ist auch ein Spiluttini-Photo gewesen.*

Renata trinkt das dritte Glas aus und schenkt sich ein viertes ein. *Die Spiluttini-Arbeit war ein Geburtstagsgeschenk von mir an Konrad,* schreibt sie zurück. *Was verlangt Marcel dafür? Hast du von der Ausstellung Photos gemacht? Bitte, zeig her! - Ich muß aufhören,* denkt Renata im selben Moment.

Claudia berichtet, daß ein Bekannter Konrads zufällig die Bilder noch vor der Eröffnung gesehen und sofort erkannt habe, daß das eine Bild unmöglich von Konrad sein könne. Man habe das fremde Photo im letzten Augenblick entfernt und an dessen

Stelle Konrads Biographie aufgehängt. Der einsame Nagel hätte doch etwas seltsam gewirkt.

Renata trinkt das vierte Glas leer. Sie hört sich summen. Sie hört sich singen. Sie lacht. Margherita Grasmann. Konrad Spiluttini. Fluide Kunst!

Was soll ich morgen früh anziehen? Ist es denn überhaupt angebracht, sich anzuziehen? Wo sie sich doch ohnehin nur zum Sex treffen? Renata schwankt durchs Zimmer, stellt sich ans Fenster.

Was Konrad konnte, kann ich auch. Im selben Moment findet Renata den Gedanken kindisch, ihrer nicht würdig.

Sie schlüpft probeweise in ein Sommerkleid, kann sich kaum auf den Beinen halten, stützt sich am Schrank ab. Was sie denkt und fühlt, paßt nicht zum Äußeren, andererseits hat sie keine große Auswahl. Sie kommt vom Urlaub am Meer, die meiste Kleidung ist zerknittert, nur notdürftig mit der Hand im Waschbecken gewaschen. Ihr Unbehagen überträgt sie auf die Kleidung, es ist in jeder Hinsicht das falsche Gehäuse, in dem sie jetzt steckt – der Einklang ist nicht herstellbar, wäre auch vor einem prall mit Gewändern ausgestatteten Schrank nicht herstellbar. Raus aus dem Kleid, in ein anderes rein. Und raus und wieder rein. Und raus.

Giancarlo fleht. *Bist du im Mattei? Im Minerva? Du wirst doch jetzt keinen Rückzieher machen? Ich komme um neun zu dir.*

Kling, Kling, Kling, äfft Renata den Ton der eintreffenden SMS nach.

Eine Nachricht von Catarina. Auch das noch. Was will die? Renata solle nicht vergessen, daß Konrad sie geliebt habe. Wenn er ihr seine Zeugungsunfähigkeit verheimlicht habe, dann nur aus Angst, Renata zu verlieren. *Sei stato il suo unico grande amore.* Du bist seine einzige große Liebe gewesen. Tuffolino! ruft Renata.

Die Brille, die sie sich ins Haar schiebt, rutscht nach hinten, fällt zu Boden. Auf allen vieren holt Renata sie unterm Bett hervor, setzt sie sich wieder auf die Nase.

Laßt mich doch alle in Frieden! Das Mobiltelephon landet auf dem Bett, aber es dauert nicht lange, und Renata nimmt es wieder in die Hand, wirft einen Blick auf Claudias Photos: Marcel bei der Eröffnung, am Handgelenk trägt er Konrads Uhr, am Finger Konrads Ring. Henriette und Gunda. Die Hoffräuleins im Sonntagsstaat.

Bist du noch da? Welche Stelle sie am erotischsten fände, will Giancarlo von Renata wissen.

Ex aequo: Schwanz, Hintern, Mund, Nacken, Schulterblätter, Hände, Finger, Augen – sie könne sich nicht entscheiden.

Buongustaia, schreibt er zurück. *Feinschmeckerin* übersetzt Renata, oder *Gourmet,* vielleicht paßt aber auch *Foodie.*

Ich bin ein Chips-Foodie, sagt Renata halblaut. Sie leckt das Salz und Fett von den Fingern, tippt in die Tastatur: *Du nicht? Du scheinst mir auch keiner zu sein, der auf eine einzige Stelle fixiert ist.*

Nein, mir gefällt es, einer Frau Lust zu verschaffen.

Da ist es wieder, das unbestimmte Pronomen, das bedeutungslos geblieben wäre, wenn er nicht schon tags zuvor in dem sexuell aufgeladenen Schlagabtausch zwischen ihnen beiden plötzlich und ohne Grund vom *du* zu *einer* gewechselt wäre. Seine Geilheit gilt nicht Renata, sondern einer *femmina,* vor der er, wie er jetzt schreibt, zum Tier werde, die er am liebsten überall gleichzeitig penetrieren möchte, deren nasse Möse ihm den Verstand raube. Renata läßt ihn schreiben, sie unterbricht ihn nicht mehr, sie steigert seine Lust nicht durch Zwischenkommentare, die ihn noch mehr anheizten, sondern läßt ihn so lange tippen, bis er von selbst aufhört.

Sie hätte ihn gestern schon unterbrechen, ihn mit einem Augenzwinkern fragen müssen, ob sie nun schon zu dritt seien, hätte ihn einfach direkt fragen können, was er denn mit *la femmina* meine, sie sei ja schließlich keine *femmina*, nicht *das* Weibliche *an sich*, erst recht kein *Weibchen* oder *Mädchen*.

Auf dem nächsten Bild, das hereinkommt, steht Marcel, der Kurschattenbankert, vor einer Photozeichnung, gestikulierend. Seine Hand wirft einen fledermaushaften Schatten auf die Wand.

Claudia schreibt, Marcels Intro sei an Peinlichkeit nicht zu überbieten gewesen. *Ahnungsloses Gestammel*. Der Folder sei von einer Nadine Huber zusammengestellt worden, die in der Werbebranche tätig sei. Die Interviewfragen an den selbsternannten Kurator strotzten vor Naivität, die Antworten nicht minder. Marcel habe eine makellose unpolitische Bilderauswahl getroffen, schreibt Claudia, und gleichzeitig davon gesprochen, daß Mussolinis Reise nach Deutschland schuld gewesen sei, daß die italienische Moderne in den Retortenstädten zerstört worden sei.

Als der Duce 1937 Speers Planungen für Nürnberg und Berlin gesehen hatte, waren die Städte im Agro Pontino doch großteils schon geplant und gebaut gewesen! Das betraf doch die Weltausstellungsentwürfe in Rom und nicht die Pläne in Sabaudia, schreibt Claudia. *Der Duce war von der Nazi-Architektur derart beeindruckt, daß er die Pläne für die E 42 überarbeiten ließ. Arme Modernisten! Monumentale romanità war angesagt.*

Kling. Noch ein Bild vom Rübli-Ritter auf dem Schaukelpferd. Einmal hü, einmal hott, schon ist er bankrott. Tuffolino in declino.

Der Wein schmeckt mit jedem Schluck lieblicher. Daß Männer auch immer glauben müssen, Frauen bevorzugten *vino amabile*.

Renata legt sich aufs Bett, zieht das Leintuch über die Beine, dabei hat es über dreißig Grad. Sie schließt die Augen. Dämmert vor sich hin. Kling, Kling. Hü und hott. Im Galopp.

Der Druck im Magen steigt.

Kling, Kling, Kling, Kling. *Bist du im Roma? Im Cube? Sag schon! Du wirst es nicht bereuen.*

Catarina wünscht Renata alles Gute. Sie habe die Photozeichnungen mit einem Kurierdienst nach Wien geschickt. *Ich hoffe sehr, daß wir uns wiedersehen. Ich weiß, Du hast ein großes Herz. Du wirst mir verzeihen. Ti abbraccio C.*

Renata schleppt sich ins Badezimmer, dreht den Hahn auf, wirft sich kaltes Wasser ins Gesicht. Es hilft nicht. Das unangenehme Gefühl im Oberbauch bleibt, der Geruch des Toiletten-Duftspülers dreht ihr den Magen um. Wenige Minuten später kniet sie auf dem Fliesenboden und übergibt sich ins WC.

Alba, Albana. Draußen graut der Morgen.

*

Die Wasseroberfläche ist fast glatt. Es hat in der letzten Nacht mehrere Gewitter gegeben. Renata war lange wachgelegen.

Jetzt sitzt sie vor dem Häuschen am See, das Marianne für zwei Wochen angemietet hat. In den frühen Morgenstunden waren heftiger Regen und Hagel über den Uferstrich hereingebrochen. Die Boote hatten von drei Uhr früh an stundenlang gegen den Steg geschlagen, und der Wind war mit einer solchen Kraft in die Sträucher hineingefahren, daß sie auseinanderzubrechen drohten.

Sie würde Marianne gerne davon erzählen, aber die Freundin schläft noch.

Am Abend hatte Marianne Krämpfe in beiden Beinen gehabt, war mit verzerrtem Gesicht durch das Zimmer gehumpelt und hatte erst wieder gelacht, als Renata ihr am iPhone das Photo eines Tinder-Mannes gezeigt hatte. Aus Haralds Kopf, achtundfünfzig, wuchs ein Wetterkreuz; es befand sich hinter ihm auf einem Hügel, aber der Mann hatte sich so unglücklich hingestellt, daß er Renata an den Hirschen mit dem Kruzifix zwischen dem Geweih erinnert hatte, der der Legende nach an der Bekehrung des Heiligen Hubertus schuld gewesen war.

Hubertus habe sich aber nach dieser Hirscherscheinung von der Jagd losgesagt, hatte Marianne eingeworfen. Ob das Renata auch vorhabe?

Ich bin nicht auf der Jagd. M'illumino d'intenso, antwortete Renata. Sie blödelten wie in alten Zeiten herum und redeten in originalen oder abgewandelten Zitaten. Doch schon bald hatte sich Marianne, erschöpft von den Schmerzen, hingelegt. Sie sei froh, sich nicht mit solchen Intensitätsbremsen wie diesem Tinder-Kandidaten beschäftigen zu müssen, hatte sie noch gesagt. Überhaupt fehle ihr schon für die Suche nach einem Mann die Kraft, erst recht für die damit verbundenen Hoffnungen und Enttäuschungen.

Renata hat sich aufgerafft und spaziert am Ufer entlang; der kaum noch spürbare Morgenwind formt auf der Seeoberfläche feine Rippen. Ab und zu wird die Stille von springenden Fischen gestört. Was nach Vergnügen aussehe, sei nichts als Fluchtverhalten, hatte ihr der Nonno einmal erzählt. Die Fische versuchten, den Räubern zu entkommen, oder streiften beim Aufprall auf dem Wasser schädliche Bakterien ab.

Noch immer hat Renata die unaufhörlich in den See einschlagenden Blitze vor Augen. Ihre Angst davor hatte sie, obwohl sie wußte, daß sie sich in Sicherheit befand, die ganze Nacht nicht losgelassen.

Da Marianne ein Schlafmittel genommen hatte und selbst von den lautesten Donnerschlägen nicht erwacht war, hatte Renata Bruno angerufen.

Du brauchst Ablenkung, hatte er gesagt. Sollst du haben. Euer Wagramer Bett ist im Internet, inklusive Kissen und Tuchenten. Ich schaue immer mal nach, was Marcel so anbietet.

Dann hatte Bruno Renata von dem langjährigen heimlichen Geliebten eines italienischen Politikers erzählt, der nach dem Tod seines Lebensgefährten vor verschlossener Tür gestanden sei. Die homophoben Eltern des Politikers hätten das Schloß ausgetauscht. Der Freund sei nach sieben Jahren Liebesverhältnis nicht einmal mehr ins Haus gekommen, um seine Wäsche und seine Kosmetik-Accessoires einzupacken.

Er kenne noch so eine Geschichte, sie passe zu Renatas Seeaufenthalt. Sie handele von einer italienischen Dichterin, die sich nach zwanzig Jahren Lebensgemeinschaft mit einem Maler kein einziges Bild habe aussuchen dürfen, die für ihre Neffen, die der Maler über alles geliebt habe, aus den verworfenen Zeichnungen und Leinwandteilen ein paar kleine Bilder habe rahmen lassen, damit sie nicht ohne Andenken an ihren Lieblingsonkel blieben. Die Dichterin selbst habe sich seit dem Tod ihres Gefährten mit der Beschreibung von Barschen getröstet, deren dunkle Querbänder den frühen Zeichnungen ihres Geliebten ähnlich sähen.

Dann wäre die Dichterin hier richtig, hatte Renata gesagt. Der See wimmele von Barschen, aber leider habe sie keine Fische entdecken können, auf deren Körper Zeichnungen von Konrad zu sehen gewesen wären.

Renata wiederum habe von einem Wiener Gewerkschaftler gehört, der über Jahre eine Wochenendbeziehung mit einer Münchner Bibliothekarin geführt habe. Die Frau sei nicht einmal vom Tod ihres Partners benachrichtigt worden. Sie habe wie jeden Freitag den Zug nach Wien genommen, aber auf ihr Klingeln habe nie wieder jemand geöffnet.

Den Trauernden sei nicht zu trauen, hatte Bruno gesagt.

Trotzdem würde er nicht vor den Traualtar treten, auch wenn seit Konrads Tod mehrere befreundete Paare geheiratet hätten.

Ein Schwan schwimmt auf Renata zu, wartet darauf, gefüttert zu werden. Ihm folgen in sicherer Entfernung drei Enten. Kein Frieden ohne Verlangen, denkt Renata.

Sie muß noch Bonifaz antworten, dem Bekannten Konrads, der im KunstforumIBK das Spiluttini-Photo hatte abhängen lassen.

Warum nicht sie, Renata, sich um die Photozeichnungen kümmere, hatte er in seiner Mail vor zwei Tagen wissen wollen. Renata werde sich nicht an ihn erinnern, aber er habe, bevor man ihn aus dem Aufsichtsrat und dem Beschlußkomitee des KunstforumIBK entfernt hätte, eine ganze Reihe von Photoausstellungen organisiert und Konrads frühe Überzeichnungen zur Expo 1992 nach Genua vermittelt.

Er entschuldigte sich dafür, daß er unmittelbar nach Konrads Tod auf gutgemeinten Trost verzichtet habe. Konrad sei nicht mehr. Mehr gebe es nicht zu sagen. Schmerz sei nicht teilbar.

Binnen zwei Tagen hatten sie sich bereits vier Mails geschrieben.

Renata hatte Bonifaz schon mehrfach gegoogelt, war immer wieder an einem Bild hängengeblieben, das ihn bei einer Vernissage zeigt. Sie mag seinen Mund, hat davon am iPhone einen Screenshot angefertigt, um ihn genauer betrachten zu können. Der Mund sieht aus, als sei er mit einem Konturenstift bemalt worden, die Farbe erinnert Renata an die apulische Ferrovia-Kirsche. Sie wünscht, sie könnte diesem Mund beim Sprechen zusehen.

Beileid, stand in der zweiten Mail, habe ihn oft in Wut versetzt, weil es nichts ändere. Er hatte ein Zitat des Kirchenvaters Augustinus angeführt. Gott habe die Sterne als Trost für die

Menschen erschaffen. Damit die, die nachts arbeiten müßten, nicht ganz im Dunkeln seien.

Schon in der dritten Mail hatte er sie mit *Liebe Renata* angeschrieben, war aber nicht zum Du übergegangen, wofür Renata ihm dankbar gewesen war, noch immer dankbar ist.

Ihr gefällt Bonifaz' distanzierte Nähe, auch daß er schrieb, er lebe von Wörtern und Bildern, und je älter er werde, umso ausschließlicher. Nachdem Renata ihm von dem trostlosen Grab Konrads berichtet habe, habe er den Essay *Und unsere Gesichter, mein Herz, vergänglich wie Fotos* von John Berger herausgesucht. Die Vorstellung von einem Ort, wo Bergers und die Gebeine seiner Geliebten *wild durcheinandergestreut seien*, habe Berger ein Gefühl des Friedens vermittelt. *Mit dir kann ich mir einen Ort vorstellen, wo es genügt, Kalziumphosphat zu sein,* zitierte Bonifaz den englischen Schriftsteller. – *Wer weiß,* schrieb Bonifaz, *vielleicht wird es diesen Ort eines Tages auch für Sie und Konrad geben.*

Renata wird von einem Kormoran abgelenkt, der draußen auf dem Steg sein Gefieder putzt. Zuletzt hatte sie Kormorane auf den Wehrfeldern des Kraftwerks Freudenau gesehen. Die Brutpaare gehen eine monogame Saisonehe ein.

Sie öffnet die Mail-App am Mobiltelephon, überfliegt Bonifaz' gestrige Zeilen. Seine Konzentrationsfähigkeit sei im Moment beeinträchtigt, schreibt Bonifaz, er komme über kürzere Lektüren und das Verfassen von Notizen nicht hinaus. Er flüchte sich gerne in Abstraktionen und ins Kochen. (*Heute war ich am Markt, herrliche Ausbeute; am Beispiel Gemüse merkt man deutlich, wie alles in den Herbst kippt. Mais, cavolo nero etc.*)

Unlängst habe er bei Modiano von den Jahreszeiten in den Jahreszeiten gelesen. Die Romanfigur liebe den Frühling im Winter. Er, Bonifaz, liebe den Herbst mit seinen sommerlichen Einsprengseln. Dann packe ihn das Fernweh. Modiano nenne diese Jahreszeit *Nachsommer im Herbst*, man habe das Gefühl, daß die Zeit stehengeblieben sei.

Ich wünschte, ich fände ein eigenes Wort für diese Jahreszeit, es fällt mir aber keines ein, das zutreffend wäre, liest Renata.

Er liebe dieses besondere Herbstlicht, vor allem in Venedig. Es gebe ihm das Gefühl, daß er sich darin auflöse. Schon schreibt Bonifaz von den leuchtenden, warmen Farben eines seiner Lieblingsbilder, der *Sacra Conversazione* von Bellini in San Zaccaria, und erzählt dann von den Martini-Cocktails, die er früher in Harrys Bar getrunken habe. Von seinem Platz rechts neben dem Eingang. Einmal habe er sich beim Kellner über einen reichlich verfetteten Mann an der Bar mokiert, der in kurzer Hose dasaß. Er habe nachgefragt, seit wann das erlaubt sei. Der Kellner im Flüsterton: This is Mister Jack Nicholson.

Und keine zwei Zeilen weiter schwärmt Bonifaz vom Granceola-Gericht in der Trattoria Corte Sconta und nennt unvermittelt seine Lieblingsbücher zu Venedig, die auch Renata gelesen hat: *The Aspern Papers* von Henry James, *Das andere Venedig* von Predrag Matvejevic. Ob er auch Joseph Brodskys *Ufer der Verlorenen* kennt?

Sie setzt sich auf eine Bank unterhalb des Weges, betrachtet das Wasser, das an dieser seichten Stelle Steine überspült und wieder freigibt.

Er sei schon einige Jahre nicht mehr in Venedig gewesen, schreibt Bonifaz, es komme ihm vor wie aus einem anderen Leben. *Mein anderes Leben. Wie oft habe ich in letzter Zeit das Gefühl, ein anderes Leben geführt zu haben, das ich nicht mehr erreichen kann.* Zweckentfremdet könne er das *Nevermore* von Edgar Allan Poe verwenden.

Mein anderes Leben. Meine andere Jahreszeit. Ja, und die Zeit bleibt stehen. Nachsommer im Herbst.

Noch ein Kormoran. Er landet keine fünf Meter von Renata

entfernt im Wasser, taucht ab. Sie wartet, daß er wieder hochkommt, aber sie hat ihn aus dem Blickfeld verloren.

Gegen eine Saisonehe wäre nichts einzuwenden, denkt Renata, auch ohne Aufzucht von Jungen. Wollen Sie mein Saisonmann werden? Sie muß über diese Frage, die ihr plötzlich in den Sinn kommt, lachen.

Da, ein zweiter Kormoran! Er fliegt mit kräftigen Schlägen nur wenige Meter über dem Wasser zum unteren Ende des Sees.

Renata beschließt nachzusehen, ob die Freundin schon wach ist. Gestern hatten sie beide über ihr früheres Leben gesprochen, darüber, daß Erinnerungen nicht trösten, daß in der Erinnerung an das Glück kein Glück zu finden sei. Auch Marianne hatte wie Bonifaz von dem anderen Leben gesprochen, das ihr wegen ihrer Krankheit abhandengekommen sei.

Aber das andere Leben sei Teil des einen, hatte Renata gesagt. Daß es Bonifaz gibt, seine Briefe, hatte Renata weder Bruno noch Marianne erzählt. Er ist ihr Geheimnis. Äußeres Schweigen, innere Beredsamkeit.

Im Osten wird es heller und heller. Die Spiegelung des Bergzuges gegenüber im Wasser ist farblich kaum von den wirklichen Bergen zu unterscheiden, nur die Silhouette franst auf der Seeoberfläche aus.

Renata kehrt noch einmal leise ins Haus zurück, um den Laptop und das Badetuch zu holen. Die Freundin schläft mit halb geöffnetem Mund auf dem Rücken, die Hände, wie ein Kleinkind, über dem Kopf. Das Kissen liegt auf dem Boden, als habe Marianne es im Schlaf bekämpft.

Die Jahre, die Konrad genommen worden waren, mußten doch irgendwo zur Verfügung stehen, denkt Renata, als sie wieder ins Freie tritt. Wie gerne würde sie der kranken Freundin das Guthaben überweisen.

Sie geht auf den Steg hinaus, wickelt sich ins Badetuch ein, setzt sich, öffnet den Laptop. *Lieber Bonifaz,* schreibt sie, *ich habe ein italienisches Wort für Ihre besondere Jahreszeit: estunno, von estate und autunno …*

Sie blickt auf. Der glühende Punkt ist jetzt der Morgenstern am Himmel. Er wird im Licht verschwinden.

Literatur:

Barnes, Julian: Der Lärm der Zeit Kiepenheuer & Witsch, Köln: 2017

Barthes, Roland: Tagebuch der Trauer Carl Hanser Verlag, München: 2010

Berger, John: Und unsere Gesichter, mein Herz, vergänglich wie Fotos Deutscher Taschenbuch Verlag, München: 1992

Cavalli, Patrizia: Poesie (1974–1992) Giulio Einaudi Editore, Torino: 1992

Duras, Marguerite: aus Écrire, Paris 1993, zitiert nach Daniel Schreiber Allein Hanser, Berlin: 2021

Fried, Erich: Es ist, was es ist Verlag Klaus Wagenbach, Berlin: 1983

Klüssendorf, Angelika: Jahre später Kiepenheuer & Witsch, Köln: 2018

Modiano, Patrick: Der Horizont Carl Hanser Verlag, München: 2013

Palmen, Connie: I. M. Ischa Meijer In Margine In Memoriam Diogenes Verlag, Zürich 2001

Palmen, Connie: Logbuch eines unbarmherzigen Jahres Diogenes Verlag, Zürich: 2014

Pasolini, Pier Paolo: Petrolio Verlag Klaus Wagenbach, Berlin: 1994

Petrucci, Flaminia: uova di luce peQuod edizioni Ancona: 2004

Picardie, Ruth: Es wird mir fehlen, das Leben Wunderlich, Reinbek bei Hamburg: 1999

Spiegel, Daniela: DIE CITTÀ NUOVE DES AGRO PONTINO Michael Imhof Verlag, Petersberg 2010

Steffens, Günter: Die Annäherung an das Glück Kiepenheuer & Witsch Verlag, Köln: 1976

Wittgenstein, Ludwig: Vermischte Bemerkungen In: Werkausgabe in 8 Bänden, Bd. 8 hrsg. von Wright, G. H., Suhrkamp Verlag, Frankfurt a. M.: 1984

Sabine Gruber bei C.H.BECK

Die Zumutung
Roman
224 Seiten. 3. Auflage, 2003

Über Nacht
Roman
239 Seiten. 2. Auflage, 2007

Stillbach oder die Sehnsucht
Roman
379 Seiten. 3. Auflage, 2011,
broschierte Auflage, 2023

Daldossi oder das Leben des Augenblicks
Roman
315 Seiten. 2. Auflage, 2016